雪域之上

孔繁森

铸牢中华民族共同体意识纪事

朱茂明 著

山东人民出版社·济南

国家一级出版社 全国百佳图书出版单位

图书在版编目（CIP）数据

雪域之上：孔繁森铸牢中华民族共同体意识纪事 / 朱
茂明著. -- 济南：山东人民出版社，2023.12
ISBN 978-7-209-14997-6

Ⅰ. ①雪… Ⅱ. ①朱… Ⅲ. ①报告文学 - 中国 - 当代
Ⅳ. ①I25

中国国家版本馆CIP数据核字（2023）第253773号

雪域之上
XUEYU ZHI SHANG
——孔繁森铸牢中华民族共同体意识纪事
KONGFANSEN ZHULAO ZHONGHUA MINZU GONGTONGTI YISHI JISHI
朱茂明　著

主管单位　山东出版传媒股份有限公司
出版发行　山东人民出版社
出 版 人　胡长青
社　　址　济南市市中区舜耕路517号
邮　　编　250003
电　　话　总编室（0531）82098914
　　　　　市场部（0531）82098027
网　　址　http://www.sd-book.com.cn
印　　装　济南继东彩艺印刷有限公司
经　　销　新华书店

规　　格　16开（170mm×240mm）
印　　张　21.5
字　　数　240千字
版　　次　2023年12月第1版
印　　次　2023年12月第1次
ISBN 978-7-209-14997-6
定　　价　45.00元
　　　　如有印装质量问题，请与出版社总编室联系调换。

孔繁森以迟浩田将军的题词"心连心 同命运 共呼吸"为座右铭，践行自己"青山处处埋忠骨，一腔热血献高原"的诺言。图为孔繁森在拉萨宿舍中的题词前留影

1979年4月孔繁森第一次援藏前，在五里墩家中与妻子、儿女合影

1980年孔繁森在岗巴县委、县政府门前

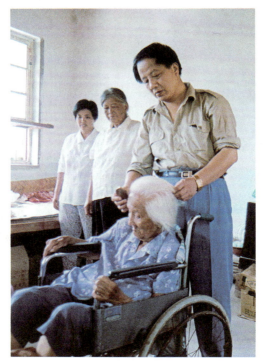

1994年，孔繁森最后一次为93岁的老母亲梳理稀疏的白发

1988年10月，山东省委、省政府领导与孔繁森（前排右三）等援藏干部合影

孔繁森和西藏各族群众在一起

1989年2月，孔繁森身穿藏袍在藏族
群众家中

1989年9月，孔繁森专程到岗巴县昌龙乡看望老书记格热（中）、拥军模范拉吉（左一）
夫妇

孔繁森赴藏后，尊重
少数民族的习俗，很
快就适应了藏区的生
活方式，他和西藏各
族干部群众情同亲
友，结下了深情厚谊

孔繁森与藏族群众欢
度雪顿节

孔繁森下乡途中到藏
族牧民家走访交谈，
一起吃风干肉

1990年9月，孔繁森在拉萨河畔偶遇藏族青年教师一家，与他们交谈工作和生活情况

1989年12月，孔繁森赴内地考察西藏中学，与学生们在食堂一起用餐

孔繁森专程看望阿里转场的牧民

1993年，孔繁森和
自治区领导在阿里
水利工程现场调研

孔繁森在班公湖畔

孔繁森下乡时，经常用自己的工资购买医药用品，装满药箱，工作之余为群众看病发药。图为孔繁森正在为群众看病

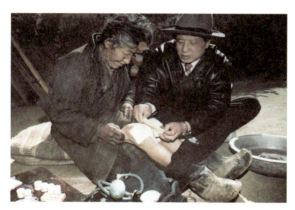

1994年，孔繁森在阿里日土县过巴乡为孤寡老人益西卓玛治病

孔繁森和到拉萨探亲的妻子、女儿带着刚蒸好的包子、馒头到敬老院看望老人，图为王庆芝（左二）、孔玲（右二）与老人们合影

1993年，孔繁森与苯教活佛、藏医学家丹增旺扎在一起

法号（孔繁森摄）

1992年，孔繁森在拉萨墨竹工卡县羊日岗乡地震灾区，现场安排孤儿的生活

1992年，孔繁森在拉萨宿舍给收养的孤儿曲印、贡桑、曲尼穿上新买的衣服，孩子们高兴地依偎在他身边

1992年孔繁森和收养的藏族孤儿在布达拉宫前合影

孔繁森到阿里巴尔兵站慰问官兵

孔繁森在边防线上巡视

孔繁森带领工作组跋涉在
抗击雪灾的路上

1993 年 7 月，孔繁森与西藏自治区人民政府副主席拉巴平措在考察途中促膝谈心

1994 年 4 月，孔繁森与西藏自治区人民政府副主席次仁卓嘎带领的工作组慰问受灾牧民，帮助群众恢复生产

1994 年 10 月，孔繁森与西藏自治区党委常委、宣传部部长陈汉昌率领的工作组在阿里基层检查工作途中现场办公

1994年11月29日，孔繁森在边贸考察途中于新疆托里县留下的殉职前最后一张照片

序　言

孔繁森精神：
铸牢中华民族共同体意识的闪光坐标

习近平总书记在党的二十大报告中指出："从现在起，中国共产党的中心任务就是团结带领全国各族人民全面建成社会主义现代化强国、实现第二个百年奋斗目标，以中国式现代化全面推进中华民族伟大复兴。"

中国式现代化是中华民族共同体的现代化，是一个民族都不能少的现代化。回望百年奋斗历程，中国共产党团结带领各族人民，实现了一个又一个走向中华民族伟大复兴的阶段性目标，为建设牢不可破的中华民族共同体打下了坚实基础，一代又一代中国共产党人以无私奉献的坚强党性、热爱人民的公仆情怀、廉洁奉公的高尚品德、艰苦奋斗的拼搏精神、求真务实的优良作风，为了各族人民的幸福生活，为了祖国边疆的发展稳定，勇担使命，接续奋斗，矢志不渝地促进民族团结进步，在中华民族共同体建设的道路上留下闪光的足迹、不朽的精神，孔繁森同志就是其中的优秀代表。

在全面梳理孔繁森同志事迹文献、回顾孔繁森奋斗历程的基础上，我们深刻地认识到，孔繁森同志模范地贯彻执行党的民族理论和民族政策，是促进民族团结进步、铸牢中华民族共同体意识忠诚的卓越的践行者。孔繁森同志热爱人民、无私奉献的一生是改革开放新时期各民族共同团结奋斗、共同繁荣发展的生动范例，铸牢中华民族共同体意识是孔繁森精神的特质和重要内容。孔繁森精神的铸牢中华民族共同体意识意蕴特质的产生，是时代环境与孔繁森同志个人共同作用的结果。孔繁森在促进民族团结进步、保卫建设边疆的思想指导下，以让各族群众过上好日子为目标，以艰苦奋斗、无私奉献为实现路径，以热爱人民、为民服务为动力，在铸牢中华民族共同体意识的过程中，创造了不平凡的人生价值，从而成为新时期领导干部的楷模。因此，从促进民族团结进步、铸牢中华民族共同体意识入手，去认识和探析孔繁森精神，有助于抓住孔繁森精神的特质、把握孔繁森精神的独特内涵。这也为我们理解和丰富孔繁森精神提供了新的思路。

孔繁森精神是新时代铸牢中华民族共同体意识的宝贵精神财富和不竭动力源泉。

一、孔繁森精神是中国共产党人精神谱系中铸牢中华民族共同体意识的独特"坐标"

中国共产党成立百年之际，老西藏精神（孔繁森精神）被纳入第一批中国共产党人精神谱系。

狭义的孔繁森精神，是指孔繁森的精神，即对于孔繁森言行和光辉事迹所表现出来的先进思想道德观念和崇高品德的理论概括和总结。广义的孔繁森精神，是指孔繁森式的精神，是指已经升华为以孔繁森的名字命名、以孔繁森的崇高品质为基本内涵的精神价值。

作为个体来讲，孔繁森同志不愧是优秀共产党员，孔繁森生前被国务院授予"全国民族团结进步模范"，这是党和人民对于他致力于民族团结进步事业杰出贡献的充分肯定；作为一个代表性的人物，孔繁森是新时期成长起来的千千万万个领导干部中的优秀代表，是成千上万响应党的号召从全国各地赴藏驻藏，与西藏各族人民一道保卫边疆、建设边疆的共产党员的杰出代表，是民族团结的榜样，他身上汇集了在祖国边疆工作和奉献的各民族干部的美德和优秀品质。因此，孔繁森精神的主体，不仅仅是孔繁森个人，还包括新时期优秀领导干部、援藏驻藏干部、边疆民族地区干部和边疆各族先进人物在内的英雄群体。

习近平同志多次肯定和褒奖孔繁森精神，强调："孔繁森精神，首先体现的就是老西藏精神。"

孔繁森精神和老西藏精神紧密联系在一起，孔繁森精神是老西藏精神在改革开放新时期的传承践行和发扬光大，为老西藏精神注入了新的时代内涵，是中国共产党人对老西藏精神的丰富和发展。

孔繁森精神和老西藏精神一样，其内涵经历了一个不断总结深化的过程。"特别能吃苦、特别能战斗、特别能忍耐、特别能团结、特别能奉献"，鲜明地揭示出在高海拔极端艰苦条件下中国共产党人所表现出来的高尚精神品质。特别能吃苦，是在极端艰苦的工作生活条件下所表现出来的艰苦奋斗、攻坚克难、苦中作乐的革命乐观主义精神；特别能战斗，是在面对各种严酷斗争时所表现出来的英勇顽强、不怕牺牲、争取胜利的革命英雄主义精神；特别能忍耐，是在长期高寒缺氧、条件艰苦、物资匮乏的环境下所表现出来的坚韧不拔精神；特别能团结，是在民族地区工作中表现出来的坚决执行党的民族宗教政策，注重维护团结尤其是民族团结的精神；特别能奉献，是为了西藏的解放、建设和发展所表现出来的边疆为家、甘于奉献、敢于牺牲的精神。

孔繁森精神与老西藏精神，实质上就是艰苦奋斗精神、爱国主义精神、革命英雄主义精神、民族大团结的精神、无私无畏的献身精神。这种精神是一代又一代中国共产党人，在全心全意为人民服务、践行党的初心和使命的奋斗历程中，顾全大局、顽强拼搏、无私奉献，用血汗乃至生命逐步锤炼形成的。

孔繁森精神与老西藏精神虽然创立的时代不同，但是它们具有相同的精神内核和场域特征。这个场域的突出特点，首先是高寒缺氧、地广人稀，生活工作条件极其恶劣的特殊的自然地理环境。其次是处于边疆民族地区这样特定的历史人文环境。"老西藏"和"孔繁森们"，作为精神的主体，扎根雪域高原，在挑战生命极限的条件下，发扬"特别能吃苦、特别能战斗、特别能忍耐、特别能团结、特别能奉献"的精神，以坚强的组织纪律观念，模范执行党的民族政策与宗教政策，坚定维护民族团结，坚决完成党组织交给的艰巨而光荣的使命任务，为了祖国边疆的安宁和西藏各族人民的幸福，矢志艰苦奋斗。习近平总书记在中央第六次西藏工作座谈会上指出："在高原上工作，最稀缺的是氧气，最宝贵的是精神。"西藏的艰苦是磨炼人的一种境界，这种境界与孔繁森的精神境界恰恰形成一种契合。孔繁森的崇高品德在西藏特殊的场域中发挥到极致。孔繁森作为进藏干部的代表，与西藏各族人民手足相亲，守望相助，以其感人至深的促进民族团结的光辉事迹和崇高的思想风范，赢得了各族人民的爱戴，在世界屋脊和西藏各族人民心中树起了一座永恒的丰碑。在孔繁森精神的激励下，各族干部群众"三个离不开"的思想更加牢固、"五个认同"更加坚定。

孔繁森精神实践地的特定区域性和促进民族团结进步的具体内涵，决定着孔繁森精神在中国共产党人百年奋斗的精神谱系中的独特价值和坐标方位。孔繁森精神生成于推动民族团结发展的伟大实践，其民族团结模范事迹和崇高品德是各民族团结统一、团结奋斗的精神标识。在中华民族精神和中国共产党人精神的巍巍群山中，孔繁森精神闪耀着中华民族"休戚与共、荣辱与共、生死与共、命运与共"的共同体理念的光辉，是精神谱系中展现铸牢中华民族共同体意识内涵的熠熠生辉、光彩照人的"精神坐标"，如同灯塔指引着各民族团结进步的发展方向，为以中国式现代化推进中华民族伟大复兴注入强大的精神力量。

二、孔繁森精神的铸牢中华民族共同体意识意蕴特质

孔繁森情系西藏，挚爱边疆各族人民，把自己的理想信念和情感与边疆的稳定发展和西藏人民的幸福紧密联系在一起，"心连心同命运共呼吸"的字幅一直挂在他宿舍最醒目的位置，更贯穿在他所有的奋斗历程之中，充分体现着中华民族一家亲。"二离桑梓，独恋雪域，置民族事业重如冈底斯山。"孔繁森以热爱人民无私奉献的模范行动、呕心沥血推动民族地区发展的光辉事

迹，在边疆民族地区树立起共产党员光辉的形象，让各民族群众更加信赖、认同中国共产党和中国特色社会主义道路。在引导各族人民牢固树立"休戚与共、荣辱与共、生死与共、命运与共"的共同体理念的过程中，积累了宝贵实践经验，作出了突出贡献。

孔繁森精神蕴含着丰富的铸牢中华民族共同体意识内涵，并且主要体现在铸牢中华民族共同体意识的重点任务之中。

孔繁森在西藏工作期间，历经改革开放初期和社会主义市场经济体制建立时期这些关键时期，又处在重要的领导岗位和反分裂斗争第一线，他在铸牢中华民族共同体意识的重点工作领域，殚精竭虑、呕心沥血、忘我工作，为固边兴边富民作出卓越贡献，在铸牢中华民族共同体意识的道路上步履铿锵、勇毅前行。

一是推进民族地区教育文化等事业发展，以扎实的工作成绩构筑中华民族共有精神家园。党的二十大报告提出，中国式现代化是物质文明和精神文明相协调的现代化，既要抓经济社会发展，又要抓精神家园建设。在西藏工作期间，孔繁森同志竭尽全力发展民族地区教育、文化和卫生事业。他跑遍了拉萨市每一所公办学校和一半以上的乡办、村办小学，有针对性地提出发展拉萨市教育的思路和方案并为之不懈努力，拉萨市的教育事业有了快速发展和质的提升，适龄儿童入学率由45%提高到80%；积极开展爱国主义教育，尊重发展各民族文化，以卓越的工作成果，架起文化认同的桥梁，有效推进中华民族共有精神家园的构筑。

二是带领各族群众脱贫致富，共同走向社会主义现代化。中国式现代化的显著特征是实现全体人民共同富裕，一个民族都不能少。中国式现代化要以各族人民对美好生活的向往为目标，促进各民族紧跟时代步伐，共同团结奋斗、共同繁荣发展，在实现共同富裕、迈向社会主义现代化的新征程中同舟共济、携手共进。孔繁森同志身处建立社会主义市场经济体制的时代，他思想解放，思路开阔，遇事有主见，党性强、懂经济，有魄力、有胆识，勇于开拓工作新局面。在他看来，"阿里的贫困，是我们的耻辱，率领群众脱贫，是我们的天职"。孔繁森吃透阿里地区实际情况，开拓进取，求真务实，抓住制约发展的交通、能源等瓶颈，找准矿产品深加工、边贸、旅游等经济发展支点，奋力寻求民族地区发展路径，竭尽全力推动建立市场经济，打造对外开放格局，擘画阿里发展宏伟蓝图，改变了阿里封闭落后的面貌，带领群众走上脱贫致富道路，奠定了边疆民族地区铸牢中华民族共同体意识的物质基础。

三是以"大爱"境界，付出自己全部的真心真情，加强民族交往交流交融。孔繁森曾说，"西藏的老人就是我的老人，西藏的孩子就是我的孩子，西藏的土地就是我的家乡"。他经常深入偏远牧区调研，为边疆民族地区经济发展殚精竭虑；他还随身携带着药箱，为各族群众诊疗，解除疾病带来的痛苦；他走遍辖区敬老院，经常去看望老人。他收养地震灾区藏族孤儿，在当天的日记中，孔繁森写下了一个共产党员心中的大爱——"一个人爱的最高境界是爱别人，一个共产党员爱的最高境界是爱人民"。他把党的温暖送到了西藏人民身边，使各族群众更加感恩党、感恩社会主义。

四是以强烈的风险防范意识，身先士卒、旗帜鲜明地反对分裂，加强部队思想政治建设和战备工作，积极构筑国防建设和维护稳定的铜墙铁壁，为西藏的稳定与发展作出了贡献。

三、铸牢中华民族共同体意识是贯穿孔繁森精神的一条主线

中华民族大家庭、建设中华民族共同体等理念，既一脉相承又与时俱进地贯彻于党的民族理论和政策之中。

热爱西藏土地和各族人民，为党的民族团结进步事业、为西藏的建设发展、为西藏人民生活的改善作贡献，始终是孔繁森精神不可或缺的重要价值支撑点。

孔繁森精神贯穿着铸牢中华民族共同体意识，在文化基因、内在逻辑、价值追求、实践路径上具有高度契合性。铸牢中华民族共同体意识是孔繁森精神的价值认同点，弥漫于孔繁森奋斗实践的全过程。铸牢中华民族共同体意识把孔繁森精神五个层面的内容串联起来，相互之间具有紧密的内在逻辑，构成一个严密的有机整体。

顾全大局、无私奉献的坚强党性，是孔繁森精神铸牢中华民族共同体意识的力量源泉和动力机制；服务人民的公仆情怀是其主题和核心内容；廉洁奉公的高尚品德是铸牢中华民族共同体意识的政治品格；艰苦奋斗的拼搏精神是铸牢中华民族共同体意识的实现路径；开拓进取、求真务实的优良作风是其政治保障。

四、孔繁森精神对铸牢中华民族共同体意识的实践意义

作为中国共产党人精神谱系中一个重要组成部分，孔繁森精神深刻体现了中国共产党人精神谱系核心要义，体现了铸牢中华

民族共同体意识的时代要求。孔繁森精神对于推进中华民族共同体建设具有重大的实践意义，不仅为我们提供了铸牢中华民族共同体意识在精神上的宝贵财富，而且提供了方法论意义上的经验和启示：

一是要紧紧抓住党的全面领导这个根本政治保障，充分发挥党组织和党员在铸牢中华民族共同体意识中的引领带动作用。中国共产党是中华民族共同体建设的领导核心，要坚持新时代民族好干部标准，努力建设一支"四个特别"队伍，培养更多孔繁森式的好干部，推动铸牢中华民族共同体意识走深走实。

二是要紧紧抓住发展这个第一要务，夯实铸牢中华民族共同体意识的物质基础。强化东西协作双向互动发展，打造孔繁森精神引领下的东西部协作"升级版"，将铸牢中华民族共同体意识融入对口帮扶和地区协作各项工作中，在项目建设、产业发展、人才交流、教育医疗等方面深化互助合作，按照党的二十大报告的要求，完善差别化区域支持政策，提升民族地区自我发展能力，实现巩固脱贫攻坚成果同乡村振兴有效衔接，促进农牧业高质高效、乡村宜居宜业、农牧民富裕富足。以东西部互助协作的有效机制，搭建起东西部民族团结、中华民族一家亲的纽带桥梁，使之成为各民族交往交流交融的重要载体。

三是要紧紧抓住热爱人民这个主题，秉承孔繁森同志的"大爱"境界，把各族群众当亲人。做民族工作，说到底是做人的工作，是凝聚人心、争取人心的工作。要坚持人民至上，以真心换真心，以真情换真情，不断改善民生，把增强各族群众获得感、幸福感、安全感作为民族地区经济社会发展的出发点和落脚点，通过有形有感有效、具体扎实的行动，来赢得群众的拥护和信任。

四是要紧紧抓住艰苦奋斗、开拓进取这个核心，用心用力用情铸牢中华民族共同体意识。

党的二十大对新时代党的民族工作作出重大部署，就是以铸牢中华民族共同体意识为主线，坚定不移走中国特色解决民族问题的正确道路，坚持和完善民族区域自治制度，加强和改进党的民族工作，全面推进民族团结进步事业。这是推进中华民族共同体建设，实现中华民族伟大复兴的现实要求，每一个共产党员，特别是领导干部要为之不懈努力。孔繁森用他一生的拼搏奋斗、对党和人民赤诚的大爱，为促进民族团结、推进中华民族共同体建设作出了表率。孔繁森精神是新时代中华民族共同体建设的宝贵财富，在铸牢中华民族共同体意识方面具有独特的重要的作用，每一名党员干部都要学习孔繁森精神，自觉做铸牢中华民族共同体意识的忠诚践行者、做民族团结的坚定捍卫者；以孔繁森为榜样，牢牢把握"学思想、强党性、重实践、建新功"主题教育的总要求，竭诚奉献，奋力推进新时代党的民族工作高质量发展，进一步引导各族人民牢固树立"休戚与共、荣辱与共、生死与共、命运与共"的共同体理念，为实现中华民族伟大复兴的中国梦汇聚磅礴力量。

（本文概要于2023年5月召开的"弘扬孔繁森精神与铸牢中华民族共同体意识"研讨会上宣读，全文发表于《中华民族共同体研究》2023年第3期。）

目　录

引　言

2022年4月5日，清明节。

"我们万众一心，冒着敌人的炮火，前进……"在拉萨烈士陵园的孔繁森墓前，一个孩子神情庄重地高唱着刚刚学会的国歌。他就是孔繁森收养的孤儿贡桑的儿子，小家伙几天前就喊着，"我要去给孔老爷爷唱歌听"。

这是一种精神的传承。孔繁森精神，如同一面旗帜，飘扬在中华大地；如同一朵格桑花，盛开在西藏人民的心中；如同一个同心结，始终连接着各族群众的心。

伟大的事业需要伟大的精神，伟大的精神托举伟大的梦想。

孔繁森虽然已经离开我们29年了，但党和国家没有忘记他，人民没有忘记他。

1995年，中共中央组织部追授孔繁森为"模范共产党员""优秀领导干部"，国务院授予其"全国先进工作者"称号。2009年，孔繁森入选"新中国成立以来感动中国人物——党员领导干部的楷模""时代领跑者——中华人民共和国成立六十年最具影响的劳动模范""山东省100位为新中国成立、建设做出突出贡献的英雄模范人物"。2011年，纪念西藏和平解放60周年之际，孔繁森入选"60位感动西藏人物"。2015年3月，中组部确定孔繁森为"三严三实"专题教育先进典型。2018年12月，在庆祝改革开放40周年时，中共中央、国务院授予孔繁森"改革先锋"称号。2019年，孔繁森被中组部确定为"不忘初心、牢记使命"主题教育先进典型，9月，中宣部、中组部等九部门授予孔繁森"最美奋斗者"称号。2021年9月，党中央批准了中宣部梳理的第一批纳入中国共产党人精神谱系的伟大精神，孔繁森精神名列其中，成为中国共产党人精神谱系的重要组成部分。

党和国家对孔繁森的高度肯定，充分说明孔繁森精神跨越时空、历久弥新，在新时代仍然具有强烈的现实意义和深远的时代价值。

习近平同志多次提到和褒扬孔繁森精神。

早在1998年，时任福建省委副书记的习近平同志到林芝接第一批、送第二批福建援藏干部时，在6月19日召开的林芝地区机关干部大会上，表扬第一批福建援藏干部时说："你们没有辜负党的重托，没有辜负福建人民和西藏人民的重托，克服了常人难以想象的困难，尽了自己最大的努力。你们不仅和当地干部群众团结奋斗，改变了贫穷落后的面貌，还用自己的行动激励着人们到艰苦的地方去工作，福建人民感谢你们！这种精神是孔繁森精神的体现、老西藏精神的发扬。"

2002年12月31日，习近平同志在浙江全省组织工作会议上的讲话中指出："领导干部的工作业绩很重要，坚持发展硬道理，实践'三个代表'，离开实绩不行。但强调注重实绩，也要充分考虑工作的基础和条件。欠发达地区与发达地区就不一样，不是一个起跑线。有的工作事半功倍，有的事倍功半，这里有方法问题，有能力问题，也有基础和条件问题。""比如一个人到西藏工作，首先要克服高原缺氧问题。孔繁森精神，首先体现的就是老西藏精神。要看一个人在那里起了什么作用。有的甘为人梯，长期铺垫，做打基础的工作，收获的时候他却走了。有的'十月怀胎'时他不在，'一朝分娩'时他来了。所以对干部要有客观的公论，这个关键在党组织身上，组织上要明察秋毫，让默默无闻、埋头苦干、不求功名、不事张扬的人能够被发现、被承认。"

2003年7月17日，习近平同志在《树立五种崇高情感》这篇文章中指出："要做到情为民所系，就要以党的先进人物为榜样，培养和增强对人民群众的深厚感情，学习和树立五种崇高的情感。一要学习邓小平同志的情怀感。他说：'我是中国人民的儿子，我深情地爱着我的祖国和人民。'二要学习雷锋同志的幸福感。他虽然只活了二十二年，但他说：'什么是幸福？为人民服务是最大的幸福。'三要学习孔繁森同志的境界感。他有一句名言：'爱的最高境界就是爱人民。'四要学习郑培民同志的责任感。他始终把'做官先做人，万事民为先'作为自己的行为准则。五要学习钱学森同志的光荣感。他把群众的口碑当作自己无上的光荣。只有学习和树立这五种崇高的情感，才能心里装着群众，凡事想着群众，工作依靠群众，一切为了群众，切实解决好'相信谁、依靠谁、为了谁'的根本政治问题，努力为人民掌好权、用好权。"

2004年11月15日，习近平同志在《执政意识和执政素质至关重要》一文中写道："各级领导干部要认真思考在加强党的执政能力建设中自己该怎么办，切实增强执政的忧患意识，切实在领导工作实践中提高自己的执政本领，切实树立良好的执政作风，像领导干部的好榜样焦裕禄、孔繁森、郑培民等英模人物那样，做一个亲民爱民的公仆，做一个忠诚正直的党员，做一个靠得住、有本事、过得硬、不变质的领导干部。"

2010年9月1日，习近平同志在中共中央党校秋季学期开学典礼上的讲话中要求："像孔繁森、郑培民、牛玉儒、王瑛、沈浩等众多优秀干部，站在党和人民的立场上，焕发出积极进取、顽强拼搏的奋斗精神，为党和人民事业无私贡献了自己的一切。他们牢固树立和忠诚实践正确的世界观、权力观、事业观，言行一致地回答了什么是共产党员人生最高追求和最大价值这个根本问题。"

2018年6月，习近平总书记在山东考察时指出："在党的教育培养下，山东涌现出一大批英雄模范人物和党的好干部，焦裕禄、孔繁森就是其中的杰出代表。中国千百年来都把修身做人、立身处世看得非常重要。山东要用这些重要历史文化和革命文化资源来加强干部队伍建设，努力培养更多的好干部。"

这些深刻阐述，为新时代学习、弘扬孔繁森精神提供了根本遵循。

思想之伟大，正在于应历史之变，解时代之问；正在于总结历史，开启未来。

党的十八大以来，中国特色社会主义进入新时代。习近平总书记在民族工作领域把马克思主义基本原理同中国具体实际相结合、同中华优秀传统文化相结合，提出了以铸牢中华民族共同体意识为标志的一系列重大原创性论断，形成了习近平总书记关于加强和改进民族工作的重要思想，推动了马克思主义民族理论中国化时代化。

铸牢中华民族共同体意识是新时代党的民族工作的主线，也是民族地区各项工作的主线。必须坚持正确的中华民族历史观，深刻理解中华民族大家庭、中华民族共同体、铸牢中华民族共同体意识、推进中华民族共同体建设等理念的准确内涵。必须准确认识到铸牢中华民族共同体意识有着深刻的马克思主义共同体思想和民族理论来源，根植于中华民族大一统历史传统，内化于中国共产党推进中华民族共同体建设的历史实践。必须系统把握习近平总书记提出的中华文明突出特性，着眼于建设中华民族现代文明，构筑中华民族共有精神家园，推进中华民族共同体建设。

要通过铸牢中华民族共同体意识，引导各族群众牢固树立正确的国家观、历史观、民族观、文明观、宗教观；增进各族群众对伟大祖国、中华民族、中华文化、中国共产党、中国特色社会主义的高度认同；增强各族群众的国家意识、公民意识、法治意识；不断强化休戚与共、荣辱与共、生死与共、命运与共的共同体理念，推动中华民族成为认同度更高、凝聚力更强的命运共同体。

中华民族共同体意识是民族团结之本。民族团结是各族人民的生命线、幸福线，也是一个永恒的主题。

　　穿越历史的时空，回望孔繁森的奋斗历程，孔繁森倾尽心血，乃至献出生命，维护和促进民族团结，对西藏的建设发展，对西藏各族群众，献出了一个共产党员坚贞不渝的忠诚和心中的"大爱"，为铸牢中华民族共同体意识作出了突出贡献。

　　孔繁森始终坚持党和人民的利益高于一切，无条件地服从党的安排，两次进藏工作，奋斗了十个春秋。他以顾全大局、无私奉献的坚强党性，热爱人民、服务人民的公仆情怀，清正廉洁、克己奉公的高尚品德，艰苦奋斗、知难而进的拼搏精神，开拓进取、求真务实的优良作风，带领各族群众，特别是因自然环境和历史条件当时仍处于贫困中的西藏各族群众摆脱贫困、改善生活，身体力行地践行党全心全意为人民服务的宗旨，在边疆民族地区树立起共产党人的光辉形象，在西藏各族群众心中架起民族团结的桥梁，在雪域高原夯实休戚与共、荣辱与共、生死与共、命运与共的共同体理念的基础，赢得了西藏各族人民的爱戴。他把宝贵的生命献给了西藏各族人民和振兴西藏的宏伟事业，把不朽的精神留在了高原，用崇高的思想品德和光辉的业绩，在世界屋脊和西藏各族人民心中树起了一座永恒的丰碑。

　　孔繁森精神，形成于齐鲁大地这片红色的沃土，绽放在高寒缺氧的雪域高原。

　　孔繁森出生成长在浸润传统文化精髓、传承革命文化的齐鲁大地，从小就受到中华优秀传统文化的熏陶和党的教育培养，技校毕业后参军，在人民军队这个大熔炉的锤炼中，升发出保卫祖国、建设边疆的豪情壮志。孔繁森对祖国边疆有一种特殊的感情，早在1968年8月，24岁的孔繁森聆听了济南军区总医院骨科一名从西藏归来的军医作的报告，西藏这片神圣的国土就深深地映在他的心底。7年后的一天傍晚，孔繁森在高唐县赵寨子乡包队时向好朋友王克玉吐露了自己的心声："我一直在想，好男儿志在四方，祖国的边疆这么广阔、重要，应该保卫好、建设好。我经常想到边疆去，干一番轰轰烈烈的事业，就是青春和生命都献给边疆也在所不惜。"

1979年春，当听到中央决定从山东抽调部分党政和技术干部援藏的消息后，孔繁森积极主动地报了名。在家庭状况十分困难的情况下，他告别老母，舍家离子，不畏艰苦，毅然西行。

从海拔47米的聊城来到海拔4700米的岗巴县，孔繁森面对的不仅仅是新的工作和使命，还有极端恶劣的高寒缺氧的自然环境和截然不同的生活方式，这不但没有吓到他，反而激发了一个年轻共产党人的神圣使命感。为了更好地深入牧区，取得农牧民的信任，他很快就学会骑马，习惯了吃糌粑、啃风干牛羊肉、喝酥油茶，和藏族同胞打成一片。特别是1980年，孔繁森下乡途中从马背上摔下，昏迷不醒，当地藏族同胞把他送到医院抢救过来，这更加深了孔繁森对西藏各族群众的感情，以至于他回到山东后，对壮丽神奇的高原和淳朴的藏族农牧民仍魂牵梦绕、怀念不已。他多次表示："我这条命，是藏族老百姓给捡回来的。如果有机会，我愿再次踏上那片令人终生难忘的土地，去工作，去奋斗！"

1988年，孔繁森夙愿得偿，第二次进藏，回到了挚爱的西藏和藏族同胞中。使命的召唤、共产党人的初心，让他迸发出前所未有的力量和崇高的大爱。从离开东昌湖畔的那一刻起，他就许下庄重诺言："我孔繁森今日进藏，既没带来财产，也没带来金钱，却有一颗赤诚的心，一团炽热的情，一腔火热的爱。我要通过自己的工作和行动，把党的温暖和关怀送到每一个藏族同胞心中，证明我们共产党人是人民的公仆。"

孔繁森把西藏的老人当作自己的老人去孝敬，把西藏的孩子当作自己的孩子去疼爱，把西藏的土地当作自己的家乡去建设。

在任拉萨市副市长的 5 年中，孔繁森深入基层调查走访，真心实意为西藏各族群众办好事、实事。他以建设西藏为己任，以强烈的事业心和责任感，以高度的政治自觉和出色的领导能力，坚定执行党的路线、方针、政策，团结带领西藏各族干部群众，创造性地开展工作。

到阿里地区担任地委书记后，孔繁森坚定地贯彻落实中央西藏工作座谈会精神和自治区的部署，殚精竭虑地推动阿里地区社会主义市场经济体制的建立和发展稳定，倾尽全部心血带领阿里各族群众脱贫致富。全地区 106 个乡，他跑了 98 个，在雪域高原上留下了自己深深的足迹。在历尽艰辛深入调研的基础上，孔繁森带领阿里地区各级干部群众积极探索摆脱困境、改善生活的路子，擘画了阿里经济社会发展的蓝图，制定了以农牧业为基础，以能源、交通、通信为重点，以外贸、旅游、矿业开发为先导，以科技、教育为依托，重点突破、整体推进、全面发展的阿里经济发展战略，奠定了阿里脱贫致富、建设小康社会的物质基础，有力地推进了民族地区现代化建设。

孔繁森收养藏族孤儿，赡养关爱西藏老人，扶危济困，情暖雪域。当特大暴风雪袭击阿里的时候，孔繁森爬冰卧雪，冒着生命危险，深入海拔高、受灾重的牧区，连续工作两个多月，给群众送去急需的救济钱粮，鼓励因受灾而陷入困境的牧民积极生产自救。

一桩桩一件件……孔繁森给西藏各族群众做的好事，就像盛开的邦锦美朵，洒满高原。

1994年9月，孔繁森被国务院授予"全国民族团结进步模范"的光荣称号。还没有来得及亲自领取那金光闪闪的奖章，孔繁森就永远地走了，但他那数不胜数的促进民族团结进步的感人事迹却永远镌刻在各族人民心中。

一个来自齐鲁大地、两河（黄河、大运河）之畔的党的好干部，模范地执行党的民族政策，把西藏人民当作自己的骨肉亲人，让西藏各族人民感受到中华民族大家庭手足相亲、守望相助的温暖，他舍生忘死、为民造福的坚强党性和高尚品德，赢得了西藏各族群众的信赖和爱戴。

1994年11月29日，孔繁森不幸殉职后，全国上下掀起学习孔繁森的热潮。1995年4月7日，《人民日报》于头版头条发表长篇通讯《领导干部的楷模——孔繁森》，并配发社论《向孔繁森同志学习》；14日，中共中央组织部、宣传部发出《关于开展向孔繁森同志学习活动的通知》；29日，江泽民同志亲切会见孔繁森同志的家属及孔繁森事迹报告团成员，号召像当年学习焦裕禄、雷锋一样大力开展学习孔繁森活动。5月8日，《人民日报》发表江泽民同志的题词"向孔繁森同志学习"和李鹏同志的题词"学习孔繁森同志热爱人民、无私奉献的精神"。孔繁森事迹报告团在全国巡讲。《孔繁森同志事迹展览》在21个省、自治区、直辖市巡回展出，历时近两年，观众近千万人次。孔繁森的光辉事迹在广大党员和群众中产生了强烈的震撼，形成了强大的精神力量。

"冰山愈冷情愈热，耿耿忠心照雪山。"正如孔繁森在诗中所写的那样，他把自己一颗火热的心献给了西藏高原，献给了党的事业，献给了民族团结进步事业。他对西藏各族群众的爱，就像高原上的蓝天，那样的纯净，那样的深沉！他始终以坚定不移的理想信念，无私奉献、拼搏创新的奋斗精神践行着自己的那句名言："一个人爱的最高境界是爱别人，一个共产党员爱的最高境界是爱人民。"孔繁森为了西藏的经济发展和人民的幸福生活，为了民族团结进步事业，殚精竭虑、呕心沥血、忘我工作，直至献出宝贵的生命，为固边兴边富民，为不断强化休戚与共、荣辱与共、生死与共、命运与共的共同体理念作出卓越贡献，向党和人民交出一份优秀答卷，在铸牢中华民族共同体意识的道路上留下了铿锵坚定的闪光足迹，堪称新时期领导干部的楷模、进藏干部的榜样、民族团结的典范、铸牢中华民族共同体意识的忠诚践行者！

第一章

构筑中华民族共有精神家园

中华民族是一个大家庭，中华民族共有精神家园，是共同的精神支柱、情感寄托和精神归宿，是中华民族赖以生存和发展的精神财富，是中华民族生生不息、团结奋进的精神动力。

习近平总书记强调，"必须构筑中华民族共有精神家园。中华文化是各民族优秀文化的集大成。要在各民族中培育和践行社会主义核心价值观，弘扬以爱国主义为核心的民族精神和以改革创新为核心的时代精神，突出各民族共有共享的中华文化符号和形象，使各民族人心归聚、精神相依，形成人心凝聚、团结奋进的强大精神纽带"。

百年征途中，中国共产党团结带领全国各族人民，为民族独立、人民解放而前赴后继、顽强拼搏，为国家富强、人民幸福而不懈奋斗，书写了中华民族几千年历史上最恢宏的史诗，从根本上改变了中国人民的前途命运，得到各族人民的高度信任和衷心拥护，成为增强中华儿女大团结的坚强领导核心。实践证明，只有中国共产党才能实现中华民族的大团结，只有中国特色社会主义才能凝聚各民族、发展各民族、繁荣各民族。

　　中国共产党自诞生以来，就肩负起为中国人民谋幸福、为中华民族谋复兴的初心和使命。新中国成立后，中国共产党逐步确立了以民族平等、民族团结、民族区域自治、各民族共同繁荣、不断增强中华民族凝聚力为核心内容的民族理论政策框架，中华民族共同体建设进入崭新的发展阶段。

一、忠诚铸就高原丰碑

孔繁森，作为中国共产党人的优秀代表，抱定"青山处处埋忠骨，一腔热血献高原"的决心，将一生中最宝贵的年华乃至生命奉献给雪域高原和西藏各族人民，忠诚践行中国共产党人的初心和使命，践行全心全意为人民服务的宗旨。孔繁森用生命书写了中华儿女共同团结奋斗、共同繁荣发展的新篇章，在雪域高原上树立起共产党员的光辉形象！

"难道还要让党点名？"

1979年4月，中共中央组织部、人事部贯彻中央人才援藏的方略，采取长短结合的办法，实行干部"轮换进藏"，从19个省、市和9个中央国家机关、49个部门抽调3092名干部进藏，其中党政干部1556名（地级50人、县级586人），专业技术干部1536名。

早就怀揣报国之志的孔繁森，听到有援藏任务，第一时间就态度坚定地报了名。与孔繁森相熟的老朋友、老部下赵建国，听到孔繁森报名的消息就急匆匆地去找他，路上赵建国还提前准备了一套"劝退词"："你30多岁已是地委宣传部副部长，事业上正是春风得意时；几个孩子尚小，妻子体弱多病，正需你照料，老母年逾古稀……"

及至二人见了面，没容赵建国开口，孔繁森便热情地向他说起内心想法和打算："党既然组织援藏，西藏一定缺少干部，急需支援。我这样年轻的县级干部不报名，还要等着组织做思想工作吗？至于说西藏自然环境差，生活条件不好，用不着考虑。人家能吃的苦，我孔繁森就能吃。说起家里的事，我想平常日子还过得去，有个沟沟坎坎，你们这些朋友帮一把就行了。再说，谁没有家庭，要以此为理由不去援藏，山东还能集合起人来……"赵建国见孔繁森那坚毅的神情，不禁肃然起敬。

深夜时分，孔繁森躺在床上，想到自己走后家中的困难和高原的艰苦，思绪如潮，披衣起坐，在日记里坦陈自己的心声：

　　我们国家正处在拨乱反正、百废待兴之时，西藏缺少干部，急需支援。我这样年轻的县级干部不报名，难道还要让党点名？还要组织上费口舌做思想工作？我知道西藏条件差，生活艰苦，但是，你不去，别人也得去，人家能吃的苦，我孔繁森就能吃。再说，谁没家庭，谁无妻子老小，如果以此为理由不去西藏，党交给的援藏任务谁来完成？

这语言是平凡而朴实的。平凡中展现着这位在齐鲁大地成长起来的党员干部心怀雪域高原的胸襟，映照出一位共产党员建设保卫边疆的责任担当。伟大与渺小、崇高与庸俗、勇敢与懦弱、深刻与肤浅……在现实这块试金石面前，高下立现。

　　这次，聊城地区选派了15名德才兼备的优秀党政干部和技术干部组成援藏队伍，孔繁森担任副领队。按计划，技术干部援藏时间为三年，党政干部五年。这五年，且不说亲人间刻骨铭心的分离、牵挂之苦，单单家庭实际的困难就困住了手脚。彼时，孔繁森上有78岁的老母，下有三个年幼的孩子，最大的8岁，小的才3岁多，妻子身体也不好，而且家属、孩子户口在农村，他本人属于"一头沉"干部，当时农村还是凭工分吃饭，孔繁森这一走，家里的困难可想而知。

　　怕母亲知道了阻拦自己，孔繁森便先做通了妻子的工作，让她帮着瞒住老人。1979年4月26日下午，孔繁森要出发了。走出家门的脚步是沉甸甸的，仿佛有一只无形的巨手拽着孔繁森的身体。三个年幼的孩子不知道西藏在哪里、离家有多远，在他们幼小的心里，西藏要把父亲从自己身边拉走了。

　　孔繁森刚要抬脚起身，老大孔静猛然大哭起来，扑上去抱住了爸爸的腿，儿子孔杰、老小孔玲也跑了过来。送行的人含着泪把三个孩子抱开。

　　就这样，孔繁森瞒着老母亲，撇下孩子，离开家乡，踏上了初上高原的漫漫征程。一位熟悉孔繁森的老领导由衷地感慨："男儿取义在边疆，再深的亲情也难以挽留。"

　　孔繁森进藏本来是作为地委宣传部副部长对口安排的。由于海拔较高、条件艰苦的岗巴县需要充实领导干部，组织上见孔繁森综合素质强、身体条件好，决定派他到海拔4750米的边境县岗巴担任县委副书记。征求个人的意见时，孔繁森毫不犹豫地表示："我年纪轻，没问题。我是党的干部，服从组织安排。"就这样，孔繁森来到了条件更艰苦的岗巴。

时任日喀则地委第一书记多吉才让高度评价孔繁森："孔繁森同志有很强的党性原则，即处处事事都以党性原则来处理、来对待。他两次进藏本身就说明这一问题。记得他刚到岗巴时，我曾对他说，岗巴很艰苦，海拔4700多米，语言、习惯、环境都与内地差别很大。他说，放心吧，有那么多的人民、那么多的干部、那么多的子弟兵，在那里生活工作，我又有什么困难不能克服呢？我一定按党组织的要求把工作做好。"

岗巴，藏语意为"雪山下的村庄"，位于喜马拉雅山中段北麓卓木雪山和康钦甲午雪山附近，紧靠珠穆朗玛峰，与萨迦、亚东、白朗、定结县相邻，南与印度接壤，蹚过一条小河就到了中印锡金段边界线。

岗巴县东距日喀则市区307公里，离拉萨市580公里，由于海拔高，空气含氧量只有海平面的50%，且冬春季节寒冷干燥，多是大风和扬沙天气，自然条件比较恶劣。全县当时不到1万人，藏族人口占99.8%，交通不便，人烟稀少，植被稀疏，是西藏有名的贫困县。

尽管在去往岗巴路上已经做了充分的思想准备，但是进了县城，孔繁森还是一下子怔住了：所谓的岗巴县城，除了坐落在山岗上几排生锈的铁皮房子外，什么也没有了；别说与内地的县城相差甚远，就是内地的一个大村庄也要大它好几倍。听完县里同志的介绍，孔繁森的双眉锁得更紧了。这时，他才真正理解了党中央派内地干部援藏的意义，明白了日喀则地委组织部的意图，一种强烈的压力感和责任感，从心底油然而生。孔繁森在给战友的信中说："这里实在太艰苦了，全县只有一棵树，既然我来了就要坚持下去，决不打退堂鼓，决不当逃兵……"

初上高原，头痛胸闷等高山反应，无情地折磨着孔繁森。他感到喘不上气来，走起路来双脚像踩在海绵上，但他抱定一个信念：我是来建设边疆的，人活着不能为了自己，要对党对国家有价值。凭着这股劲头，孔繁森不但很快克服了高原反应，而且学会了骑马，和藏族同胞一起吃糌粑和风干牛羊肉。

那时，党的十一届三中全会刚刚开过，中央西藏工作会议确定了西藏建设发展的方针政策，西藏开启了改革开放新时期的序幕，春风吹拂着位于藏南边境地区的岗巴县，县委根据党中央和自治区的指示要求，落实中央西藏工作会议精神，积极推行以"两个长期不变"（土地归户、自主经营长期不变，牲畜归户、私有私养长期不变）为主要内容的农牧区改革。

为了在农牧区推广"两个长期不变"和家庭联产承包责任制，孔繁森进驻昌龙乡开展试点工作，带领群众脱贫致富。

坐落在抗坚宋阿山下的昌龙乡，在藏语中意为"风口"，气候恶劣，自然条件差，生产落后，是有名的半农半牧的穷乡。当地的藏族同胞向孔繁森介绍说，抗坚宋阿山，藏语意为"五个藏宝雪山"。相传，公元8世纪中叶，莲华生大士受吐蕃赞普赤松德赞的邀请到中国西藏传播佛教，返回古印度的途中曾在这里的山洞里修行。当时雪山下瘟疫流行，老百姓日子过得特别艰难，听说莲华生大士来到这里后，牧民们向莲华生大士提出请求，为人间留下一口医治百病的神水。随后莲华生大士念起了经文，用手杖在山腰间捅出一口泉水，泉水汇聚到山下形成了"照见湖"。相传这泉水是赐给百姓医治百病的圣泉，这湖是洗去百姓烦恼忧伤的洁净之湖。因此每到春秋季，当地群众扶老携幼来到这里朝拜、沐浴、喝甘露，临走的时候还要带上很多的水回去送给亲朋好友。

孔繁森领悟了这个传说的含义，这股清泉其实是藏族同胞内心的一个期望！他们祈盼着天上的神仙下凡辟邪降福，过上幸福的日子。孔繁森下定决心带领藏族同胞改变贫困面貌，"共产党员是为人民服务的，应该为人民做事。我是一名共产党员，我一定要以实际行动带领当地百姓早日过上好的生活"。孔繁森是这样想的，也是这样做的。白天，孔繁森戴一顶草帽，和群众一起去收割、打场；晚上，他逐家走访，访贫问苦，身背药箱送医送药，为群众诊疗治病。他住在昌龙乡老支书格热家中，与格热、拉吉老两口儿同吃同住同劳动，真心相处，成为情深谊重的一家人，谱写出一段汉藏大团结的佳话。

怎样发挥好"两个长期不变"的农牧区改革的政策优势，带领昌龙乡群众走出长期贫穷的困境？必须从转变群众思想观念入手，从昌龙乡的实际出发，拿出顶用有效的办法。孔繁森找群众谈心，宣讲上级的政策：要改变贫穷面貌，必须实行土地联产承包，依靠科学，增加投入，发展农牧业生产；必须改善生产条件，提高劳动生产率；必须解放劳动力，发展多种经营。这些想法，当时许多人认为超前了，一些群众心存疑虑。孔繁森一边加紧宣讲，一边带领群众扑下身子实干。

为了解决当地吃水和农田灌溉问题，孔繁森带领群众修昌珠水库。孔繁森跟大家一起劳动，背石头挑最大的背，后背都被磨破了，血顺着脊梁流了下来。一旁的藏语翻译阿旺曲尼看到后很是着急，"孔书记你千万不要这样，回去我给县里怎么交代啊？"孔繁森却一点儿也不当回事，反而安慰起阿旺曲尼："不要紧，这是小事，只是擦了一点儿皮。我跟他们一样，他们能干的我也能干。"直到现在，那座全凭人力肩挑背扛建成的昌珠（藏语意为"血汗"）水库仍然发挥着作用……

时间不长，群众尝到了甜头。昌龙乡实行了土地联产承包，生产条件改善，粮食产量增加，牧业和多种经营得到发展，农牧民群众的生产积极性调动了起来。昌龙乡的经验在全县得到推广，有力地推动了岗巴县"两个长期不变"和家庭联产承包责任制的实施。

在岗巴工作的日子里，孔繁森跑遍了全县的山山水水、田野牧场，掌握了丰富的高原牧区基层情况，了解了藏族群众的要求和愿望，与当地干部群众结下了深厚的友谊，为岗巴的改革发展和摆脱贫困作出了贡献。

由于中央调整干部援藏政策，孔繁森和同批援藏的党政干部奉调返回。离开岗巴的那天清晨，县委院子里站满了藏族干部职工和附近群众，欢送的人群排着队，依依不舍地为他们献哈达、敬青稞酒，为孔繁森和其他内调的干部送行。孔繁森是一个十分重感情的人，见此情景，他的眼泪顺着脸颊流了下来。孔繁森他们的车开走了，在场的上百人一边流泪一边频频挥手，站在那儿久久不愿散去。

回到家乡聊城，孔繁森先后担任莘县县委副书记，聊城地区行署办公室副主任，聊城地区林业局局长、党组书记，聊城地区行署副专员。熟悉他的人都知道，援藏归来后，孔繁森挂在嘴边上、谈得最多的是西藏：藏族同胞如何淳朴善良，西藏如何神奇美丽，汉藏同胞团结对巩固西南边防意义如何重大，西藏的开发发展对全国乃至对世界有多么重要的意义……

孔繁森虽然人回到了聊城，心却一直挂念着岗巴。在写给当时还在岗巴工作的甘肃援藏干部殷怀德的信中，孔繁森说，"我虽人回了山东，但日日夜夜想你们，盼着你们。西藏把我的灵魂留下了，这一点你是理解的"。

在给岗巴县干部郭辛文的回信中，孔繁森这样表达自己对雪域高原的眷恋："我身为老大哥，为你们的艰苦生活而担忧，希望你们注意几点：一是注意身体，要吃好、睡好、穿好，天气已冷，这里已经开始穿毛衣啦，你们更要注意。二是要和藏族干部、群众搞好团结，不光是和他们多接触，更主要是从思想上尊重他们，这是做好工作、搞好生活的保证。三是注意抓好自身的学习，要千方百计挤时间学习。""高原生活虽不长，我怀念西藏，怀念西藏的人民和朋友。在这里，每当我与朋友、同志们欢聚时，更加想念你们。"

经过岗巴三年工作生活的磨砺，孔繁森深知高原生活的艰苦，但是，超越这艰苦的，是他对雪域高原、对生活在雪域高原的各族群众深沉炽热的大爱。孔繁森热爱西藏的山山水水，也热爱朝夕相处的藏族同胞。他用诗歌抒发对祖国边疆这壮美山河的热爱：

我热爱美丽的西藏，

这里有高入云天的雪山，

有绿色无边的草原，

有肥壮的牛羊，

有潺潺的流水，

还有数不尽的宝藏。

"耿耿忠心照雪山"

1988年10月11日，为促进西藏经济建设事业的发展，中央下发《关于为西藏选派干部的通知》，中共中央组织部、人事部决定，从北京、天津、山东等14个省市和国务院各部门选派414名干部进藏工作。中组部要求山东省派两名厅局级干部，条件是政治立场坚定，能够适应西藏生活，有领导工作经验，胜任副厅级领导工作，并要求省里确定一名素质高的同志带队。山东省委组织部副部长王克玉当即想到了孔繁森，马上向山东省委常委、组织部部长张全景汇报，后者非常同意这一建议，并说这是最理想的人选。聊城地委书记王乐泉到省委组织部汇报工作，在征求其意见时，王乐泉推荐的第一人选也是孔繁森。

随后，王克玉找孔繁森谈话，问道："家庭是否有困难？能否走得开？"孔繁森掷地有声地回答："家庭困难能够克服。老母亲虽然年迈，但我哥哥和我爱人都很孝顺，为了党的事业，'孝'要服从'忠'。"

对党忠诚，在孔繁森心里已经根深蒂固。事后，孔繁森表示，"第二次进藏，完全是出于个人自愿和我对藏区人民的深厚情感"。

孔繁森心里很清楚，家里确实有不少困难，自己的身体状况不如从前了，妻子也体弱多病。想到自己一走，全家的生活重担又要压在妻子一人肩上，孔繁森觉得对不起妻子和孩子。

一天，孔繁森对妻子王庆芝说："我带你和孩子们到北京玩几天吧。"王庆芝感到很奇怪，别说是去北京，就是在聊城，孔繁森也从来没空陪自己和孩子们出过门，这一次是怎么了？带着疑惑，王庆芝和孩子们跟着孔繁森来到了北京，游览了天安门和长城。游玩途中，孔繁森话里有话地对王庆芝说："到了北京，就等于走遍了全国。以后我无论走到哪里就像到北京一样，你和孩子们别牵挂。"听了这番话，王庆芝似乎有了某种预感。

从北京回到聊城后，孔繁森不知该怎样对妻子开口，一直拖到9月底，才对妻子说："庆芝，组织上又安排我进藏了……"王庆芝一听这话都惊呆了，"你已经40多岁了，咱娘也已经87岁了，你是一个孝顺儿子，万一娘不好咋办？再加上三个孩子正是难管的时候……"孔繁森援藏的那几年，家里老人老、孩子小，王庆芝除了每天跟生产队出工外，还种着六口人的一亩半的自留地，翻地、上粪、刨地瓜、拔棉花柴，里里外外都是她一个人干。为了攒钱送孩子上学，王庆芝还喂了几头猪和几只羊。一想到这些，王庆芝哭了起来。孔繁森就一直解释说，这次进藏要的是有援藏经验的，一个党员，要听从组织安排，要顾大局。王庆芝抹抹泪只好说："既然你决心已下，我就支持你去。家中的事你就放心，把娘接来，我照顾。"

看着妻子不舍的样子，孔繁森的心里也一阵阵发酸。"庆芝，咱娘就靠你照顾了，孩子也靠你管了。等我回来一定加倍偿还。"孔繁森说。

1988年10月17日，是孔繁森第二次进藏去省里集合的日子。许多人至今还记得那感人至深的一幕：一大早，许多领导、同事、亲朋故友赶到孔繁森家里给他送行，门口、院子里站满了人。孔繁森这位平日豪爽干脆的山东大汉，却手足无措地踟蹰在87岁老母亲的轮椅前，意迟迟，步缓缓。孔繁森用手轻轻梳理着母亲那稀疏的白发，然后贴在老人的耳朵旁，声音颤抖地说："娘，儿又要出远门了，到很远很远的地方去，要翻好几座山，过好多条河。"

"不去不行吗？"年迈的母亲抚摸着儿子的头舍不得地问。

"不行啊，娘，咱是党的人。"孔繁森的声音哽咽了。

"那就去吧，公家的事误了不行。多带些衣服、干粮，路上可别喝凉水……"

想到也许这是同老母亲的最后一面，孔繁森再也抑制不住内心的感情，"扑通"跪在母亲面前："娘，您自己多保重！"说完，流着眼泪给老母亲重重地磕了一个长头。

孔繁森擦干眼泪，一步三回首走出屋门，第二次踏上了进藏的征途。

离开家乡聊城，孔繁森和其他31名援藏干部在济南集合，参加出发前的培训。10月19日，举行欢送援藏干部会议，山东省委副书记、省长姜春云出席会议并做动员讲话："第一，这次到西藏有着特殊的重大的意义，同时也是全省广大干部和党员的光荣，赴藏名单是经过常委会广泛讨论的。第二，说明我们的干部党性是高的、党性是强的。党需要的时候，大家能挺身而出，说明大家觉悟是高的。第三点，说明了干部亲人家属觉悟高、风格高，为了边疆的工作，承担了不少的困难，如果家属亲人不支持的话，工作也干不好。支边是党中央的重大决策，是广大人民的期望。越是艰苦的地方越得经得起检验，大家要过环境关、生活习惯关、民族关系关，这是学习锻炼的机会，是开创局面的机会，是开阔眼界的机会，是考验的机会。不要忘记我们是中央、省委组织部派去的，到西藏要出色地完成党组织交给我们的任务，到那里要和藏族人民交朋友，虚心学习，要做两个文明建设的模范，要认真学习党中央的方针政策。"

赴藏启程前，孔繁森赶到老朋友赵建国家，他知道著名书法家、学者蒋维崧先生是赵建国的老师，托赵建国代求墨宝，求写一对条幅："是七尺男儿生能舍己，作千秋鬼雄死不还乡！"这是孔繁森精神的真实写照，也是一个中国共产党人舍生忘死的英雄气概。

10月26日下午1时，身负组织重托的孔繁森带领山东援藏干部，从成都双流机场登机飞往拉萨贡嘎机场。飞机在云端中飞翔，苍莽群山、迢迢碧水在视线中疾驰而去，家乡和亲人越来越远，孔繁森的思乡之情油然而生，打开笔记本挥笔写下诗句：

人在空中悬，心在故乡边。
山川美如画，思情心中添。

飞机越升越高，脚下的景色也全然变了样，湛蓝如洗的天空下，高寒地带的崇山峻岭、参差峰巅，披挂着终年的冰铠雪甲，旷远而壮美。想到自己即将再次踏上这魂牵梦绕的雪域高原，回到淳朴的藏族同胞身边，年轻时立下的建设边疆、保卫边疆的志向就要从这里启航，孔繁森不由得感慨万千、心潮澎湃，他在刚刚写下的思乡诗句后面，抒发着自己从心底里升腾起来的对党和人民的忠诚：

峥嵘岁月三十年，二次出征到边关。
踏遍荒山犹未老，历尽千辛更知甜。
冰山愈冷情愈热，耿耿忠心照雪山。

到任拉萨后，孔繁森便投入到紧张的调研工作中。连续半个多月跋山涉水调研的劳累，依然难以消减对家乡亲友的思念，孔繁森于11月26日的日记中写下了《家乡情》：

我走得太急促了，没来得及和领导同志们握握手，没来得及回回头。面对给我送行的人群，只点了点头。从领导的表情上，已看出大家对我的厚爱和深情，看出了亲朋好友对我的寄托和希望。我不知为什么连说一声再见的勇气也没有。我的两眼模糊了，我的心动情了，我急忙钻进了车里。此刻，司机似乎更理解我的心情，立即开车，急速离开我生活了近30年的聊城。

我从来不爱做梦，不知为什么，自从来到高原后，每当夜幕降临，我就梦回到家乡，梦见家乡的铁路通了车，听到新电厂的机器轰鸣，梦见了范筑先烈士陵园已落成，家乡的小城增添了美丽的光彩；梦见凤城湖的鱼跃、舟戏；梦见与亲朋好友正举杯共饮；梦见老母亲微笑着把我呼唤。

梦魂萦绕着家乡。

家乡明年的规划图已经绘好了吧，节日的物资已备齐了吧，正月十五的彩灯已扎好了吧，绿化大地的第二战役准备工作就绪了吧，迎春花快开了吧？

我从来不信神，但我在默默地祈祷今年家乡风调雨顺，祈祷领导和同志们在新的一年万事如意，团结奋进；祈祷老人幸福长寿，青年人快马扬鞭，前进，前进。

高原的风是冷的，气候是寒的。然而，我一想起党组织对我的嘱托，亲朋好友对我的厚爱，我就忘记了前进路上的艰辛和坎坷。我觉得我身上有使不完的劲，我早已把苦涩和危险置之度外。

人非草木，孰能无情！在艰难的抉择中，孔繁森义无反顾地把党的要求和西藏各族群众的利益放在第一位，两次走出家门，跪别老母，舍家离子。孔繁森只能在夜深人静时，用诗文来寄托和慰藉内心深处的思乡情和对亲人的愧疚：

拭泪辞亲赴西界，银装蜡象夫莫开。
依依别情谁为寄，拳拳赤子何由来。

夜静四无邻，犬声扰我心。
思乡思亲友，更思老母亲。

人在高原中，心在故乡边。
夜梦亲友乐，思情日日添。

第二次进藏不久，孔繁森思念起疼爱自己的老母亲，如今相隔万里无法照料，不禁泪流满面，他写道："自古忠孝难成全，每忆老母涕泪流。""何必轻洒伤心泪。铁肩担道义。"

瘫痪在床的老母亲一直到去世前都认为自己最疼爱的"三儿"在北京学习。在此后援藏工作的日子里，孔繁森很多次地说起自己对妻儿老小的愧疚，当谈到自己不能在老母亲膝前尽孝时，他眼里含着泪花说："自古忠孝不能两全，我不是个好儿子啊！"

孔繁森对亲人有着无尽的温情，但他把更真诚的爱奉献给了西藏人民；他对故乡有着梦牵魂绕的依恋，但他把更恢宏的爱播撒到祖国的雪域高原！

"组织的需要就是我的愿望"

阿里地区平均海拔4500米以上，年平均气温在零度以下，高寒缺氧，氧气含量为内地的60%，自然条件十分恶劣，长期以来被视作"生命禁区"，是"世界屋脊的屋脊"。阿里地广人稀，30多万平方公里的土地上仅有6万多人口；经济落后，交通闭塞，从拉萨到阿里地区驻地狮泉河镇，汽车要走五天，货物进出阿里大多要通过新疆，不要说与山东比，就是比西藏的许多地方也艰苦很多。

1992年底，西藏自治区党委从全区发展的大局出发，考虑阿里地处西藏西部边疆，环境更加艰苦、工作更加困难，更需要党性强、作风好、有较强独立决策能力和丰富领导经验的干部打开工作局面，综合班子成员素质、年龄、结构等因素，各方面都过硬的孔繁森是难得合适的人选。

自治区主要领导给孔繁森谈话："你两次援藏，很辛苦，干得非常出色。我们知道你家里有很多困难，爱人身体不好，孩子都还在上学，按常理应该让你回去。但是呢，我们考虑再三，也和山东省委沟通了，再留留你。阿里配干部特别不容易，需要一个政治素质好、工作能力强，又能够领着大家干事创业的人，我们考虑来考虑去，还是选择了你。"孔繁森斩钉截铁地表示："我是党的干部，组织的需要就是我的愿望。既然自治区党委有这个考虑，组织上信任我，我就到阿里去，请自治区党委放心，一定不辜负组织的期望，尽自己最大的努力，把阿里地区工作搞好。"

援藏战友、同事听说孔繁森要去条件十分艰苦的阿里任职，很多同志不理解孔繁森的选择，连忙约在一个星期天，像往常那样赶到他在拉萨的宿舍聚会，大家一边包饺子，一边你一言我一语地议论起来。

"老孔，你昏头了，你老娘已经九十多岁了；你爱人1990年做了脾切除手术，身体那么弱；你自己还患有低血压、直肠瘤，还抚养着两个孤儿。哪条理由提出来，组织上都会理解的。"

两手沾满面粉的孔繁森边忙着手里的活儿，边真诚地对大家说："困难谁没有，家家有本难念的经。要是大家都念自己的经，国家的经谁念？既然组织决定了，说明信任俺，俺能讲困难、摆条件吗？"

"孔叔叔，你两次援藏，从岗巴县委副书记到拉萨市副市长，论政绩响当当，论名望顶呱呱。见好就收吧。你的户口、档案、工资都在山东，第二次进藏也快到期了，按期回去吧。"一位小青年自顾自地说着自己的看法。

"这话就差了。干部是党的干部，不是哪个省的干部。当年的红军要是只待在陕北，哪有全中国的解放？"孔繁森同志语调平缓，柔中带刚，在场的人被他这一席话深深地打动了。

像这样的工作调动，孔繁森经历过多次。每一次他都把党和人民的需要作为自己的唯一选择。

孔繁森的骨子里刻着对党的忠诚，他的心与西藏融为一体，他的身与雪域高原上的人民紧密联系在一起；西藏就是他的精神归宿，奉献祖国、奉献雪域高原是他心中永恒的信念。雪域高原上永远回荡着铿锵有力的誓言："组织的需要就是我的愿望！"

三次历险，初心不改

孔繁森在西藏工作期间，经常说的一句话就是："活着就干，死了就算。"

迟浩田将军回忆：1990年7月，陪江泽民总书记去西藏视察，当时担任拉萨市副市长的孔繁森在汇报工作时，热情地谈起自己曾是济南军区的一名老兵，至今对部队这所革命大熔炉怀有深厚的感情。当迟浩田问他在这里工作有什么困难时，孔繁森笑着说："西藏人好地好，我爱上了这个地方。党派我到这里，我一定干好，再大的困难也能克服。活着就干，死了就算！"1994年7月，孔繁森作为阿里地委书记赴京参加中央第三次西藏工作座谈会，再次与迟浩田将军见面。迟浩田将军看着他清瘦憔悴的面庞，劝他多保重身体，孔繁森还是笑着说："我已算是西藏人了，为了西藏的发展，活着就干，死了就算。"两次会面，同一话语，平凡朴实的语言体现出孔繁森无所畏惧的牺牲精神。

1994年9月，在西藏自治区党委召开的贯彻落实中央第三次西藏工作座谈会精神的四届六次全委（扩大）会上，孔繁森发言时说："一定要把中央对西藏的关怀传达给群众，把上级的好政策、好资源切实送到西藏人民的心坎上，活着干，死了算！"主持会议的陈奎元书记闻听此言，打断了他说："老孔啊，不能这么讲，阿里地区高寒缺氧，自然条件非常艰苦，不是谁都能去的。要保重身体，该查体查体，该休假休假。"

孔繁森回到家乡探亲时，曾多次在饭桌上对好朋友说，"如果我过年回不来，你们就为我摆双筷子"。每次大家都立即阻止他，不让他说这些"不吉利"的话。但没有人知道，孔繁森在"生命禁区"经历了怎样的生死考验。

孔繁森殉职前，在雪域高原经历过三次生命历险。

1980年春天，孔繁森下乡检查工作。由于山区没有道路，到处是重叠的山峦和纵横交错的沟壑，不仅车辆无法通行，连马都很难行进。那时孔繁森刚学会骑马，技术还不熟练。当他骑马来到塔杰村附近时，马儿突然受惊狂奔，孔繁森被重重地摔下来，因为一只脚还在马镫里，他又被拖行了一二十米远，当即昏迷过去。一个藏族老大爷看到刚才一个人还在马背上骑着马，后来光见马不见人，就意识到不好，这人是不是摔下来了？高原氧气稀薄，人摔伤后如果未能抓紧抢救，很可能因缺氧致死，情况十分危险。老人就赶紧跑去察看，见孔繁森已经昏迷过去，便连忙叫来周边的群众，抬着已经昏迷了的孔繁森走了30多里山路，及时送到医院进行抢救。

经医生诊断，孔繁森被摔成了严重的脑震荡。当孔繁森从昏迷中苏醒过来后，看到守在病房门口为他祈求平安的藏族群众，心中的感动无以言表。

这件事情之后，孔繁森多次在不同的场合动情地说："我这条命是藏族老乡捡回来的，只要有机会，我就要豁上自己这百十斤儿，为藏族人民多做事、做好事！"

第二次是1989年11月14日，孔繁森在赶赴会议的途中发生了严重车祸。同期援藏干部、冠县广播电视局原局长李树起回忆："晚上七点左右,孔繁森去山南报到,准备参加次日召开的全市卫生工作会议。因为孔繁森在一所学校处理公务比较晚了,急着赶往山南。在贡嘎机场附近一个丁字路口,所乘车辆与一辆拖拉机相撞,车子翻到路边一个池塘里,幸亏没水。人被甩在车外,头撞在石头上,血流满面。当地人看到是拉萨车牌号,车号较小,估计是个大干部,就马上报告县里。县里派人赶到,得知是孔繁森出事,立即联系拉萨,在县医院简单处理后,马上让西藏军区总医院接走抢救。"

孔繁森的伤情非常危重:颅骨骨折、多次吐血,一直高烧昏迷。经过紧急抢救,才脱离了危险。因为伤势过重,完全康复还需要很长时间,军区医院专家建议他转到内地的大医院治疗,以免留下后遗症。

住了12天院,孔繁森就返回工作岗位,后来市委领导下了命令,他才听从医生建议回内地治疗。而在这期间,一心扑在教育工作上的孔繁森则利用回内地的机会,完成了对内地多个城市西藏中学的考察慰问。由于错过了最佳治疗时机,治疗又不及时不彻底,最终落下成像重影的后遗症,很长时间里眼睛周边一大圈一直都是青的。熟悉孔繁森的人都说,从那以后感觉他一下子老了很多。

1994年春节期间,阿里遭遇50年一遇的特大暴风雪。接到灾情报告,孔繁森立即召开紧急会议,全面部署抗灾救灾。2月24日,会议一结束,孔繁森就马上带领工作组,赶往受灾重、海拔高的革吉县和改则县。

孔繁森一行首先来到海拔5300多米的革吉县亚热区。分别听取革吉县县长次旺、亚热区委副书记嘎玛青绕、罗玛乡乡长顿珠关于灾情的汇报。

听到灾情这么危急、牧民遭遇的困难这么大，孔繁森的心揪了起来，重点灾区的灾情不清楚，可能要出现意想不到的问题。由于连日的劳累，孔繁森早已精疲力竭，严重的高山反应加上感冒，两种症状叠加到一起，让他浑身像散了架一样难受。随同孔繁森来的几个年轻同志，先后因疾病和高原反应躺倒了，可孔繁森顾不了自己身体的状况，坚持要到现场去解决灾民的实际困难。

孔繁森要去的曲仓乡这两个村，是阿里最高的牧业点，海拔5800米。天气好的时候过去都很艰难，在这暴风雪的天气里，怎能让地委书记去冒这个险！"不！绝对不行！你不知道那里的山有多高，这种天气去，太危险了！"区长果断地阻止说。

可孔繁森丝毫没有考虑自身的危险，他说："党的温暖是靠我们每个干部去体现的，在人民群众受灾受难时，我们要急群众之所急，雪中送炭，把党的关怀和温暖送到他们的心坎上。""就是爬，我也要爬到那里去！"孔繁森有些激动。

见劝说不成，区长特意给孔繁森和陪他的几个人挑选了几匹好马，他们冒着风雪赶往这两个受灾最严重的村庄，有的地方马也上不去，他们就牵着马走。山高路险，一步一喘，实在走不动了，就趴在马背上喘几口粗气再继续走。饿了吃糌粑啃方便面，渴了抓一把雪团吃。

黄昏时分，孔繁森他们终于赶到那里。看着牧民们躲在帐篷里，帐篷在风雪中吱呀吱呀地作响，孔繁森的心比刀割还难受。踏着厚厚的积雪，他一座帐篷一座帐篷地走访察看，问牲畜死了多少，生活有什么困难。孔繁森告诉大家：要先保人，后保畜！

地委书记来看望群众了。那些被大雪围困的藏族同胞做梦都不会想到，在这样恶劣的天气里，地区里的大本布拉（藏语意为"大干部"）能来到自己的身边。

孔繁森在风雪严寒中了解灾情，慰问群众，给受灾群众发放救灾款，一一研究解决曲仓乡受灾牧民的搬迁、转场和买牛的经费及口粮等问题，坚定他们抗灾的信心，一直忙到凌晨两点多钟，才在帐篷里躺下休息。

奔波劳累了一天的孔繁森终于可以躺在牧民的帐篷里歇歇了，高原的夜空黑暗、深沉，凛冽的狂风不停地呼啸，剧烈的头痛使他怎么也睡不着。零下30摄氏度的极寒天气，5800米的海拔高度，再加上途中艰难的跋涉、连续的工作，让孔繁森本已病弱的身体几近崩溃。

凌晨3时，孔繁森感到心跳加快，胸闷气短，天旋地转，似乎预感到死亡正向自己逼近……

孔繁森强支起虚弱的身体，打开手电筒，在笔记本上给公务员梁福兴写下自己的"遗书"。一旦自己有个三长两短，好让他处理起来有个遵循：

小梁：

不知为什么，我头痛的（得）怎么也睡不着觉。我是在海拔近6000公尺的地方给你写的信。人有旦夕祸福，天有不测风云，我有一事相托：万一我发生了不幸，第一、你不要难过。第二、你给地（委）行（署）领导讲不幸的消息，不要给我家乡讲，更不能让我母亲和家属孩子知道。第三、你要每月以我的名义给我家写一封报平安的信。第四、我在那（哪）里发生的不幸，就把我埋在那（哪）里。切记切记！

从那笔迹中可以看出，孔繁森是忍受着巨大的痛苦写下的这个"遗书"。不足二百字的短短交代，字里行间体现出极强的组织观念和对家人的无限眷恋，充满了一个中国共产党人"青山处处埋忠骨"的革命英雄主义情怀和对西藏人民赤诚的大爱。

天亮了，孔繁森在朦胧中动了动胳膊和腿，都还听使唤，就连他也不知道自己是如何赶走死神、是如何熬过那个夜晚的。

如今，这封写在笔记本上的遗书陈列在聊城孔繁森同志纪念馆，为国家一级革命文物、100件齐鲁瑰宝之一。

甘于清贫，共产党人的精神气质

人们在料理孔繁森的后事时，看到三件令人心碎的遗物：一是一台袖珍收音机；二是仅有的八块六毛钱；三是他的"绝笔"——去世前4天写的12条建议的草稿。

"孔繁森殉职时身上只有八块六毛钱，有的人不信，反正我完全相信！"和孔繁森一起于1979年第一次进藏的聊城市政协原副主席宋来君，在接受采访时肯定地说。

　　孔繁森任岗巴县委副书记期间，宋来君当时担任南木林县副县长，有次他俩商量好一块回内地。赶到机场的孔繁森不好意思地找到宋来君，说自己身上没钱了，让他帮着买张回山东的机票。熟知孔繁森为人的宋来君又好气又好笑："伙计，回家连路费都没了？钱呢，又学雷锋了！"孔繁森笑了笑，未置可否。

　　在西藏工作的10年间，孔繁森几乎没有往家里寄过钱，他的工资大部分花在西藏群众身上。在阿里时，孔繁森一个月有500多块钱的补助，都是公务员梁福兴到行政科替他领取。领补助的时候，梁福兴特意都换成十元二十元的零钱，方便孔繁森下乡的时候带着分给困难群众。孔繁森碰到贫穷的小孩要给钱，看到孤寡老人也要给钱，一个月的补贴往往就这么分完了。梁福兴说："好多人可能体会不到，他把东西分给人家时，发自内心的快乐。"孔繁森见不得西藏各族同胞受苦受穷，见到别人有难，他都慷慨大方、毫不犹豫地倾囊相助。但对自己，他甘守清贫，在他工作过的地方都流传着孔繁森艰苦朴素、勤俭节约的故事。

　　藏语翻译阿旺曲尼这样回忆孔繁森在岗巴县工作时的情景："当时县里只有两台柴油发电机，七点钟送电，十二点钟熄灯，其余时间点的都是蜡烛。孔繁森一个月能分到七根蜡烛，蜡烛最后烧完总会留下一点蜡烛头和碎蜡烛，孔繁森把它们攒下来放在罐头盒里，用棉线绳放在中间，点着继续用。"

　　1991年7月，孔繁森带领拉萨市工作组下乡。晚上，洗完冷水澡后，孔繁森把洗干净的内衣裤晾在屋外的绳子上。第二天傍晚忙完工作回来，看见工作组的几个同志在那里指指点点，走近了才知道大家是说他的内衣"有碍观瞻"——几乎是补丁摞补丁，连内地的普通农民也不如。大家和孔繁森开玩笑说，还不如趁着天黑偷偷扔了算了，孔繁森风趣地回答："反正穿在里边也看不见，法律也没规定领导干部不能穿带补丁的内衣呀？"公务员帮他洗衣服时，看他的一件背心都破得不成样子了，便扔掉了，孔繁森又捡了回来洗净，自己缝缝补补又穿上了。

采访孔繁森的身边工作人员时，他们都能说上几件孔繁森"抠门"的故事：平时，在地委食堂吃饭，孔繁森总是自己吃得干干净净，也不让别人剩饭剩菜。工作一忙，经常吃白饭就榨菜，或者泡方便面；孔繁森穿的许多内衣打着补丁，连块香皂都舍不得买；每次去拉萨开会、办事，孔繁森总要买上一些价格低廉的生活日用品带回阿里，因为有地区差价，这样可以省点儿钱。

当时担任改则县副县长的援藏干部周美婷回忆：有一次，孔繁森到医院看望一个病人，在门口看见一位浑身脏污的藏族老乡躺在地上。孔繁森当即就找到医院领导，安排把那位藏族老乡抬进医院，办理了住院手续。很多藏族干部都感动地说："藏族同胞躺在地上，很多藏族人都视而不见，孔市长看见才得到治疗，他有一颗金子般的心啊！"过了几天，孔繁森和几个老乡一起在饭馆吃饭，剩下了几个烧饼，孔繁森吩咐通信员打包给住院的那位藏族老乡送去。孔繁森还特意交代，打包时不要把掰成半块的给收拾进去。

他用他那颗滚烫的心温暖过无数人，可对自己却苛刻得有些不近人情。一次，因外科手术孔繁森住进了西藏军区总医院。医院开始给他安排的是高干病房，他说啥都不肯住，坚持住多人一间的普通病房，他一再对院领导说："阿里地区还穷，何必多花钱。"

孔繁森送给农牧民钱物和衣服是家常便饭，他每次下乡回来，自己口袋里的钱没了，衣物也不齐全，凡是群众需要的，不管是钱还是衣物，能送的都送出去了。

孔繁森能忍受雪域高原的恶劣环境，但他看不得藏族同胞受罪，有时见到困苦中挣扎的老人和孩子，孔繁森情不自禁地就要落泪。凡是和孔繁森一起下过乡的人，谁都不会忘记那一个个动人的场面：在乡下，只要遇上有困难的人家，孔繁森总习惯掏掏自己的口袋，有多少钱总是全数地送给人家；在冰天雪地里，孔繁森不止一次地把自己身上的毛衣毛裤脱下来，送给那些在寒风中瑟瑟发抖的群众，而他自己在寒风中又何尝不打战呢？

西藏军区政治部副主任王连贵回忆："1992年的一个星期天，孔繁森到我们家里来，在同他握手时，感觉孔繁森的手特别凉，再看他身上，才发现在初春的高原，孔繁森竟然连毛衣都没有穿。我说：'这么冷的天你穿得太少了，你看你的手冰凉。'孔繁森说：'刚才下乡的时候，我的毛衣脱给一个藏族老阿爸了。没事儿，我身体好，将就一下就行。'我怕他感冒，连忙拿出我爱人刚给我织好的一件毛衣，让他穿上。因为在西藏一旦感冒就容易得肺水肿，甚至有生命危险。我的这件毛衣当时就送给了他，但是没过多久他又给了别人。孔繁森就是这样，一下乡，就基本没有把自己的衣服完整地穿回来过，他的外衣、毛衣、帽子等经常被他送给西藏的贫困群众。"

孔繁森到阿里地委党校参加开学典礼，党校专门买了两盒红塔山，放在主席台上。孔繁森说："清官不清官看看吸的烟，咱阿里一斤羊毛四块八，一盒红塔山二十多块，抽一盒烟四五斤羊毛就烧掉了。"

那天，孔繁森给党校定了个"三不准"的规矩：凡是来党校讲课的，一不准吃请，二不准上水果和香烟，三不准领讲课费。

最后，孔繁森深情地讲了这样一段话："咱阿里处处神山圣水，山没污染、水没污染。伙计们啊，咱都不要被不正之风污染。学学高山雪莲吧，多么圣洁纯美！"这话，阿里的干部们印象极深。

孔繁森生活俭朴，省钱也省到了极致，而对那些需要救助的群众却毫不犹豫地倾囊相助，这是孔繁森的金钱观，不拿原则作交易则是他不容触碰的底线。

1993年底的一天，一个外地包工头用信封装了一叠钱来找孔繁森，说只要想办法给安排几项工程，以后还有重谢。孔繁森弄清事情来由后，勃然大怒，把装钱的信封从门口扔了出去，指着包工头的鼻子说："我们的党风就是被你们这帮人弄坏的！你要合法，工程可以包给你；你来这一套，有工程也不给！"包工头吓坏了，拾起钱袋仓皇而去。

后来孔繁森多次在地委会议上提出："每个领导干部与包工

队打交道都要小心。"为堵塞制度漏洞，从1994年开始，阿里的工程一律公开进行招投标。

如今的孔繁森同志纪念馆中，陈列着专门从西藏寄回聊城、写着"孔杰收"的几只木箱和纸箱，这里面装着的就是一个地委书记的全部家当。当这几个箱子刚寄到家时，王庆芝指着这几个箱子给前来看望自己的领导哭："繁森这一辈子图的么呀？"这个老领导眼含泪花语气铿锵地答道："他图的是多少金钱也换不来的共产党人的好名声！"

他把人民捧在心里，人民把他举过头顶

令人万分痛惜的意外发生了。

1994年11月29日，孔繁森在去新疆塔城考察边贸的途中，不幸发生车祸，因公殉职，时年50岁。

当天下午，阿里地委接到孔繁森殉职的电话后，连夜召开地委、行署联席会议。主持会议的地委副书记才旺桑珠声音哽咽地告知大家这一噩耗，全体同志起立默哀三分钟。才旺桑珠控制不住内心的悲痛，背过身去抽泣起来，顿时，会议室里一片哭声。

第二天，中共阿里地委、阿里地区行署、阿里军分区、政协阿里地区委员会发布讣告："优秀共产党员、全国民族团结楷模、中共阿里地委书记、阿里军分区党委第一书记、政协阿里地区第

五届委员会主席孔繁森同志，1994年11月29日12时，在新疆塔城市不幸因公殉职。……孔繁森同志的牺牲，是阿里人民的巨大损失。阿里地委、行署决定隆重追悼孔繁森同志，以表达阿里各族人民的沉痛心情。"

噩耗传来，人们无不震惊，谁也无法接受这一无情的事实，仿佛就在昨天，可亲可敬的书记还在农牧民中间，还在孤寡老人的身边，还在干部会上畅谈。

一连几天，整个狮泉河镇都沉浸在悲痛之中，大家心情沉郁、悲伤。许多汉藏干部群众自发地戴起了白花。从机关到部队，从干部到群众，无论是汉族的，还是藏族的，见面都情不自禁地想起他们的孔书记。有些干部群众碰到一块，本想互相安慰一下，但都说不出话来，只能面对面抹眼泪、抽泣。地委副秘书长、治丧委员会办公室主任刘明坐在孔繁森生前用过的写字台前，含泪起草悼念讲话稿，可半天一个字也没写出来。一会儿进来两名汉族干部，进门后一句话也不说，只呆呆地站着；一会儿来了几个藏族干部，还没进门，就听到了哭声……

改则县玉扎乡多吉书记十分悲痛地说："我们这里最苦，孔书记却来过好几次，我们吃过他送的药，花过他送来的钱，有的群众还穿着他从身上脱下的衣服。就在一个多月前他还来过我们这里，怎么会一下子就没了呢？我阿爸去世时也没有这么伤心。"

亚热区曲仓乡的几户牧民从收音机里听到孔繁森殉职的消息，一时愣住了。之后，一行人发疯似的奔向区委，找到区委书记嘎玛青绕，急切地问："这是真的吗？我们不相信！"嘎玛青绕背过身去，哽咽着说："是真的，这是真的。"顿时，一群人在区委大院里哭作一团。

阿里画家韩心刚，这位长头发、长胡子、一身牛仔服的文艺青年，接到了给孔繁森画遗像的任务，画像前，先对着当样本的孔繁森的工作照磕了个头，一边流泪一边画，整整画了一个通宵。

山东省委、聊城地委收到讣闻都震惊了，这么优秀的干部，因车祸殉职，这个损失太大了！

正在参加全国组织工作会议的山东省委常委、组织部部长王克玉，接到孔繁森殉职的消息后，顿时陷入巨大的悲痛之中。同时参加会议的新疆维吾尔自治区党委代理书记王乐泉，见到王克玉痛心地说："繁森太可惜了，我刚在乌鲁木齐向他介绍了对外开放口岸的情况……"后来，王克玉到济南机场接孔繁森骨灰回来后，向山东省委书记赵志浩汇报，没等汇报完，赵志浩一口气说了四个"要"："我要接见繁森的爱人和子女；我要在全省重要会议上讲繁森；省委领导要参加繁森的骨灰安放仪式；省委要大力宣传表彰繁森。"

噩耗传到孔繁森的家乡，聊城顿时被笼罩了一层哀伤。与他相识相知的领导、同事和下属，都不愿相信这是真的，互相询问，反复确认，得到确切的消息后都陷入了悲痛之中。孔繁森故乡的干部、工人、农民、司机、武警战士，有的暗暗垂泪，有的痛哭不已。"为国事为友事一片善心谁可留住；天为悲地为泣勿言好人一生平安。"悬挂于孔繁森家里他遗像旁的那副挽联，道出了人们对老天不公的怨恨，更饱含了故乡干部、群众对孔繁森的惋惜和怀念。

1994年12月5日，在"世界屋脊的屋脊"阿里，天气出奇的寒冷，冰封雪裹的狮泉河镇更加灰暗、沉闷，阿里地委、行署为党和人民的好干部、阿里人民爱戴的孔繁森书记举行隆重而简朴的悼念仪式，常住人口4000多人的狮泉河镇一下子来了2000多人。

一大早，干部、工人、农牧民、边防官兵、个体工商户、老人、孩子……冒着凛冽的寒风自发来到地区群艺馆广场。藏族的、汉族的、维吾尔族的，十多个民族的群众自发组成的长长队伍，胸戴白花，手捧着哈达，在孔繁森的遗像前久久站立，有的难抑悲痛把头埋在哈达堆里放声痛哭。整个告别仪式进行了三个多小时。

因怕影响学生上课，有关方面曾劝说教师不要参加告别仪式，但众多的教职工和学生却强烈要求来参加。噶尔县小学师生从孔繁森遗像前走过时，孩子们哭成了泪人，倒在地上一片，老师们和工作人员一边哭，一边把孩子们从地上拉起来。

一位藏族老人匍匐在孔繁森的灵前，面对孔繁森同志的遗像含泪哭喊："孔书记，您不该去呀！您对阿里恩重如山，我们不能没有您啊！"

日土县过巴乡一个贫困村的村长平措伦珠，是位格萨尔故事说唱艺人，他说："我一辈子歌颂英雄，可我所见的英雄就是孔书记。"

几位民族宗教界代表人士向着孔繁森的遗像深深鞠躬，喟然长叹："孔书记，肝胆相照，我们结下了友谊，您却匆匆离去。"

洁白的哈达堆满了遗像下的那片空地，洁白的小花挂满了礼堂的墙壁。许多人按照藏族习俗主动捐款为孔繁森料理后事，有人就摘下了手上的金戒指、掏出了身上的钱摆放到孔繁森的遗像前。

人们用不同的方式表达着同一个心声：孔书记，您是为西藏而死的，是为阿里人民死的，我们永远记着您！

孔繁森去世后，阿里人很长时间都处在悲痛之中，很多人一提起孔繁森就抹眼泪，不停地哭泣。是不是阿里人脆弱、泪窝浅呢？其实不然。阿里地处高寒地区，条件艰苦，环境恶劣，没有坚韧的品性是无法生存的。一些信教的藏族群众对于生死有自己的认识，把死亡看作整个生命的一环。他们之所以一提起孔繁森，就有流不完的眼泪，是因为他们想起孔繁森生前为他们做的那些太多太多的感人至深的事情，想起孔繁森那令人敬仰的圣洁无私的品格。眼泪是表达悲痛和感情的最朴素的方式。

告别式上，孔繁森遗像前堆满了青松、鲜花和哈达，两侧是一副醒目的挽联：

一尘不染，两袖清风，视名利安危淡似狮泉河水；
二离桑梓，独恋雪域，置民族事业重如冈底斯山。

另一副挽联上写着：

高风亮节，光明磊落如日月行空；
抚孤恤贫，爱民胜子似甘霖济世。

这挽联，表达了阿里人民对孔繁森的缅怀和评价，刻画出孔繁森的人格、精神和风范。

12月15日一大早，孔繁森同志骨灰安放仪式在祖国边陲的古城拉萨隆重举行。数千名干部、职工和农牧民群众自发地前来悼念他们的"孔市长"。西藏自治区党委常务副书记郭金龙致悼词，念着念着，他的声音哽咽起来，泪水不停地从他的脸上滑落下来。当仪式宣布结束时，却没人离去，藏族群众拿出了哈达，一条又一条，献在孔繁森的遗像上，到后来那遗像几乎被哈达所淹没。当孔繁森骨灰下葬时，在场的很多人都忍不住自己悲伤的情绪，整个陵园哭声一片。曾在孔繁森身边工作过的崔建勇、杜建强他们几个，哭得死去活来，伏在地上，拖也拖不起来。

孔繁森收养的两名藏族孤儿，又一次失去亲人，他们捧着孔繁森的遗像长跪不起，哭哑了嗓子"波拉，波拉（藏语意为'爷爷'）！您不能走，我们舍不得您呐！"

死则四海哭，生则四海歌。

他把人民放在心里，人民回馈他的是发自内心的爱戴！那么多与孔繁森毫无血缘关系的不同民族、不同职业的人们，因为他的猝然离世而悲痛欲绝。一个人做过些什么才能引起这么多人的崇敬？一个人要付出多少爱才能换来如此痛彻心扉的怀念？这一幕幕感人的情景，就像一面镜子，映照出各族群众对孔繁森的深厚感情。

孔繁森虽然离世了，但他为人民鞠躬尽瘁、死而后已的精神，永远留在了西藏这片美丽而神奇的土地上。西藏各族人民从他身上看到共产党人的崇高品德、理想信念，从而更加坚定地跟着共产党走。这对于孔繁森而言，也许是最令他欣慰的赞美和褒奖。

穿过岁月的回响

1995年4月7日，《人民日报》刊发《领导干部的楷模——孔繁森》开篇这样写道：

> 也许，岁月能改变山河，但历史将不断证明，有一种精神永远不会失落。崇高、忠诚和无私，将超越时空，成为人类永恒的追求。
>
> 也许，时间会冲淡记忆，但人们绝不会忘记，20世纪90年代，有这样一位共产党员，他的理想，他的信念，他的人格，他的情操，使千万人的心灵为之震撼。

西藏自治区在《关于开展学习宣传孔繁森同志先进事迹活动的决定》中评价他是："中国共产党优秀党员，是西藏人民的公仆，是进藏干部的楷模，是民族团结的榜样。"孔繁森为了党的民族团结事业鞠躬尽瘁，是党的民族理论和民族政策的卓越的践行者，是铸牢中华民族共同体意识的忠诚实践者。

二十多年过去了，孔繁森精神跨越时空，历久弥新。站在中华民族伟大复兴战略高度来看，从推进以铸牢中华民族共同体意识为主线的民族工作高质量发展进程中来看，孔繁森精神是老西藏精神在新时期的传承、赓续和发扬。

精神，锻造于高原。

习近平总书记在中央第七次西藏工作座谈会上，对发扬"老西藏精神"提出要求："缺氧不缺精神、艰苦不怕吃苦、海拔高境界更高，在工作中不断增强责任感、使命感，增强能力、锤炼作风。"

西藏从和平解放、民主改革，到改革开放直至今天，有无数"老西藏"作出了巨大牺牲。孔繁森以其鲜明的时代特征和伟大的人格魅力，为老西藏精神增添了崭新的内容和绚丽的光彩。他们的精神生生不息，无惧风霜雨雪、高寒缺氧，始终在距离太阳最近的地方灿烂辉煌。在老西藏精神和孔繁森精神感召下，有数以万计的党员、干部、青年踏上西去的征程，把中华民族大团结的时代乐章奏得越来越响。

进入新时代，在中国共产党的领导下，西藏各族人民以铸牢中华民族共同体意识为主线，进一步推进民族团结进步事业，不断书写民族团结一家亲的佳话，也再次诠释了中华民族血浓于水、情同手足的同胞之情，以及西藏各族儿女扎根雪域边陲爱国固边的动人故事。

进藏人民解放军在20世纪50年代培育了老西藏精神。驻藏部队、进藏及当地干部群众在西藏和平解放、民主改革、社会主义建设中发展了老西藏精神；改革开放的伟大实践升华了老西藏精神；进藏、援藏干部和当地干部群众无私奉献的模范实践光大了老西藏精神。他们的精神，像格桑花盛开在雪域高原！

精神，扎根在高原。

1978 年，从西藏民族学院语文系毕业的阿旺曲尼，被分配到日喀则地区岗巴县昌龙乡工作。孔繁森在岗巴工作期间，阿旺曲尼担任其藏语翻译。

虽然只共事短短两年时间，但孔繁森热爱人民、无私奉献，兢兢业业、一丝不苟的工作态度却深深影响了阿旺曲尼。用阿旺曲尼的话说："孔繁森书记是党派来的好干部，跟书记工作的两年里，学到了共产党人身上特有的品格，虽然辛苦但却充实快乐，那是我一生中最最难忘的经历。"

根据阿旺曲尼的回忆，孔繁森到任岗巴县后，不畏艰苦，经常深入基层和群众之中，做调查研究，坚定不移地贯彻执行党的十一届三中全会确定的路线、方针、政策，积极推行以"两个长期不变"为主要内容的西藏农牧区改革。阿旺曲尼就跟着孔繁森上高山牧场，下田间地头，骑马在风雪中奔波。由于他俩长时间在马背上颠簸，两胯和臀部都磨破了皮，引起了溃烂，以至于坐不能坐，躺不能躺。"孔书记是我的榜样，我要永远留在孔书记工作过的这个地方。"回忆那段经历，阿旺曲尼这样说。他时刻将与孔繁森的合影携带在身上，以激励自己。

40 多年中，岗巴县群众从出门就爬山、交通工具靠马和双腿，到如今的柏油马路四通八达、家家户户都有汽车等交通工具；从靠蜡烛照明到杰龙电站竣工投产、结束无电的历史；从偶尔看场电影到家家有电视、人人有手机……阿旺曲尼说，孔繁森书记生前的愿望——"让岗巴人民过上好日子"，已经实现了。像阿旺曲尼这样，受到孔繁森精神感召的各族干部数不胜数。他们在恶劣的环境里，像高原上有着顽强生命力的红柳一样艰难地扎下根。他们将生命中光彩夺目的青春年华奉献给了这片土地。在新时代新征程，虽然西藏的思想观念、社会环境、发展的基础和目标任务等都有很大变化，但共产党为人民服务的宗旨没有变、社会主义核心价值观的要求没有变、人民对美好生活的向往没有变，老西藏精神、孔繁森精神仍然是雪域高原广大干部群众建设美丽新西藏的力量源泉。长期以来，孔繁森精神不断鼓舞和激励着广大西藏各族干部群众，为实现中华民族伟大复兴中国梦而接续奋斗。

孔繁森精神跨越时空熠熠生辉，永远温暖着西藏人民的心！

精神，传承在高原。

时光无言，精神有声。

"他献身的雪域高原没有忘记他，历史没有忘记他！"看到庆祝改革开放40周年大会上孔繁森被授予"改革先锋"称号时，孔繁森的老部下、如今已经是那曲市人大常委会副主任的李玉建难掩激动。

虽然孔繁森离开我们已经29年了，但他的先进事迹至今为西藏人民所传颂。"在阿里，只要狮泉河在，冈底斯山在，孔书记就在……"西藏自治区人大常委会阿里地区工作委员会原主任肖达娃如是说。每个到过阿里的人，都能深刻地感受到孔繁森在阿里干部群众心中的分量。

如今孔繁森精神已经深深地印在阿里地区人民心中。"在当前客观条件大为改善、经济飞速发展的情况下，像孔书记那样为西藏、为阿里的发展无私奉献，就特别值得我们很好地学习。在阿里只要说是孔繁森式的干部，就说明是大家认可的好干部，现在孔繁森精神已经成为阿里干部衡量自己的标准。"阿里地区政协副主席洛加次仁这样说。

在孔繁森当年出车祸殉职的新疆维吾尔自治区塔城地区托里县，县委、县政府为他立起了纪念碑，而且多次修缮，几次提高标准。在托里县，每年党员入党或者重大活动，干部群众都要到纪念碑前纪念孔繁森、学习孔繁森。新疆维吾尔自治区民政厅一位姓郭的退休干部说："只要路过那里，我总要到纪念碑前看看，孔繁森是一位好人、好官！"可见，不管是在岗巴县、拉萨市、阿里地区还是在托里县，在雪域高原的每一个地方，人民群众没有忘记孔繁森，孔繁森永远活在人民的心里。

孔繁森虽然离开了我们，但是在西藏、在山东、在神州大地上，涌现出一大批"孔繁森们"。1995年9月1日，在西藏自治区成立30周年大庆前，中央和全国各省（区市）支援西藏的62项重点工程已有40项竣工，正在为西藏人民造福；大批内地援藏干部正与西藏人民同甘共苦，建设美好的社会主义新西藏……

山东省援建西藏日喀则塘河电厂的建设者们，以孔繁森精神创造出一流的业绩，在不到一年的时间里，完成了三年的工作量。山东省40多名援藏干部，踏着孔繁森的足迹前赴后继进藏工作，他们克服高原反应等重重困难，与藏族群众打成一片，不辞辛苦，拼搏奋进，新上和引进了一大批工副业项目，成为鲁藏人民友谊的纽带。

孔繁森，西藏人民和山东人民的好儿子，西藏人民没有忘记，全国人民没有忘记，千千万万年轻人发扬孔繁森精神，走上高原建功立业。今天，孔繁森精神已成一种精神基因，融入了党员干部的血脉，激励着人们奋斗不息；融入各族人民共同培育、继承、发展起来的伟大民族精神，成为推动我国发展进步的强大精神动力。

这些精神力量的汇集，成为构筑中华民族共有精神家园的宝贵财富！

2021年9月，中共中央批准了中宣部梳理的第一批纳入中国共产党人精神谱系的伟大精神，老西藏精神（孔繁森精神）名列其中，成为中华民族精神和中国共产党人伟大精神的重要组成部分。

进入这个谱系的这些精神，来自革命、建设和改革实践，支撑着中国道路拓展前行的步伐。中国共产党人的精神，就是由这一个个鲜明具体的"坐标"所组成的。我们中国共产党这个百年大党，风华正茂的奥秘，就是注重精神的培养和传承。这些精神犹如历史链条把中国共产党的各个时期创造出来的精神串接展示出来，每个精神就像链条和"坐标"，他们相互之间既有共性也有个性，他们是红色基因、红色文化的源与流，是实现中华民族复兴梦必须弘扬的中国精神的先进内核和精华部分，是中华民族精神主航道里奔涌的最激昂美丽的浪花，是先进人群的世界观人生观价值观的生动展示。

中国共产党人精神谱系的伟大精神有一以贯之的内核，那就是理想信念，同时，他们也有自己特定的内涵。孔繁森精神与老西藏精神以其促进民族团结、铸牢中华民族共同体意识的特质，在中国共产党人精神谱系中，鲜明地标识出自己独特的不可替代的历史方位及历史坐标。其丰富的内涵和独特的价值，在新时代再次发出耀眼的光芒，成为我们赓续、传承红色基因，弘扬伟大精神，促进民族团结进步，铸牢中华民族共同体意识，实现中华民族伟大复兴历史伟业的不竭的精神动力。

二、架起文化认同桥梁

　　文化是一个民族的魂魄，中华文化是我们共有的精神家园，是凝聚中华民族的精神纽带。文化认同是民族团结的根脉，是中华民族共同体意识的根基。

　　习近平总书记强调："文化认同是最深层的认同，是民族团结之根、民族和睦之魂。""各民族在文化上要相互尊重、相互欣赏，相互学习、相互借鉴。在各族群众中加强社会主义核心价值观教育，牢固树立正确的祖国观、民族观、文化观、历史观，对构筑各民族共有精神家园、铸牢中华民族共同体意识至关重要。"

　　各民族优秀传统文化都是中华文化的组成部分，中华文化是主干，各民族文化是枝叶，根深干壮才能枝繁叶茂。

　　回望历史，各族人民在共同奋斗中形成的心连心、同呼吸、共命运的精神内核，是中华民族强大凝聚力和非凡创造力的重要源泉。尤其是近代以来，各民族在中华民族生死存亡关头，勠力同心，"生死与共"成为全体人民共有的情感联系和集体记忆。在中国共产党的领导下，实现了各民族文化和谐交融共生、创造性转化和创新性发展，形成各民族休戚与共、荣辱与共、生死与共、命运与共的强大精神纽带。

在漫长的中国历史演进中，各族人民休戚与共，在密切的交往交流交融中，共同开发和守护了祖国的大好河山，共同推动了国家发展和社会进步，形成了中华民族多元一体的格局。西藏各民族是中华民族大家庭中的重要成员，西藏文化是中华文化的组成部分，中华文化始终是西藏各民族的情感依托、心灵归宿和精神家园。

汉藏文化交流的使者

雪域高原从古至今都不是"孤岛"。这里是一个开放的文化高地，跨区域、跨边界、跨文化的观念、传统、文明在此汇聚，共同铸就了雪域高原绚丽多彩的文明之花。西藏自古以来就是中国领土不可分割的一部分，藏族是中华民族大家庭中的一员，为中华民族的形成和发展作出了重要贡献。

汉藏两个民族的交往交流交融历史悠久，源远流长。唐朝文成公主和金城公主入藏时，带去了中原地区的丰富物产和先进的生产技术，带去了大量文化书籍，特别重要的是，还带去了许多能工巧匠，建立了唐朝与吐蕃之间亲密的联姻关系，强化了广泛的政治、经济、文化交流，促进了吐蕃农业、手工业和经济文化的发展。与此同时，吐蕃地区的牛羊马匹和其他土特产也不断输入内地，从而活跃了汉族人民的经济生活。千百年来，汉藏两大民族的这种密切交往关系，从未停息。

新中国成立以后，汉藏文化交流进入了一个全新时代，跃进了更加广阔的天地。一批又一批的援藏干部，就是汉藏文化交流的使者，是见证着汉藏交往交流交融的群星。孔繁森无疑是其中最闪亮的星，他的"大爱"星光至今照耀着那片高原。

热爱西藏这片神奇的土地、情系西藏各族人民，是孔繁森情感的显著标识。热爱产生力量，热爱成就卓越。

1989年1月，第二次踏上雪域高原的孔繁森写下诗歌《汉藏永远是一家》，抒发对西藏和西藏人民的热爱之情：

> 站在世界屋脊，寄语浮云晚霞。
>
> 纵然是天涯海角，汉藏永远是一家。

推广藏语文的使用

语言，是人类最重要的交际工具，在促进各民族交流的过程中起着重要的作用。

藏族有自己的语言和文字。公元7世纪吐蕃地方政权建立之初，松赞干布派遣七贤臣之一的吞弥·桑布扎等人前往天竺（古印度）访学，依照梵文创制了包括30个辅音字母和4个元音字母的藏文，从而极大地推动了吐蕃社会的文明进程。

千百年来，藏语文不仅成为藏民族对内、对外交流的重要工具，而且记录、传承着藏民族灿烂的历史文化，成为藏文化的重要载体。藏文在我国少数民族文字中成为第一个具有国际标准、获得全球信息高速公路"通行证"的文字。

"汉族干部如果听不懂，也不会说藏语，那就会严重影响与当地干部、群众的正常沟通和交流，甚至会给工作带来一些影响。"孔繁森经常这样教育汉族干部，他深刻地认识到语言交流的重要性。

1979年春天，孔繁森他们到岗巴不久，又分来20多名干部。当时的岗巴县有2个区9个公社1308户5287人，分布在44个自然村，藏族占99.8%。针对藏族群众占绝大多数的情况，孔繁森建议在县委机关举办藏语学习班，把同年进藏的汉族干部全部组织起来，学习藏语。孔繁森和大家一起利用晚上时间到学习班听课，认真记笔记，练会话。他的笔记本上，记录了很多翻译成藏语的日常对话，手写的字迹密密麻麻，这也成了他工作中的"活字典"。他带着这个笔记本，跑遍了岗巴全县的乡村、牧区。

用这些办法，孔繁森很快学会了一些藏语的日常生活用语，并能用简单的藏语与藏族干部群众交流。语言上的障碍减少后，与藏族干部群众交流更加方便，感情进一步加深。

作为分管文教工作的拉萨市副市长，孔繁森高度重视推广藏语文的使用工作。根据工作笔记，在初到拉萨的集中调研期间，孔繁森多次提到藏语文的教学和使用问题：

1989年2月16日

抓好藏语文的使用工作。从党政机关开始，从教材开始抓好。

1989年3月28日

藏语文教学问题。贯彻自治区的意见，不能怀疑啦。近年实际藏语文教育问题不少。今年下半年办四个点：山南、日喀则、拉萨、拉中。拉萨市办到堆龙德庆中学，下半年开始藏语文教学。

1989年4月6日

为了加速西藏两个文明建设，为了加快农牧区扫盲工作，应加速重视藏文的使用和发展。首先，要统一各级领导的认识，特别要提高上层领导人的认识。第二，制定切实可行的措施办法，重视藏文的使用、学习、研究。一是干部提拔晋级职称。二是选择藏文好的到机关工作。三是开办藏文学习班。第三，从领导机关抓起，从学校抓起。

语言，就是一把"钥匙"。孔繁森知道，推广藏语文不仅能更好地向藏族群众传达党和国家的方针政策，还能更深入地了解藏族历史文化，更好地增强民族文化认同感！

尊重学习藏文化

"民族共有性"是中华民族共有精神家园的重要特征。各个民族都是中华民族共有精神家园的基础，更是中华民族共有精神家园的建设者。构建中华民族共有精神家园的过程，也是保护并弘扬包括少数民族文化在内的中华文化的过程。这就要求我们在中华民族共有精神家园的建设中，注重尊重和学习少数民族文化。

尊重当地民族习惯和民族文化，是拉近民族感情、赢得少数民族同胞信赖的"入门证"。

在少数民族地区工作，孔繁森十分注意学习少数民族文化、尊重少数民族的风俗习惯，不但自己模范执行党的民族宗教政策，而且经常教育汉族干部自觉执行党的民族宗教政策，要求各族干部要牢固树立"汉族离不开少数民族，少数民族也离不开汉族"的"两个离不开"思想，要求各民族干部之间要互相尊重、互相信任、互相帮助，让大家共同珍惜各民族之间的骨肉情谊。

到岗巴工作不长时间，孔繁森不仅很快学会了骑马、吃糌粑，还与当地民众共喝酥油茶、饮青稞酒、吃手抓羊肉和风干牛羊肉。到藏族农牧民群众家里，孔繁森总是大方自然地接过藏族同胞粗黑的大手捧上来的一个个粗黑的木碗，将盛满民族情谊的酥油茶一饮而尽；在牧民的帐篷里，他也能毫不顾忌地抓起牧民们递来的牛羊肉，大口大口地吞咽下去，在场的藏族干部群众均表示由衷的佩服。他说，适应民族习惯，也是对少数民族群众的一种尊重。

平时在岗巴县住地，孔繁森一有空闲时间，就到藏族同志家拉家常聊天；遇到藏族机关干部职工谁家有什么红白事，他都按照藏族的礼节和习俗前往祝贺、表达心意。藏族同胞有个习俗，喜事宴席结束前，客人必须喝完一大碗青稞酒，方可自便。一次，孔繁森在一个藏族职工家里做客，临走前，主人一曲又一曲给他唱饱含深情的敬酒歌，盛情之下，不胜酒力的孔繁森流露出了真性情，端起一大碗青稞酒一饮而尽，并和屋子里的汉藏职工手拉手共同唱歌跳舞，在场的藏族同胞深为感动。

1980年的春节，孔繁森是在岗巴过的。农历大年初一一大早，太阳还没有出来，孔繁森就敲开一直在岗巴工作的山东老乡吕梦琪的房门，把他叫了起来："走，咱们一块儿出去拜个年，先去藏族干部家里。"吕梦琪陪着孔繁森，挨家挨户地转，进门问过年好，扎西德勒，用藏语拜年。主人便拿出银碗，倒上青稞酒。孔繁森双手接过来抿两口，就让酒量好一点的吕梦琪代自己喝。岗巴在职的藏族干部和老干部家他们转了个遍。

当年在岗巴县昌龙乡担任妇联主任的普布仓决说："岗巴人认为，孔书记有三个特点：一是从不摆官架子；二是喜欢下乡、和老百姓打交道；三是喜欢喝酥油茶、吃糌粑。在我们心目中他就是和我们一样的兄长。"

《西藏日报》的一位记者回忆说，孔繁森在拉萨市任副市长期间，私下经常和大家聊天，给人印象很深的一句话是，"我们要适应拉萨，要融入西藏的文化，然后才能给这个地方服好务"。

每逢藏族节日活动，分管文教工作的孔繁森都会隆重出席，与当地群众一起载歌载舞庆祝，也会和大家一起参与抢糌粑、盘石、赛马、跳绳等活动，给当地群众献哈达，表达对活动的支持、对民族文化的认同。

孔繁森常常会代表拉萨市出席重大藏族节日盛会开幕式和闭

幕式。每次参加活动，孔繁森并不是到那参加完仪式就走，而是走到老百姓的身边，和大家一起庆祝节日。当地的群众也都认识孔繁森，亲切地拉着他的手和他交流，走到哪里都一群人围着他；孔繁森常常坐下来跟大家喝碗酥油茶，问问他们生活中还缺什么、少什么，遇到身体有病的群众还现场诊疗。孔繁森就是这样身体力行地融入西藏各族群众的生活，时刻尊重少数民族的生活习俗。

1991年，孔繁森担任庆祝西藏和平解放四十周年活动副总指挥。在筹办庆典活动忙碌而紧张的工作中，孔繁森与负责燃放烟花的贾国栋营长结下了深厚的友谊。庆祝活动圆满结束后，贾营长代表全体官兵，将一只部队庆祝活动中使用过的藏式花灯赠送给孔繁森作纪念。孔繁森对这只花灯十分喜爱，无论走到哪里都带着它。

孔繁森牺牲后，孔杰前去拉萨整理父亲的遗物，走进房间，第一眼看到的就是这个挂在房中的粉红相间的藏式花灯。得知这只花灯的来历，孔杰珍惜地把这只花灯单独放到纸箱中带回了家乡。孔杰说："正因为爸爸心中装着藏族人民这盏明灯，才使他在为人民服务的道路上，走的是那样坚决，那样不知疲倦，那样无私忘我……"

孔繁森身边工作过的藏族同志说："这是孔书记心爱的一只灯，他一心想着藏族人民，全心全意为西藏同胞服务，阿里人民就是装在孔书记心中的灯呵！"

文化艺术家的亲人

孔繁森感情丰富，多才多艺，与文艺界的朋友感情甚笃。

时任拉萨市文联党组书记、文联常务副主席的葛凯勋，提起孔繁森，格外激动，他说："我1992年生病住进西藏军区总医院，孔繁森得知这个消息后，带了5支人参前来看望，叫我配合医生好好治疗，争取早日恢复健康。他的话句句暖心，格外亲切。"

著名藏族作家、拉萨市作协主席班觉的家里有一支珍藏了多年的人参，他激动地说："这是孔副市长送给我的。我1992年带队到林周县旁多乡搞社教，他下来检查工作，看望我们。群众向他反映说，社教工作组的同志在旁多乡做了不少实事好事，帮助群众修水渠，帮助特困户修房子，给旁多乡小学1000元做维修经费，开发高级饮料红景天，帮助老百姓致富等。孔副市长听到这些反映，非常高兴，表扬了我们吃苦耐劳和无私奉献的精神，说：'为官一任，造福一方，你们做得对，做得好，应该提倡。干部就得到老百姓中去，这要形成一种制度；做官当老爷，高高在上，吃喝玩乐，那不是我们的作风。'孔繁森还拿出两支人参，给了我们工作组两位年过五十的同志。"

拉萨市美术摄影书法家协会主席李知宝是大学毕业后进藏的彝族画家，在全国和省级画展中多次获奖。一次，孔繁森陪同自治区领导去看西藏美展，自治区领导走到李知宝的画前，驻足不动，一边看一边说："画得好，画得好。"趁这个工夫，孔繁森找到李知宝，拉着李知宝的手走到自治区领导面前，介绍说："他就是李知宝，我们拉萨的美术家，西藏的著名画家。"

有一次，孔繁森打电话要李知宝来自己家一趟。李知宝以为有什么重大任务要交给他去完成，立即动身。到了孔繁森家，孔繁森笑容满面地对他说："没有别的意思，请你过来吃我们的山东水饺。"吃水饺的时候，孔繁森说："下次请你来吃海虾水饺，特别香。"

孔繁森发现李知宝的眼睛有些红肿，关切地说："高原阳光强烈，紫外线也很强，容易伤眼，我送你一副日本墨镜，保护眼睛。"孔繁森说，"你们画家很辛苦，要注意休息，保重身体。"孔繁森还给了李知宝一支钢笔，勉励他好好画画，多出好作品。临走时，室外大雨刚过，李知宝的自行车被雨淋湿了，孔繁森随手掏出自己的手巾，把自行车坐垫上的雨水擦干，弄得李知宝很过意不去。

后来，孔繁森调到阿里，仍和拉萨的艺术家保持着联系。李知宝说："孔繁森调到阿里后，拉萨去了10多位画家、摄影家体验生活。孔繁森见到大家就像见到亲人一样热情，他特别尊重艺术，尊重艺术家，是我们艺术家的挚友。"

引燃"亚运之光"火种

1990年9月22日至10月7日，中国北京举办第十一届亚运会。这是中国第一次举办综合性国际体育盛会。来自亚奥理事会成员的37个国家和地区的体育代表团的6578人参加了这届亚运会。这届亚运会高扬"无私奉献，艰苦奋斗，团结协作，争创一流"的亚运精神，展现了改革开放时期中国人民昂扬向上、朝气蓬勃的精神风貌。1990 年北京亚运会亚运圣火采集与传递的美好记忆深深印在一代人的心中。孔繁森全程主持并圆满完成亚运圣火火种采集任务。

1990 年 8 月 7 日，第十一届亚运会火炬火种采集仪式在西藏自治区念青唐古拉山下举行。亚运会圣火火种采集，在我国是第一次。当天，被称为"圣火之女"的 15 岁藏族少女达娃央宗拖着淡绿色藏裙，缓缓地走向太阳灶，轻轻地把引火棒放在太阳灶的聚光点上。瞬间一缕黑烟过后，火光一闪，引火棒被点燃了。燃烧的引火棒被举向天空，背后是雪山、白云和开着格桑花的草原。达娃央宗那透着"太阳城"圣洁的清澈双眼凝视着圣火。体操奥运冠军李宁精神抖擞，庄严地从达娃央宗手里接过了采自高原的纯洁火种。从念青唐古拉峰，一个以光明之神命名的地方采集的亚运会火炬火种被护送到北京。8 月 22 日，在北京天安门广场用此火种点燃的亚运会火炬，分东北、西北、中南、西南跑遍 30 个省区市，最后回到北京，在亚运会开幕式上点燃亚运圣火。

孔繁森以活动副总指挥的身份，在现场主持了这凝聚民族精神的亚运会火炬火种采集仪式。他对待工作严谨细致、亲力亲为，一大早就来到活动举办地，和大家一起布置现场，用石头固定好国旗，摆放、调整太阳灶，让它可以更好地聚光……不管什么活他都和大家一起干。如果不说的话，没人知道这个工人模样的人就是拉萨市副市长孔繁森。

在繁忙的指挥和布置现场之余，孔繁森拍摄下达娃央宗把火种传递给体操王子李宁的动人瞬间，他还把这珍贵的摄影专题稿件寄给家乡的刊物《山东画报》。

　　孔繁森的成长，离不开家乡的风土人情和中华优秀传统文化的浸润。他的家乡聊城市，古老的黄河文明与辉煌的大运河文化在这里交汇，崇礼的齐鲁文化和尚侠的燕赵文化在这里交融，踏实勤奋的农耕思想和开拓进取的商业意识在这里汇通，文化的交融共同塑造了孔繁森的性格，也奠定了孔繁森推动多元文化融合互鉴的基础。

三、埋下爱我中华的"种子"

铸牢中华民族共同体意识，为发展民族地区教育事业提供了更具包容性的发展空间，巩固提升了民族地区教育事业发展在构建中华民族共同体中所具有的价值。

民族地区教育事业发展，对于提高在民族地区生活的各族人民的人口素质，促进民族地区经济社会发展，增强民族团结，具有十分重要的作用。民族地区抓团结、抓发展，都离不开教育这项基础性工作。铸牢中华民族共同体意识，需要加快发展民族地区教育事业，通过充分发挥教育基础性、先导性作用，培养民族地区所需人才，这样，才能更好提升民族地区文化、教育等基本公共服务水平，加快民族地区经济社会发展，逐步缩小地区发展差距，补齐短板，最终实现各民族共同繁荣发展的目标。

2019年9月27日，习近平总书记在全国民族团结进步表彰大会上指出："要搞好民族地区各级各类教育，全面加强国家通用语言文字教育，不断提高各族群众科学文化素质。要把加强青少年的爱国主义教育摆在更加突出的位置，把爱我中华的种子埋入每个孩子的心灵深处。"

青少年是祖国的明天、民族的未来。民族教育是我国教育事业的重要组成部分，一直受到高度的重视。孔繁森进藏工作十年，无论在哪个领导岗位上，他始终把教育放在心目中突出重要的位置，为西藏教育事业的发展立下汗马功劳。

走遍辖区学校

1988年10月，孔繁森担任拉萨市副市长，分管教育、文化、卫生、民政等工作。

西藏地域辽阔，居住分散，交通不便，自然地理环境艰苦，办教育的难度非常大。当时，西藏的基础教育十分薄弱，师资严重缺乏，教师业务水平差，校舍简陋，教学设施陈旧。即使开办起来的学校，师资、经费、校舍、教材和教学设备等，也严重短缺。尽管拉萨是西藏自治区的政治、经济和文化中心，但教育还是存在着落后的状况。整个拉萨市适龄儿童入学率刚到45%，特别是在广大农牧区，由于历史传统影响和生产生活方式限制，适龄儿童入学率更低。

据西藏人民广播电台记者张静璞回忆，当初自己给"老孔"讲过这样一个故事：

改则县有个牧区，过去有几个教师，但是条件很艰苦，老师们都不愿意待，最后只剩下一个四十来岁、腿脚不太好的老师在那里教学。他的水平也就是二、三年级的水平，一百以内的加减乘除他会，一百以上的他就"无能为力"了。

牧区一共三四十个学生，学费就是几只羊，外加一些青稞。

全部都来教室坐不下，老师就把这些学生分成三批：一批十几人上课；另一批十几人就去捡牛粪，在牧区牛粪就是燃料，捡来后就做饭；还有一批十几个人就是磨糌粑、煮羊肉，弄好后给大家分着吃。这些学生就轮流上课、放羊、做饭。

教室里写着三十个藏文字母的黑板，三年多都没擦过。三年来，学问就学了那么多，羊却越放越多了。因为孩子们有带公羊的有带母羊的，羊就慢慢繁衍起来了。

西藏教育事业和内地的差距，时时冲击着孔繁森的心，愈发使他感到肩上担子的分量，特别是适龄儿童入学率低这个严峻的现实，愈发让孔繁森夜不能寐。孔繁森盘算着，如果没有文化，无论如何也跟不上时代发展的步伐；一定要尽快摸清情况，找准症结，这才是百年大计。

1988年11月18日，孔繁森找市教体委主任张荣杨来谈情况，研究教育工作，并安排了几项工作："一、今、明、后年的深化教育改革的十条措施；二、下星期，找教体委研究拉萨市的教育工作，厂矿学校25所、交通中学都想交给我们，准备共同搞教育科研问题；三、12月15日，召开拉萨地区教改、教研研讨会。"

随后，孔繁森一头扎进了基层，白天晚上连轴转，跑学校、开座谈会、现场办公……

孔繁森无论走到哪里都和当地县区领导坐下来深入研究教育发展举措，与各个学校的师生开座谈会，肯定成绩，听取意见，鼓励大家克服困难培育人才，指明今后发展方向。他一路深入走访，了解实情，一路现场办公，解决困难，鼓舞士气。

1988年12月6日一大早，孔繁森就踏上了去尼木县调研的路程。尼木县是拉萨最远的一个县，距离拉萨市中心有200公里，孔繁森他们开车跑了大半天，才来到县城。这时太阳已经落山，夜色笼罩着这个荒凉而简陋的高原小城。

车子到了一个路口，孔繁森对司机说："停车。"

随行的教体委张主任说："前面就是教育局，咱先到那里吃点饭吧！"

孔繁森笑笑说："我这里带了些面包、烧饼，咱们一块儿填饱肚子，直接去学校。"

这样的安排让张主任感到有些意外。于是他们便下车，找了一个避风的墙角吃了点儿饭，随后驱车进入县里的一所学校，召集校长和教师开座谈会。

会上，孔繁森开门见山，先来个"自报家门"："老师们，我是山东来援藏的干部，组织上安排我分管文教。我是一个新兵，首先当好老师们的学生，然后当好老师们的后勤。咱们是一家人，不说两家话，大家有什么难处，来找我孔繁森，我一定办，一定解决老师们的后顾之忧。"

在座的校长、教师没有想到，这位新来的副市长如此谦逊、朴实，又如此坦率，一下子拉近了彼此的距离，气氛顿时变得亲热融洽起来。孔繁森话刚落音，几个年轻教师带头鼓起掌来。"老师们都很辛苦，为了咱们拉萨市教育事业的发展，付出了很多，市委、市政府感谢你们。"孔繁森接着掏出笔记本，一一问起学校情况，并认真记了起来：

"在校学生有多少？"

"教师多少？"

"学生升学率多少？"

"教师住房问题解决得怎样？"

……

校长和教师们见这位孔副市长待人亲切、热情，说真话、办实事，都感到很兴奋。大家掏心亮肺地把学校情况、存在的困难、教师学生的思想状况以及对教育改革的设想和建议，都滔滔不绝讲了出来。

孔繁森多年养成了先跑基层到现场察看、与师生交谈，再听汇报的工作习惯。为了了解真情实况、基层群众想法，他总是抓紧时间多看现场。第一次到尼木县的孔繁森，夜里跑到学校调研，开了座谈会，心里有了底，第二天听取尼木县的汇报后，很快就形成了自己的观点和想法，他说：

> 学校的校风是好的，教风是端正的，学风是优良的。看到的景象是"歌声、笑声、读书声，声声入耳；洁净，教室净、伙房净，处处清洁卫生"。有的学校里，校舍条件比较好，但比较混乱，老师打学生，学生打老师，门窗玻璃不全，桌子凳子不全，学生不全，甚至有的学生、老师参加赌博。我们看到的现状是牛叫声、狗打架声。问起领导，一怪领导不支持，二怪手中没有权，三怪学生不听话，就是不怪自己没有责任心。总的来说，教育事业发展是快的，升学率是高的，这与领导的支持是分不开的。存在的困难仍然是很大的，但前途是光明的。

几点希望。（一）提高认识、总结经验、巩固发展，更上一层楼，这是民族兴旺发达的希望，经济发展的希望。（二）认真搞好教育改革，提高规模化、科学化，提高老师的责任心、责任感，解决大锅饭的问题。（三）办好教育事业，要调动三个积极性，一是学校领导及老师的积极性；二是学生学习的积极性；三是领导和群众支持办好教育的积极性。（四）正确对待当前的困难。办好教育，一是领导支持，二是教师队伍的整齐，三是有一定的资金保证。如何对待当前困难，在条件允许的情况下，首先解决危房子、烂垫子、黑孩子问题，然后再进一步地改变办学条件和老师的待遇问题。

说完，孔繁森就困扰教育发展的资金拨付不到位、教学楼建设等实际困难，现场协调解决。

12月15日，孔繁森来到墨竹工卡县，在听取工作汇报后，孔繁森系统发表了自己对加强教育工作的意见和思考：

一、对墨竹工卡县教育工作的看法。总的看，县委、人大、政府领导和乡镇领导对教育工作是重视的，从政治上、经济上、领导上是支持的，生活上、工作上是关心的，群众是支持的。文教局的工作是扎实的、事业心是强的，成绩是显著的，教育事业发展是快的。从校风校貌校纪上来看是良好的，师资队伍是比较强的，教学质量是不断上升的。存在问题：1.发展不平衡，主要受资金较少、教师力量小的限制；2.在抓教育质量的同时，对培养学生"四有"上要下功夫，不但要教书，而且要育人。

二、几点希望：（一）总结经验，发扬成绩，找出不足，继续把教育工作当作各级领导的千秋大业来抓。凡是一个合格的领导，有战略眼光的领导，都要把教育工作当作首位的工作。为了西藏的经济发展，群众生活的改善，更需要抓好教育工作。现在全区经济大发展，沿海大开放，内地大开发，西藏怎么办？西藏要从封闭性经济向开放性经济发展，要从供给性经济向经营性经济发展，要从自然经济向商品经济发展。西藏的耕地面积340万亩，森林9400万亩。矿藏70多种，小大湖泊1500多处。水风资源占全国第一位的，地热500多处，草原是全国的五大草原之一。从旅游事业的发展来看，西藏的教育需大力发展。教育要改革，队伍要整顿，师资素质要提高，教育事业要大发展。（二）要从西藏的实际情况出发。西藏人少地多，居住分散，历史上文化发展不平衡，投资大，效益小，再一个起点低，基础差，起步晚，难度大。既要看到西藏教育的特殊性，又要看到它的共性。要重点抓基础教育，下决心花气力，抓好师资队伍的培训，同时要从实际出发，办各种专业、多种形式的专业技术学校，还要抓好巩固、整顿、提高高等教育。（三）不要照搬内地的教学方针、方式方法，要分层次地搞好教育。（四）要明确培训目标。（五）整顿教师队伍，目的是提高教师的素质，解决"大锅饭"的问题。首先让老师树立教育为荣、以校为家的信念，要有事业心、责任感，要自尊、自爱、自奋、自立、自治，要防骄、防懒、防负、防轻。同时要学会教育学生，管理学生。各级领导要关心教职工，老师要关心、爱护、尊重学生。要通过多种渠道搞好师资队伍的培训，要提高业务素质，要提高思想觉悟。在提高教学质量的同时，要抓好学生的德智体全面发展，要培养有道德、有文化、有知识、有理想的共产主义的接班人。苏联教育家加里宁说，作为一个教育工作者不光要给学生传授知识，要为人师表，要成为人类灵魂的工程师。

12月22日，在堆龙德庆县，孔繁森恳切地对尼玛书记、群培县长等县里的领导们说："第一，经验要找足，教训要找透，红旗要争不要保。第二，要抓教师队伍的培训，提高师资队伍的素质。第三，抓学校班子建设，抓好校长素质的培训。开展当好校长的讨论，了解怎样做一个合格的教育领导干部。首先，要热爱教育事业，要有献身精神。郑板桥说过：'满者损之机，亏者盈之渐。损于己则利于彼，外得人情之平，内得我心之安，既平且安。福即是矣。'孔子曰：'其身正，不令而行，其身不正，虽令不从。'其次，要在坚持四项原则的条件下，有一股敢说敢干的闯劲，即创新精神。三是应有知识、才能和胆略，不怕受风险。四是要有爱才之心，用才之能，知人善任。五是应有科学的工作方法，驾驭全局的能力、工作方法，最基本的是走群众路线。六是胸怀要宽广，要光明磊落，要严于律己，宽以待人，特别要注意团结和自己意见不相同的人一道工作。第四，在搞好教育改革的基础上，制定明年规划。要制定调动教育积极性的措施，要解决'大锅饭'的问题。要稳定教师队伍，要关心教师，同时要吸收扩大教师队伍。第五，在抓好教学的同时，注重学校的精神文明建设及培养'四有'人才。希望堆龙县教育学习、努力、前进、提高。"

在堆龙德庆县桑达乡小学，孔繁森勉励师生们："希望你们学习学习再学习，努力努力再努力，前进前进再前进，多出成绩，多出人才，山沟里要飞出金凤凰。"

在当雄县乌玛塘乡小学，孔繁森感慨地说："办学的困难是大的，成绩也是很大的，前途是光明的，与学校领导、老师的努力是分不开的。希望学校一是发扬成绩，克服困难，继续办教育做出贡献。二要扎扎实实地把这所学校办好，来影响一代代人。三要不断加强自身的学习。"

孔繁森带着相关人员马不停蹄地一个学校一个学校地跑，即使学校路途再远、条件再艰苦，也要跑到。粗略统计，从1988年11月22日到12月27日，孔繁森跑遍了拉萨市下属堆龙德庆、尼木、墨竹工卡等8个县区的36所中小学。

在连续一个多月考察这些学校之后，孔繁森以高度的政治敏锐性，及时发现当时教育中的隐患。他在1988年12月27日的工作笔记中写道："存在问题：没有爱国主义教材、西藏历史、地理的教材，教师讲起来没有针对性。教师的责任心和素质差，教学方法差，教育经费差……下一步工作：要继续改变各级领导的认识；要提高领导班子的战斗力、凝聚力；继续提高教师素质；要总结经验，树立自己的典型、推广典型；加强思政工作，排除干扰，搞好教学，培养'四有'人才。"

他有针对性地提出了教育工作中应注意的几个问题："一是防止目光短浅，短期行为，临时观点。二是防止领导班子换，教育规划变，一人盲目出主意，忙得大家团团转，弄得分管同志没有主动权，出了问题乱埋怨。三是防止一叶障目、骄傲自满，盲目乐观，胸无大志，满足现状，不求进取。四是防止只强调客观原因，满脑子是困难，这也办不到，那也办不到，而不是知难而上，积极进取，在困难中找规律。五是从实际出发，抓主要矛盾。要正确区分'三教'中的辩证关系，即教书育人，管理育人，服务育人。"

在密集的调研走访中，孔繁森深刻地认识到，教育是一项涉及千家万户的社会公共事业，教育基础差、底子薄、欠账多，全国是这样，边疆民族地区更为突出，要根本改变这个状况，单靠一个人和个别部门的努力是远远不够的，必须提高各级领导干部和全社会对教育工作重要性的认识，坚持人民教育人民办，加大真金白银的投入，拿出切实有效的举措。

他提出，动员全社会的力量，用三至五年的时间，改变学校普遍存在的"破房子""土台子""泥孩子"的状况；加强小学教师队伍的培养和提高，优先发展师范教育；努力提高教师待遇，进一步稳定教师队伍；努力改善办学条件，完善教学设施；推行并完善"三包"政策，推动广大农牧区基础教育发展；充分重视双语教学，既要重视藏语文教学，又要学好汉语。

为实现这艰巨的任务，他使尽了所有的力气，全力以赴向上争取政策、资金，朝督暮责向下检查推进。全市很快就形成了一个集资办学、捐资助教的大气候。公办的中小学进行了改、扩建，新建了一批教学楼和学生教工宿舍，安装了电化教学卫星接收设施。全市的办学条件得到了全面的明显的改善。

孔繁森经常给大家说："一个民族、一个国家经济要发展，事业要振兴，教育是关键。教育抓不好，人才就没有保障，发展经济、发展事业就成一句空话。"无论走到哪里，孔繁森都要强调教育的重要性，都要看学校。他说："要重视教育，要关心教育。不重视教育的领导不是合格的领导，有远见的领导都是十分重视教育工作的。虽然我们现在条件很苦，但再苦也不能苦了孩子，自己的孩子自己爱，自己的学校自己建。"

时任尼木县委书记蒋明安回忆："繁森同志是主管教育的副市长，为教育上的事，他多次到尼木。每次到尼木都要到学校去看看。老师的教案他检查，批改的作业本他查看，住校生的伙食、住宿情况，老师的工作条件、生活情况他都十分关心，凡是条件许可，他都尽可能予以解决。县中学和6所县办小学，他每次到尼木都必须看，37所民办小学他至少到过25所。尼木县卡如乡制南村小学，只有16名学生，三个年级，由一名县中学回乡的女学生任教。由于地处偏僻，要翻4500多米高的一座大山才能到达，去一趟很不容易，但繁森同志坚持要去看一看。他强忍着严重的高原反应爬越高山，经过两个多小时的攀登才到达学校。由于学校房屋漏雨，不能上课，老师便把这16名学生带到自家院子上课。见此情景，他感动了，他流泪了。他说：'多么好的老师，多么高的责任感啊！这种无私奉献、忠诚教育的敬业精神多么难能可贵。只要有这么一批忠诚党的教育事业的人任教，尼木县的教育很有希望。资金再困难，也要把这所学校改建好，像这些边远山区，领导又不能经常来的地方，尤其要多关心。'那位年轻的女老师（可惜我把她的名字忘记了）紧紧地握着市长的手，激动地说：'感谢领导的关怀和支持，我一定安心山区的教育工作，兢兢业业地教书育人，不辜负领导的期望。我坚信孔市长的话，这所学校一定会改造好的。'繁森同志指着我说：'你们的县委书记在场，县文教局长也在场。他们要是不落实，你来找我告状。'我立即说：'今天是 1990 年 7 月（具体日子记不住了），明年秋季开学时，如果学校建不起来，你（指女老师）找市长告状，我甘愿受罚。'说得大家都笑了。离别时，那位女老师用藏话向同学们说了几句，16 名同学齐刷刷起立，向这位可亲、可敬的市长行 90 度鞠躬大礼，列队目送我们一行离校下山。"

在孔繁森的关心和督导下，制南村小学不久就重建搬迁到了新的适宜地点，大山里的师生们有了新的学校。

一次，孔繁森骑自行车到拉萨市 22 公里以外的达孜县去看教育情况。在这海拔将近 3700 米的地区，人走快一点儿都喘不上气来，胸闷头晕，年近 50 的孔繁森，骑自行车跑 22 公里，其艰难程度可想而知。他顶着高原特有的烈日，迎着高原严酷的劲风，克服重重困难，来到达孜。达孜县委书记阿旺加措见到孔繁森和他的自行车，不禁肃然起敬。孔繁森看了县城附近的学校，提出了一些建设性的意见，临走时特意叮嘱阿旺加措，一定要把学校的事情办好。

孔繁森在深入调查研究的基础上，积极推进教育综合改革试点工作。

1991年1月26日，孔繁森带领拉萨市教体委领导再次来到堆龙德庆县，专程督导这里的教育实验点工作。堆龙德庆县为提高教学质量进行了一系列的改革：扫盲教育，签订合同，实行奖罚制度；职业技术教育，以县中学职业教育为中心，以推进种植业、养殖业为重点，使在校学生三年内达到掌握1—2门技术；对各乡工作采取打分制的办法，把学校当作重点，把入学率、巩固率和扫盲教育当作重点；县委每年拿出1万元—5万元作为教师奖金。

孔繁森充分肯定了堆龙德庆县教育工作的成绩和做法，对下一步教育改革试验工作提出具体指导意见："一、要提高统一对教育综合试验点的认识。堆龙德庆的振兴应从教育入手；认清有利条件和不利因素。二、搞个纪要。1．试点的规划、措施、办法，领导重点是要搞个纪要；2．规划、任务、责任、奖罚要具体，不搞花架子，不在文字上做游戏；3．纪要要有点改革创新的突破思想。重视教育和重大决策，对一个单位、乡的工作采取百分制评比的办法。教育规划不是重点，要敢于提拔、奖罚；要有吸引教师的改革办法；抓群众建设办学的典型；乡领导担任公办学校的校长，并抓好配文教干事工作。三、做好开好教育工作会议的准备。搞动员，造声势；讲意义，提认识，定任务，定奖罚；通过抓教育，培养干部，提拔干部。"

　　看到堆龙德庆县教育工作出现的可喜变化，孔繁森增强了抓好试点面上推广，带动全市教育教学质量提高的信心和决心，他写了一首诗来表达自己的心情：

> 分管是动员，各行各业齐参战。
> 中心不忘记，教育是重点。
> 堆龙要起飞，人才是关键。
> 三教抓基础，扫盲快加鞭。
> 职教抓实际，师资要过关。
> 今朝整师会，年终要实现。

　　就这样，孔繁森在担任拉萨市副市长期间，走遍了全市每一所公办学校和一半以上的乡办、村办小学，与教职工深入交谈，了解各学校的教学情况及教师、学生的工作、学习和生活等各方面情况，在充分掌握学校和师生实际状况的基础上，有针对性地提出发展拉萨市教育的构想和方案。为落实新构想新方案，孔繁森与市委、市政府其他领导以及市教体委多次研究协调，为发展少数民族教育事业殚精竭虑、四处奔波。为拉萨教育水平历史性地提升作出了突出贡献。在孔繁森和全市教育工作者共同努力下，拉萨市的教育事业有了快速发展和质的提升，适龄儿童入学率由45%提高到80%。

教育重在育人育心

"教育重在育人育心"这是孔繁森在不同场合反复强调的一个问题。孔繁森认为，促进民族地区教育，尽快提高教育水平，办好现有师范学校是关键性措施。中等师范学校是培养小学教师的摇篮，师范学校的质量高低，直接影响未来小学教师的质量，办好师范学校，意义非常重大。

1989年1月3日，孔繁森带领市教体委主任到拉萨师范学校做师生们的思想工作。此后，孔繁森一直关心着这个学校学生的道德品质和人格情操的培养。他常常抽时间来到学生们中间，和学生们谈人生、谈理想，也谈毕业后的去向。渐渐地孔繁森和学生们成了知心朋友，大伙儿有什么心里话都愿意跟他说。

一次，孔繁森在和一位学生的谈话中得知，学校里有的学生花钱手脚太大，时常出现几个人一伙下馆子的事。说者无心，听者有意。听到这样的事情，孔繁森心头一沉，当即召集学生开会。很少发脾气的孔繁森，此时声音里蕴含着愠怒："同学们，你们是师范学校的学生，毕业后要当教师、当校长，为人师表，假如你们走上工作岗位，看到你们的学生出现这种状况，作何感想？我们国家还很穷，你们的学习费用、生活费用、衣食住行的钱哪里来的？……国家培养你们不容易啊！"

他说："一个人的道德品质、人格情操，是从一点一滴做起的。艰苦奋斗仍是我们的传家宝，即使将来国家富强了，生活富裕了，也不能浪费，这是败家子作风。你们中间出现这种现象，责任在学校、在教师，当然，我这个副市长更负有责任，我们的思想教育工作都没做好……"

此后，孔繁森到学校来得更勤了，与同学们谈心也更多了。通过他耐心细致的教诲和言传身教，师范学校的校风越来越好。一个生活优渥、花钱大手大脚的女学生，认识到自己的错误，找到孔繁森，含着泪说道："孔市长，我，我错了……"孔繁森给她讲述了许多农牧民孩子因家里穷上不起学的情况，这位女同学深为感动。后来，她把父母给的零花钱，都攒起来，一次性向"希望工程"捐了出去。

1989年4月22日，中国共产主义青年团成立67周年纪念日前夕，拉萨师范学校举办庆祝活动，孔繁森来到学生们中间，和同学们一起载歌载舞。

活动中，孔繁森以老朋友和老团干的身份，针对当时社会上和青年学生中存在的不安定因素，语重心长地给学生们作了一场深刻的形势报告，帮助学生们正确认识西藏30多年来取得的成就和存在的问题，教育他们克服青年心理虚脱和精神贫血，发扬爱国主义传统，旗帜鲜明、立场坚定地反对分裂，树立正确的世界观、人生观、价值观、历史观，最后，孔繁森给同学们提出殷切希望：

1. 加强组织纪律性，稳定局势。2. 为西藏的两个文明建设努力拼搏，刻苦学习。明确学习的目的，西藏的资源开发和经济建设。为当一名合格的教师而努力奋斗，少年易老学难成。不辜负党和人民的希望，为明天、为祖国、为自己学习。3. 支持、理解、谅解、友谊，尊重学校领导教职员工的工作和劳动。4. 要树立自强、自奋、自尊、自爱、自治精神，防骄、防绕、防轻卑。5. 要培养艰苦奋斗的精神。

此时，师生们并不感觉这是拉萨市分管教育的副市长在给他们作报告，而是一位兄长在不厌其烦地教诲，又像是一位慈父在谆谆告诫，那真诚的期望就像西藏温泉汇成的小溪，暖暖地、甜甜地流进每个人的心房。

心中时刻装着广大师生

自分管教育工作以来，孔繁森不遗余力地加强教师队伍建设，提高教师们的思想觉悟和业务素质。1989年6月13日，在各学校书记、校长会议上，孔繁森语重心长地讲："学生的问题在教师，教师的工作在领导。要加强教工的思想政治工作，加强组织纪律观念。怎样当好一个合格的教师，怎样才能为人师表，要开展教育讨论。要教育教工知道自己身上的担子，要自尊、自爱、自强、自制。要研究探索西藏的教育规律。加快西藏教育工作的步伐，要为西藏的教育作出新的贡献。"

1989年8月5日，在教体委举办的区级以上干部学习班上，孔繁森动情地对大家说："要热爱教育事业，忠于教育事业，献身教育事业。教育事业是阳光下最神圣的事业，教育事业是历来受人尊敬的事业，教育事业是社会民族发展的大业。要献身教育事业，要具有不怕吃亏的精神。特别是在当今社会风气、党风没好转的情况下，作为教育者更应头脑清醒。什么是人生最大的幸福。作为一个教育者，要有知识，要有才能。作为一个教育者，要为人师表，对青年教师要加强职业道德教育。要注意树典型、抓先进，让大家学有榜样、赶有目标，把正气树起来，把歪风邪气压下去。"

孔繁森心里装着西藏的教育事业。从党的教育方针政策，到教育教学工作的重要环节和业务，他都认真地学习和研究，结合拉萨教育实际情况进行了深入思考。

1990年12月26日，孔繁森在班主任座谈会上发表了这样一次精彩的讲话：

一、班主任工作的意义。1. 班主任是学校的细胞，事关小环境和大环境的关系。2. 西藏地区班主任学校班级的特殊性，具有共性的一面，又有特殊的一面。3. 根据不同的特点，分析不同的情况开展工作。

二、班主任所具备的条件。1. 要有事业心、责任感。2. 有良好的班级教育管理意识、管理方法。3. 以身作则，言传身教，要具备勤、细、新、爱、严。勤，深入班级要勤。细，组织安排要细。新，注意学习开拓创新。爱，对学生要处处体现友爱之心。严，从严管理，严格要求。

4. 知识面要广。5. 班主任的心胸要宽广。

三、班主任的主要工作方法和途径。1. 以中央制定的教育方针为宗旨，结合班级实际创造性地开展工作。2. 建立以班主任为核心，任课老师为基础，和班级干部、家长相结合的教育管理机制。3. 代表学校、社会、家庭，积极开展横向联系。4. 以思想教育为主导，严格管理为手段，行为训练不放松，社会教育相结合。严在当严处，爱在细微中。5. 开展对班级、班主任的评价活动。6. 抓动态，抓苗头，不失时机地开展教育，展开讨论。对学生要争取三不和启发式教育。7. 教育学生要有自制能力，自己教育管理自己的能力。8. 不断开展批评和自我批评。9. 开展多种形式、多种内容的教育活动。

四、当班主任应具备的特点。1. 谦虚的品德。2. 无私奉献精神，克服用钱领、用钱管、用钱转的错误思想。3. 高度的责任感，强烈的事业心等优秀品质。4. 倾注爱心的高尚情操。5. 多层次、多途径的方法。6. 身体力行的榜样作用。7. 知识面广，爱好广的素质。

听到这专业的、贴心的论述，在场的教师们心悦诚服，他们想不到孔市长对班主任工作竟了解得这么细致。他们用热烈的掌声，表达着心中的激动和振奋。特别是最后孔繁森的呼吁，更使在座的班主任们难以忘怀，"要关心支持班主任工作，要理解体贴班主任的工作，要交流、评比、总结班主任工作，对知识分子要理解，要有爱才之心，护才之胆，举才之德"。会场上又一次响起了雷鸣般的掌声，这掌声是为孔市长的爱才之心而鼓，更是为能遇到这样一位关心教育、懂得教育的好市长而鼓。

山东省第六批援藏教师队队长赵维东回忆，1990年8月，他带领山东省第六批援藏教师赴日喀则地区工作。刚到拉萨，孔繁森就赶到援藏教师们住的招待所看望他们，询问进藏教师队伍的有关情况，安慰和鼓励出现高原反应的教师们，介绍了一些西藏的风土人情及经济、社会发展状况，还特别讲了需要注意的问题。孔繁森说："西藏与内地可大不一样，要坚持下来完成任务，必须过好四关：一是生活环境关，二是语言关，三是政治思想关，四是工作关。"孔繁森说，"西藏海拔高，缺氧，缺蔬菜，条件艰苦，生活习惯也与内地不同，可要学会吃糌粑和喝酥油茶哟"。"他特别叮嘱我们，说话办事一定要考虑到民族宗教问题，认真执行党的民族宗教政策，尊重藏族的风俗习惯。要时刻注意维护祖国的统一和民族团结，主动与藏族同志搞好团结，要密切协作，友好共事，多参谋多实干，少指手画脚。对自己一定严格要求，遵纪守法，千万别参与赌博，拉也不参加，防止犯错误。"这些话非常实在，针对性很强，对做好进藏教师的管理工作、圆满完成任务，有十分重要的指导意义。后来，他们在制定《援藏教师守则》等规章制度时，充分吸纳了孔繁森的这些宝贵意见。

赵维东回忆说："援藏教师们都经常与他联系，有什么困难和问题也乐意向他求教。孔繁森总是给予热情指点和帮助。有的教师家有病人，托他买药，他帮忙；有的教师孩子上学难，他给联系解决；有的老师要求调动找他，他也给以引导和帮助。"

当时，有两位援藏教师想利用业余时间把在藏的所见所闻写一写，编成一本书，以表达对西藏的热爱之情。当把这个想法写信告诉孔繁森后，他非常支持，表示愿意帮助他们联系出版。1992年底，孔繁森收到书稿后，还提了不少修改意见，并建议再增加些篇目。两位教师很受鼓舞，后来他们也遵照他的意见进行了修改和补写。可惜的是，未及出版，孔繁森就匆匆离去，这也成了赵维东和教师们一生的遗憾。

赵维东深情地说：“繁森同志是多年主管教育的领导，他对教育有一种特殊的感情，对尊师重教有着深刻的理解。不管是进藏教师还是当地的藏族教师，他都给予热情的关怀和帮助。对待工作不管是分内的还是分外的，都是尽自己最大努力，不愧是一位尊师重教的好领导！因为他深深懂得，他所做的一切，都是为了西藏的繁荣昌盛和发展。”

1991年7月20至23日，孔繁森安排全国优秀班主任、功勋教师、模范校长魏书生到拉萨讲课，帮助大家转变教育理念，快速提升教学工作质量。魏书生潜心研究教学方法、学生学习规律，引导激发学生自主学习，屡次创造教学奇迹。在长期一线教学中，逐步总结出一整套从教育理念到班级管理、教学方法的教育实践经验。

魏书生一到拉萨，孔繁森就关心地说：“魏老师，欢迎你来讲学。你得休息休息再讲，这里海拔3600多米，氧气不到平原地区的70%，你这讲课半天半天的，得休息够了。”魏书生说：“没时间休息了，我在这讲完以后，得马上飞哈尔滨参加第二届中学学习科学年会，我是理事长，不能不到会。"

第二天，魏书生在拉萨市政府大礼堂开讲，会场座无虚席，台上讲得热情生动，台下的教师们听得聚精会神，连续讲了三天半，孔繁森也一直在现场听了三天半。23日，孔繁森主持了这次讲座的闭幕式。

为了把魏书生老师的教学经验扎扎实实地学到手、落实到位，当天晚上，孔繁森带领市教体委的班子成员和业务骨干到魏书生入住的宾馆召开座谈会，半夜12∶05才带着大家意犹未尽地离开。临走时魏书生说："孔市长啊，明天你们千万不能送我啊，现在12点了，明天4点多钟，你们还能爬起来啊？"孔繁森说："哪能不送你，你好不容易来趟拉萨，一定得送。"孔繁森回到宿舍只休息了三四个小时，凌晨又骑着自行车匆匆赶到宾馆。魏书生问他："你咋没坐汽车？"孔繁森说："大清早的，我离这不远，麻烦人家干什么？"

1995年4月28日，《人民日报》刊登《孔繁森同志日记摘抄》，魏书生读到23日那天孔繁森记的日记感慨地说："孔市长回家这么晚，还写了这么一篇日记！"

孔繁森这样写道：

1991年7月23日

在庆祝西藏和平解放四十周年的时候，我们请来了受尊重的教育家魏书生老师来拉萨讲课。可以说，这在拉萨教育史上是第一次。……三天的报告感动人，吸引人，教育人。平时，我们无论哪级领导作报告，可以说没有超过两小时的，而魏老师的报告作了三天半，大家听得津津有味。

……要扎扎实实地结合西藏的情况，结合本单位的实际，向魏老师学习。……学习魏老师咬紧青山不放松的精神来对待教育事业。可以说，魏老师高官不做，厚禄不取，一心一意从事教育事业，把教育不光看作是教书育人，而且把它看成是一门科学。

为西藏班学子撑起一片蓝天

由于历史和自然环境等原因，西藏基础教育落后，高等教育极其薄弱，职业技术教育差，各方面人才缺乏。1984年，针对西藏教育落后、人才匮乏的实际，党中央做出了"在内地创建西藏学校和开办西藏班"的重大决策，开启了在内地为边疆民族地区培养人才的先河，提出："要采取集中与分散相结合的原则，在内地省市办学，帮助西藏培养人才，可考虑在北京、兰州、成都等地相对集中办西藏班，其他有条件的省市分配一定名额，西藏送10岁至12岁的小学毕业生，以培养中等专业技术人才为主，其中少数优秀的可以选送高等院校深造。"

从1985年开始，在内地16个省、市的中等以上城市开办了西藏中学和西藏班。这样，每年不仅有大批的藏族中等专业技术人才回到西藏参与建设，而且还会有一批优秀的藏族高中毕业生考入大学深造，因此，内地办学不仅是发展西藏教育事业的重要组成部分，也是培养西藏人才的重要途径。同时，这种内地创办西藏中学、西藏班的办学方式，在广大学生家长以及藏族人民心中也产生了日益深远的影响，为加强西藏和内地各族人民之间的相互了解，开辟了广阔的途径，对于促进西藏经济发展、加强西藏与内地的交流、增进民族团结、维护国家统一起到了十分积极的作用。

　　北京、重庆、杭州、济南、合肥等地高度重视西藏中学和西藏班的建设，投入了大量人力物力，内地各族人民给西藏的这些学生提供了完善的学习生活条件，给予了无微不至的关怀，像对待自己的亲生儿女一样关心和照顾藏族学生。内地人民的深情厚谊，也使就读于西藏班的学生从小就认识到"少数民族离不开汉族，汉族离不开少数民族"的道理，从而牢固树立中华民族团结起来共同奋斗、共同繁荣的理念。但从客观方面来讲，这是一项涉及面广、没有经验可借鉴的全新工作，在实际生活学习和具体教学实践中，难免会出现这样那样的问题，比如，藏族学生年龄偏小，乍一离开熟悉的藏区，不适应内地新的学习生活环境；藏族学生的学业水平相差较大；语言交流存在障碍，学习和生活方面仍不便利；个别学生自制力差，出现不良习惯的苗头；课程设置不统一；由于生活习惯差异，加之民族宗教原因，带班老师不敢管、不会管；师生的相关工作、生活政策不配套等等。

　　西藏中学、西藏班的学生很多来自拉萨，作为拉萨市分管教育的副市长，孔繁森听到、看到这些问题心急如焚，下决心组织工作组去这些学校走访慰问、表达感谢，同时现场调研考察，掌握情况，和当地的领导和师生面对面地坐下来解决问题，让这一增强民族团结、促进民族地区发展的新生事物健康发展。

但不幸的是，方案刚定下来，孔繁森就因车祸住了院。1989年11月14日傍晚，孔繁森在赶往山南参加会议的路上发生交通事故，伤情危重，经紧急抢救才脱离危险。住院12天，因为有紧急公务要处理，孔繁森就坚决要求出院。医生拗不过这位山东硬汉，只好放行，但一再嘱咐，事毕必须立即返回，继续接受治疗。忙完事情，孔繁森早已将医生的嘱咐抛到了脑后，开始了繁忙的工作。市委主要领导知道后，心疼地命令孔繁森立即放下手中工作，听从医生的建议速回内地治疗。孔繁森不得不点头答应，心里却还盘算着，借自己回内地之机，完成之前的走访西藏中学计划，去看望这些寄托着西藏未来与希望的藏族学生。孔繁森认为，西藏中学和西藏班分布在不同城市，涉及的单位比较多，不能因为自己养病就把这个事情耽搁下来。于是，他不顾医生和亲友的再三劝阻，带着治疗的药物，就率领工作组出发了。

1989年12月8日，孔繁森一行来到了坐落在重庆市沙坪坝区歌乐山云顶峰下的重庆西藏中学。孔繁森带领工作组刚到重庆落下脚，就连续同区教育局、学校领导、教师、学生座谈，详细了解方方面面的具体情况，征求他们的意见和要求，从某一门课的教学效果，到学生们的思想言行，不一而足，细致入微。然后，与学校领导和教师们共同商量解决办法，并亲自做学生的思想教育工作。

12月9日下午，在重庆西藏中学召开的教职工学生大会上，孔繁森发表讲话，一再感谢学校领导、全体教工的努力，感谢他们落实党交给的重任，为西藏培养人才，把学生当作自己的亲人、自己的孩子来对待，把全部精力奉献在西藏学生身上。同时，对西藏班的学生们提出要求和希望："一是努力拼搏，加强学习。二是尊重老师，加强团结。三是加强组织纪律性，争当三好学生。总之，希望同学们努力努力再努力，学习学习再学习，以优异的成绩来感谢重庆市领导、重庆市中学领导和老师对我们的关心关怀，以优秀的成绩来回答拉萨市人民、领导、家长对你们的希望。"

12月20日，孔繁森一行来到上海回民中学。孔繁森一到学校就召开了藏族教师座谈会，详细了解教学情况，认真听取他们生活中的困难和要求。上海回民中学自1959年建校以来第一次接收西藏学生，学校专门成立西藏班领导小组，配了两名班主任。

接着又到上海交通中学调研藏族班29名学生在这里的专业技术学习和生活状况。孔繁森逐一了解这些学生的学习成绩、思想动态，和任课教师探讨部分学生成绩不佳的原因，就政策和经费等具体问题共同研究解决办法。

12月24日晚，孔繁森利用晚自习的时间，再次与上海回民中学的领导和教师们进行了亲切恳谈，他说："一、西藏的人民和各级领导感谢你们的工作。二、继续发扬回民中学传统，加深对少数民族的理解，增强同少数民族之间的感情。要理解、谅解、信任、关心少数民族教师，对少数民族学生要采取关心、体贴、启发、诱导、鼓励的工作方法。三、加强对学生的爱国主义教育，加强德育教育。总的希望，成绩要发扬，管理要大胆，方法要灵活，工作要深入，重点要突出。"

12月26日，孔繁森一行到达浙江绍兴，与绍兴市领导、绍兴一中领导进行座谈，分别召开了西藏教师座谈会、学生座谈会和汉族教工座谈会。当时分管西藏班的绍兴一中副校长钱绵曾回忆起当时的情景记忆犹新，感慨道："孔繁森同志十分务实。"

在与西藏班学生交谈中，孔繁森发现，其中有些新生由于初到绍兴，对此地的气候和生活习惯不太适应。孔繁森耐心地安慰、开导他们，使孩子们心中涌起暖流，脸上绽开轻松的微笑。孔繁森还很中肯地对西藏班的教师说："你们已经尽了力。"

在与绍兴一中座谈中，孔繁森嘱咐学校领导："发扬成绩，加强管理，把西藏班办得更加完善。一要不断总结经验教训，加强对西藏班的领导和管理，对西藏班的学生要关心、爱护、体贴、启发、诱导，要按学校规章制度办事。二要注意发挥藏族教师的作用，对藏族教师要教育帮助，大胆使用，同时要关心、照顾藏族班汉族教师。三要采取多种形式的办学方法。要使学生德智体全面发展，特别要加强爱国主义教育。"

1990年1月4日，工作组到达安徽合肥。1月5至6日，到合肥六中、合肥师范学校慰问调研。在合肥六中召开藏族班汉族教师座谈会，孔繁森听取老师们意见。合肥六中党总支原书记姜之匡曾回忆孔繁森一行当时的工作情况：

1990年1月5日，孔繁森率拉萨市赴内地西藏班工作组一行六人来到合肥。工作组刚到，来不及休息，就直奔六中，看望西藏班学生。孔繁森代表拉萨市政府向学校领导献哈达，并郑重地赠予锦旗，上书："血汗为边疆、丰碑在高原。"孔繁森还从有限的经费中拨出1000元奖励辛勤工作的西藏班老师。中午，孔繁森与西藏班学生在学校食堂一起就餐，边吃边聊，嘘寒问暖。

随后，孔繁森一行又前往合肥师范，当孔繁森听到合肥师范的校领导和老师反映：学校刚成立中师西藏班，没有经验，管理上束手束脚。孔繁森便细心地为他们讲解党的民族政策及藏族的风俗习惯。回到西藏后，又立即以拉萨市政府的名义发文给学校，给了他们极大的鼓励和信任。在合肥师范走访期间，孔繁森与在这里工作的藏语老师扎西促膝谈心，然后手执花名册到班上一一点名，并请班主任带了六名后进生到他的住处谈心，做思想教育工作。临走时一再嘱咐："孩子们就托付给你们啦！"

这一年的藏历新年和农历新年，孔繁森又给他们寄去了礼品慰问。老师们至今回忆起来仍然感动不已。

1月8日，孔繁森带领工作组到达北京，看望北京西藏中学的学生。在北京短短的几天，他们的行程安排得很满：与学校领导座谈，详细了解师生状况、课程设置、政策落实和存在的问题，向师生们宣讲西藏形势，等等。

1月11日，孔繁森一行到达石家庄，前往河北师范学院附属西藏学校、石家庄西藏学校调研。

1月13日，与石家庄西藏学校领导座谈时，孔繁森说：

一、谈谈对该校的认识。领导是重视的，教师队伍是胜任的，学生的住宿条件是好的。学校的管理开始走向正规化。办学有计划有措施，条件开始有改善。学校领导教工对学生有热心、耐心、关心、慈母之心。

二、认真总结几年来的办学经验和存在的不足。一要充分肯定几年来的办学经验。二要用一分为二的方法，来找出我们存在的不足。三要制定新的作战方案，继［续］开创新局面。

三、从实际情况出发，从西藏的特殊情况出发，结合石家庄实际情况办好西藏班。弄清什么是本地的实际情况，什么是西藏的实际情况。处理好个性和共性的问题。共性，培养的目标是一致的，学生应遵循的守则是一致的，教学的大纲基本上是一致的。个性，学生是从特殊的环境里成长起来的。学生入学的基础差，有语言障碍，学生爱动，重感情，凝聚力强，能歌善舞，爱激动，爱吃零食。从实际出发采取四结合的方法，共同搞好管理，学校和家长和西藏和领导结合。办学要灵活多样，同时要开办好第二课堂。适当地搞点军训，适当增加点启发和娱乐相结合的办法，增加点文体活动，开办好第二、三课堂。要善于和学生交心，当朋友，要善于抓后进生的转化工作。

四、开拓视野从严治校，把竞争机制引入学校办学之中。宽严要从实际出发。把竞争引入到学生的生活中，把竞争机制引入到学校的教职工管理之中。要开拓视野，要使孩子的德、智、体全面发展。

五、在总结自己办学经验的同时，要走出去借鉴学习外地的办学经验。学校的培养目标要明确，对学生要进行理想和文明的教育。

1月17日，孔繁森一行到陕西西安华清中学，听取学校介绍，召开藏族教师和汉族教师座谈会。

1月18日，工作组到西安咸阳乾县师范学校。

1月20日，工作组收到华清中学西藏班师生反映的与班主任在管理中发生的纠纷，立即召开藏族教师座谈会，做深入细致的思想工作，解决矛盾。

从1989年12月8日至1990年1月20日，孔繁森一行马不停蹄地先后跑了重庆、上海、绍兴、杭州、合肥、北京、石家庄、西安等9个城市的16所西藏中学和西藏班。每到一所学校，孔繁森都要分别召开学校教师座谈会、学生座谈会，了解情况，听取意见，介绍西藏的人文地理、风土人情，宣传西藏的发展成就，鼓励教师们强化责任心，提高教学质量，培养好西藏的这批学生。

在一个多月的奔波中，孔繁森不顾伤痛折磨，白天考察走访，晚上与师生座谈，回到驻地还要自己熬中药吃，直至16所西藏中学全部考察完毕，才回到家乡，住进了山东省立医院。治疗还未结束，孔繁森听说拉萨市政府领导在岗的少，工作调度有困难，又匆匆出院返回拉萨。由于没有遵照医嘱认真治疗，孔繁森的右眼从此落下了重影的后遗症。

这次考察以后，孔繁森的内心始终惦记和牵挂着这些西藏班的学生们。1990年8月9日，孔繁森和拉萨市委、自治区教科委的负责同志一起听取了西安市委派出的代表团关于华清中学西藏班办学情况和存在问题的汇报，共同研究解决路径。孔繁森在发言中突出强调办好西藏班的重要意义，他说："办好内地西藏班有着重要的战略意义，办好内地西藏班是中央的正确决定。实践证明，领导是满意的，家长是拥护的，学生的进步是快的。西安市对办好内地西藏班是花费了很大心血的，代表团的同志对办好西藏班思想端正，态度诚恳。从内地几个省市的情况来看，各自都取得了很大成绩，可以说各有各的任务，各有各的优势，各有各的经验，各有各的困难，各有各的计划，各有各的打法。"

1991年12月16日，孔繁森到江苏省常州市参加全国城市教育综合改革交流会。刚一散会，他就约着绍兴市教委主任董枫赶往绍兴一中。时隔一年多，再次来到这里，孔繁森显得特别兴奋。他仔细察看了教室、餐厅、寝室，看到藏族学生在新建教学综合楼上课，住的是整洁明亮宽敞的集体宿舍，专用餐厅有六个人操持，其中有两人是专门派往成都西藏饭店经专业培训过的厨师，孔繁森深感绍兴市政府和一中领导对西藏班的关怀。当孔繁森了解到西藏班的洗衣机刚刚坏了，一时还没有买新的，同时得知西藏班学生得病只能用自行车带到医院，既不安全又不方便，当即拿出2000元钱，让西藏班老师买了两台金鱼牌洗衣机、一辆三轮车。当经手人把购物发票交给孔繁森时，他摆摆手说不用发票。"现在想来，当时孔繁森同志是自己掏腰包给藏族学生买生活用品。"董枫满怀深情地说。

各地开办西藏中学、西藏班是没有先例可循的崭新事业，没有成熟的办学经验可以借鉴，当时的政策也不完善，课程设置、学生管理、藏汉师生和谐工作与生活……都需要摸着石头过河。在这关键时刻，孔繁森带领工作组从西藏发展和民族团结进步的战略高度，教育学校领导和师生们充分认识办好西藏中学和西藏班的意义，与当地政府领导、教育局和学校领导交换意见，与西藏班的藏族教师、汉族教师和学生谈心谈话，了解教师和学生的思想、工作和生活状态，设身处地、真心实意地关心爱护他们，深入细致地做思想工作，上至民族政策、教学大纲，下到学生抽烟、不遵守纪律，孔繁森都深入具体地当场做工作，和他们一起研究办法、解决实际困难。对于加强民族团结，落实民族政策，加强爱国主义教育，孔繁森更是走一路讲一路。可以说，孔繁森对于西藏中学的健康发展，发挥了重要推动作用。

呕心沥血发展阿里地区教育事业

孔繁森到阿里地区担任地委书记后，上任不到一周就专门听取了地区教工委书记欧珠关于教育工作的汇报，教育的落后状况比他想象得还要严重。阿里50年代初创立了第一所学校，不久，普兰、噶尔相继成立各类帐篷学校。1979年统计有176所学校，共4746人，1982年起大部分学校被撤销了。1985年办了首届高中班，1987年前全地区基本没有像样的学校教室。90年代初才有所改善，有中学一所435人，完全小学9所2215人，地区公办小学14所、450人，乡村民办小学13所、313人。全区共有学校37所，共3413人。阿里每万人中文盲有8000多人，平均每人受教育不到一年；文盲半文盲占比高、适龄儿童入学率不足30%。

孔繁森听完汇报意识到，阿里要振兴发展，人才是最大的瓶颈，在吸引人才非常困难的情况下，只有发展教育，才是真正的出路。地委、行署必须采取倾斜政策，增加投入，同时动员各方力量兴教办学。为此，阿里地委、行署制定了教育发展目标规划方案，提出到2000年区区有小学、建好地区和各县中学、努力培养适应发展社会主义市场经济需要的各类适用人才的规划方案。

孔繁森全面梳理总结阿里工作存在的主要困难和问题时，教育就是他关注的一个重要方面。他说："教育基础薄弱，发展缓慢。阿里地区30个区中，有18个区无小学，7个县中无1所中学，适龄儿童入学率仅为29%，远低于自治区平均水平。1993年，自治区拨我地区教育经费为450万元，比1992年实际支出少拨36万元。由于阿里地区物价很高，到7月底为止，全年教育经费已支出90%，预计今年超支300余万元。照此下去，连正常的教育都难维持，更难实现到2000年县县有中学、乡乡有小学，适龄儿童入学率达到80%的目标。"

为解决阿里地区教育工作中存在的困难，促进民族地区教育发展，孔繁森带领相关部门在深入基层调查的基础上，制定出阿里教育发展规划，积极向自治区汇报，争取上级的大力支持。

1993年5月，"换脑筋、找差距"思想解放大讨论宣传发动期间，孔繁森第一次到阿里地区札达县调研，行程中特意安排去考察学校。在县完小，孔繁森嘱咐学校教师，教室、寝室坏的玻璃要及时安上；在学校食堂，他揭开锅盖看学生的饭菜如何；在学生宿舍，他摸摸学生的被褥薄不薄；他和教师们一起讨论教学方案。以至于后来教师们疑惑："孔书记当过老师吗？"孔繁森看到学校没有运动场，立即拨通军用电话找到行署领导，商量安排1万元，给学校修个水泥地的篮球场（彼时阿里地区的水泥售价1400元一吨）。崭新的篮球场很快就修起来了，学生们有了活动场所。

孔繁森关心教师的成长，更关心学生们的冷暖。在阿里札达县一所乡办小学考察时，孔繁森看到几十个衣着破旧的孩子，正坐在冰冷的由土、石块垒起来的"课桌"上写字。碎石和泥巴砌成的教室四面透风，孩子们的一双双小手都冻得红肿起来，可天寒地冻没能影响孩子们对知识的渴求。眼前的一切使孔繁森的心头在流泪。他掏出了带来的1000元钱，塞到校长手里，嘱咐说："给孩子们买点衣服吧！他们太冷了。"校长接过钱，捧在手里看了好大一会儿没有回过神来。

1994年5月底，孔繁森了解到噶尔县小学即将举行运动会，但多数来自农牧区的孩子没有球鞋穿，就从自己的工资中拿出

1050元，委托学校老师给孩子们买球鞋。六一儿童节之际，噶尔县小学农牧民的孩子穿上孔伯伯送的白球鞋，高兴地奔跑在操场上。四年级学生次白多吉、索娜卓玛等在接受采访时对记者说："我们不少学生平时舍不得穿孔伯伯送的新球鞋，只有节日和开运动会时才拿出来。"

无论在哪个岗位上，孔繁森心中时刻装着教育事业，惦念关爱着阿里教育战线上的广大师生。孔繁森的大女儿孔静三次推迟婚礼时间，孔繁森都因工作忙没能参加，而一对藏族乡村教师的婚事他却记在心上，购买礼物前去祝贺。

阿里地区改则县察布区，靠近藏北无人区，平均海拔5000多米，这里有一所世界上海拔最高的学校。孔繁森曾4次驱车400多公里来到这里调研慰问。学校只有30多个寄宿生。日喀则师范学校毕业的两个青年人嘎尔玛和德吉卓嘎在这里当老师。他们不仅给孩子们传授知识，还要给孩子们做饭洗衣，既当老师又当爹妈。由于环境恶劣，高寒缺氧，缺乏燃料，生活配套设施更是什么也没有，这所小学的师生们长年吃不上青菜，为了维持生活，两位老师还要自己去放牧、捡牛粪。但就是在这种艰苦的条件下，这两位老师把学校办得有声有色，在共同的工作生活中，他们建立了纯真的爱情，并准备国庆节结婚。孔繁森上一次来察布区时，了解到他们的情况后十分感动，心里一直牵挂着他们。

1994年9月下旬，孔繁森参加完自治区四届六次全委（扩大）会，回阿里途中检查察布区工作时，尽管行程很紧，到了傍晚，他专门抽出时间看望这两位老师，给他们送去新婚的祝福。孔繁森走到德吉卓嘎面前，从怀里掏出在拉萨购买的一条红纱巾，轻轻系在她的头上，说："感谢你们为牧民群众培养后代，我特意给你买了一条红纱巾，祝你们永远幸福！"然后，上了汽车离开。德吉卓嘎望着渐渐远去的汽车，忍不住流下了眼泪。她摘下红纱巾攥在手里使劲地挥舞着。红纱巾像一团温暖的火苗，在夜色中跳动、燃烧……

第二章

推动民族地区加快现代化建设步伐

20世纪90年代，时任福建省委副书记的习近平同志亲自部署、亲自推动，开展东西部对口扶贫协作"闽宁模式"并结下丰硕成果。2020年6月，习近平总书记再次来到宁夏回族自治区考察调研，当看到宁夏经济社会各项事业取得巨大成就后强调，"脱贫、全面小康、现代化，一个民族也不能少"，向全国各族人民重申了党中央的郑重承诺，表明了我们党致力于实现各民族共同繁荣发展的信心和决心。

　　党的二十大报告强调，"中国式现代化是物质文明和精神文明相协调的现代化"。全体人民共同富裕的现代化是中华民族共同体建设的本质要求。中国式现代化为中华民族共同体建设奠定坚实的经济基础，必将推动中华民族成为认同度更高、凝聚力更强的命运共同体。

　　中华民族共同体建设，需要高质量发展下的物质基础作为基本保障，需要促进民族地区与全国一道同步迈入现代化，不断提升各族群众的获得感、幸福感、安全感，不断满足各族人民对美好生活的向往，让各族人民共创美好未来，共享复兴荣光。

中国式现代化要以各族人民对美好生活的向往为目标，促进各民族紧跟时代步伐，在实现共同富裕、迈向社会主义现代化的征程中同舟共济、携手共进。

翻开党的百年历史画卷，中国共产党为了整个中华民族的福祉，始终加强各民族共同团结奋斗、共同繁荣发展，推动着中华民族走向包容性更强、凝聚力更大的命运共同体。

纵览古今、环顾全球，没有哪一个政党能像中国共产党一样带领人民在这么短的时间内创造彪炳史册的人间奇迹。

"在扶贫的路上，不能落下一个贫困家庭，丢下一个贫困群众""全面建成小康社会，一个少数民族也不能少""在全面建设社会主义现代化国家的新征程上，一个民族都不能少"……中国共产党始终把人民放在最高位置，不断保障和改善民生、增进人民福祉，走共同富裕道路，有力促进各民族像石榴籽一样紧紧抱在一起。

从经济基础、地理环境、资源禀赋等方面来看，民族地区高质量发展仍然面临许多制约，民族地区依然是全面建设现代化国家新征程中的短板。中华民族是一个大家庭，一家人都要过上好日子。推动各民族共同走向社会主义现代化，是我们党作出的庄严承诺，更是社会主义的本质要求。在这条充满艰辛和挑战的发展道路上，一代又一代共产党人，坚持以人民为中心，初心不变，奋斗不止。

以孔繁森为代表的党员干部的奋斗拼搏，有力推动了边疆民族地区的发展繁荣，从而为铸牢中华民族共同体意识夯实了坚实的物质基础，各族群众对伟大祖国、中华民族、中华文化、中国共产党、中国特色社会主义的认同越来越强。

一、绽放在"生命禁区"的格桑花

在孔繁森同志纪念馆，收藏着这样一本工作笔记，上面记载有手抄的阿里地区经济社会基本情况统计表，详细记录了各县土地面积、水域情况等数据，精确到小数点后两位……这从一个细节印证着孔繁森用心用情用力带领西藏各族群众过上美好生活的工作历程。

走入"生命禁区"的"老大哥"

阿里是西藏海拔最高、条件最艰苦的地方。阿里平均海拔4500米以上，比拉萨还要高1000米，高寒缺氧，氧气含量为内地的60%，自然条件十分恶劣，长期以来被称为"生命禁区"，是"世界屋脊的屋脊"。阿里的最高点是普兰县境内的纳木那尼峰，海拔7694米；最低点是札达县境内的什布奇朗钦藏布河谷，海拔2800米，最大相对高差4894米。在30多万平方公里的土地上仅有6万多人口，下辖7个县，有大面积无人区，经济条件十分落后。由于海拔高，拉萨人习惯称阿里为"山上"，去阿里叫

"上山"、出阿里叫"下山"。即便是在西藏生活多年的当地人，也是谈"阿里"色变。

阿里人常说，这里是离太阳最近的地方，有着世界上最丰富的太阳能资源和最强烈的紫外线。但这里的气候非常寒冷，有记载的极端低温曾达零下46摄氏度，年平均气温0摄氏度以下，日平均气温变化幅度极大，真正是"早穿棉袄午穿纱"，冻土层近两米。阿里大面积的是戈壁滩、荒漠草原，植被稀疏。每年有一半的时间刮八级以上的大风，风起时鼻子、耳朵、牙缝里都是沙土。阿里有段民谣，形象地说明了当地自然境况："天上无飞鸟，地上不长草。风吹石头跑，氧气吃不饱。八月下大雪，四季穿棉袄。"

虽然是地处祖国边陲的"生命禁区"，但阿里却拥有极端重要的战略地位。阿里东起唐古拉山以西的杂美山，与那曲地区相连；东南与冈底斯山中段的日喀则地区仲巴、萨嘎、昂仁县接壤；北倚昆仑山南麓，与新疆喀什、和田地区相邻；西南连接喜马拉雅山西段，与克什米尔及印度、尼泊尔接壤，边境线1116公里。阿里还是全球最大的"万山之结"，喜马拉雅山脉、冈底斯山脉、喀喇昆仑山脉等几条巨大的山系相聚于此，宛如丝巾在这里挽起结扣。同时，这里也是"亚洲水塔""百川之源"，是雅鲁藏布江、印度河、恒河的发源地。

正是由于阿里的艰苦落后以及极端重要性，1992年年底，西藏自治区党委从全区发展的大局出发，十分重视阿里班子的调整，充分考虑班子成员素质、年龄、结构等因素，最终，遴选各方面都过硬的孔繁森"上山"挑起重任，还任命西藏本土成长起来的懂藏语的年轻干部安七一担任秘书长，希望新的班子能改变阿里贫穷后进的状况。

孔繁森心里清楚阿里的自然条件非常恶劣，也知道那里的工作环境十分艰苦。"上山"，就意味着奉献和牺牲。已经把"党和人民利益至上"融入血液中的孔繁森，就这样身负组织重托义无反顾地走上阿里高原。

上任之前，西藏自治区主要领导热地同志破例把要"上山"的孔繁森和安七一叫到家里吃了顿饭，热地同志的夫人专门蒸了藏式牛肉包子。席间，热地同志殷殷嘱托，寄予厚望。他对孔繁森说："你是两次援藏，这次组织上又把你安排到阿里工作，希望在你的带领下，阿里能够迅速改变落后的面貌。"同时嘱咐安七一，"繁森是个好干部，你要多向他学习，你是土生土长的西藏干部，也懂藏语，要给孔繁森当好助手。"

饭后，孔繁森问安七一："你有什么考虑吗？""我还没有具体考虑，对阿里的情况不熟悉，但一定干好分内的工作。"安七一回答。孔繁森沉思片刻后，十分郑重地对安七一说："你在西藏工作也有10多年了，你注意过没有，每当我们的干部为西藏的老百姓办一件实事，解决一个困难，他们总会说感谢党……在群众眼里，共产党就在他们身边；咱们一言一行，在群众看来，就是共产党的言行！藏族干部总是称我们汉族干部为'老大哥'，尤其是对50年代初进藏的干部，大家提起来总是赞不绝口。我们干好了，人家说共产党好，如果我们不努力，党的形象就会受到损害。我们要么不去，要去，就要有'老大哥'的样，要有优秀共产党员的样。这届地委班子里只有咱俩是汉族干部，责任重大。你不仅要干好分内工作，还要胸怀全局，多做思考，多做工作。"

安七一至今仍清晰地记得孔繁森与自己谈话时的情景，听了孔繁森发自肺腑的话语，心里更加坚定了献身阿里的决心。

"率领群众脱贫是我们的天职"

1993年4月4日，天气晴。孔繁森赶往阿里赴任。

临行前，拉萨市政府再三建议孔繁森多带一辆车，好有个照应和保障，都被他谢绝了。在孔繁森心目中，初上阿里高原，还有远比路途安危更令自己挂念的事情要办——他要亲身去感受这片自己将为之奉献的土地，第一时间去了解掌握阿里地区的真实状况，体察这片高原上各族群众的生活和他们的愿望。

汽车驶出拉萨，向1800公里以外的阿里驶去。从拉萨到阿里，有南线和北线两条线路，都路途艰险，不仅海拔高，路况还差，更要翻越几座海拔6000米的雪山。为了更快地进入阿里地区，孔繁森选择走北线，意欲对沿途经过的措勤、改则、革吉进行初步考察。以上三个县均位于阿里地区首府狮泉河镇的东部，习惯上称为"东三县"，均为纯牧业县，不产粮食，在阿里条件最艰苦，环境最恶劣，海拔最高。

4月初的阿里高原，风寒料峭，不见一丝绿意。孔繁森冒着严寒，从迈入阿里地区的那一刻起，就进入工作状态，开始了他的首次考察调研。

　　孔繁森一行轻车简从，风尘仆仆，一头扎到县区基层。一路上，萦绕在孔繁森心头的，便是这三个县的农牧民吃得怎样、穿得如何、有什么要求等民生问题。一路上，他躬身进帐篷和农牧民交谈，虚心向当地基层干部群众听取发展经济的建议。

　　进入阿里的第一站是措勤县。措勤县城海拔4700米，是阿里地区海拔最高的县城。而所谓的"县城"，不过是几座稀稀落落的低矮土坯房，不规则地散落在沙石路的两旁。

　　孔繁森一行到达县城时，夜幕降临，一片漆黑，只有几束昏黄的光线从土坯屋窗子里透出来。他们进到招待所，没有看到什么人，随行人员要去找县里领导，让孔繁森拦下了："别麻烦他们了。我们先吃点儿饭，再去找他们。"

　　晚饭后，孔繁森不顾一天的路途劳累和高原反应，找到县领导家，让其召集在家的县里领导过来，一起听听大家的意见要求。在这个高原小城漆黑的夜晚，孔繁森召开了一个敞开心扉、畅所欲言的座谈会。

　　县领导对孔繁森说："措勤县属于羌塘无人区的一部分，是一个纯牧业县，也是阿里地区出名的穷县，工业和农业基本等于零，主要靠牧业收入。乡与乡之间最远的400公里，村与村最远的80公里，人烟稀少，荒凉贫瘠，改变这里的面貌实在是难！"

　　孔繁森说："是荒凉贫困呀！可是再穷再落后也是母亲身上的一块肉呀，我们不能扔下不管！"

　　"牧民生活怎么样？有什么困难？"孔繁森急于了解当地牧民的生活情况。一个问题接一个问题，孔繁森认真地在笔记本上记录着，还在几个重点问题后面特意加上感叹号：

> 连着两年干旱，遭遇"黑灾"，牛羊存栏量大量减少，比1991年降了8个百分点，是措勤县历年最低的！
>
> 全县4所学校，适龄儿童入学率不到25%，教育太落后，目前一缺师资，二缺教育经费，三是牧区居住分散，流动性太大，牧民们不重视孩子上学。
>
> 羊毛4.8元一斤，初加工后一斤可卖十几元，可县里没有加工企业，看来光靠出售原料是很难发展起来的，大头都让人家拿走了，应填补乡镇企业这个空白……

阿里艰苦贫困程度之深、工作开展难度之大，让孔繁森心情沉重起来。

离开措勤，孔繁森一行又来到改则县玉扎乡，孔繁森走进路边的一个帐篷，只见里面除了一个破板凳和半口袋糌粑，别无他物。帐篷外几只瘦弱的山羊无力地趴在地上。当地的干部告诉孔繁森，由于连年旱灾，全县有相当一部分牧民群众生活困难，有的已断粮多日，孔繁森的心沉甸甸的。他面色凝重地握着当地干部的手说："共产党决不能让群众饿肚皮，无论如何要帮助群众渡过难关！"

孔繁森赶到改则县城时已是半夜，第二天一早，他就让县委书记把四大班子领导叫到自己的住处，孔繁森说："大家都来了，咱们就召开一个小型座谈会。"

从改则县的牧业生产到财政收入，从草场面积到牲畜存栏量，从教育现状到思想观念的转变，大家热烈地谈了一整天。

孔繁森详细地询问情况，还动员大家："有什么困难需要地委、行署帮助解决的，尽管提出来。"

"要求落实以工代赈资金19.7万元。"

"银行贷款40万元要求豁免或延期。"

"县上运输联营公司要求贷款100万元，扩大规模，申请追加柴油指标。"

"要求增加建设太阳能水井的经费50万元。"

孔繁森认真地记着，生怕漏掉一件事。散会后，孔繁森又单独留下县委书记仁青、县长拉加谈话。

就这样，孔繁森一行走了十天十夜才到达狮泉河镇，他把自己的赴任之路当成了调查研究之路。一路走，一路谈，一路看，笔记本上情况越记越多，心中的底数也越来越清。与他交谈的干部群众看到新来的地委书记亲民干练的作风、清晰开阔的思路，有一个共同的感触：阿里有希望啦！

荒凉、贫困的阿里，令孔繁森心急如焚。看到沿途各族干部群众摆脱贫困的迫切心情，孔繁森深感肩头责任的重大，他在工作笔记中记录下自己调查研究后的思考和决心：

　　阿里经济落后，除历史的原因外，主要是观念落后，应该把改革开放作为地区全部工作的主题。阿里的贫穷，是我们的耻辱，率领群众脱贫，是我们的天职。现在的关键问题是要转变观念，解放思想，步子迈得更大一些。我有信心和全地区人民同舟共济，艰苦创业，把阿里建设成一个文明、富裕的社会主义新阿里。

闪电走在雷鸣之前

诗人海涅说："思想走在行动之前，就像闪电走在雷鸣之前。"

1993年4月13日，历经长途跋涉，孔繁森一行终于抵达狮泉河镇。一路的风餐露宿，孔繁森患了感冒，咳嗽不止。地委、行署领导劝他休息几天，可孔繁森毫不迟疑地说："马上安排部门介绍情况，除了上班时间，晚饭后也要安排一个单位。"地委副书记塔尔青告诉孔繁森，由于狮泉河没有电，晚上不便安排，他抱歉地说："我不了解情况，对不起啦。那晚饭后我串串门。"

当天晚上，在地委院里一间简陋的房间里刚落下脚，行李都没来得及打开，孔繁森就急切地让比他早来的秘书长安七一带路，看望阿里地区的藏族干部。

之后，孔繁森第一时间走访慰问驻阿里的部队和边防哨卡的战士。紧接着，又考察狮泉河镇唯一的一处学校，慰问那里的教师和学生。和阿里的军民、藏族同胞一起植树，在狮泉河河谷刨开冻土，栽下了到阿里后的第一棵红柳。

4月15日，孔繁森召开阿里地委、行署联席会议，详细了解了阿里的地理、人口、自然资源、教育、卫生、干部情况、民族统一战线、边防、经济、财政、宗教状况、企业、旅游情况、商业等各方面的情况，笔记本上写满了情况要点、各种数据。对于存在的问题，孔繁森重点记了下来，"有87条通往国外的路。有57条常年通道。农牧业基础弱，靠天吃饭。干部素质较差。交通能源差"。之后，孔繁森给大家安排1993年的工作重点："把十四大精神和自治区扩大会议精神贯彻好。开好经济工作会议。企业第二轮承包要搞好。"

散会后，这个坚强的山东汉子身体终于撑不住了，感冒症状也越来越厉害。为了不耽误工作，孔繁森就大剂量地服药，一边输液一边坚持工作。连续十余天，孔繁森不知疲倦地听取了20多个单位的汇报，连星期天也没休息。晚饭后，孔繁森总要走家串户，看望干部职工，经常是深夜十一二点才回到宿舍。

一天深夜，在回地委的路上，安七一不大理解地问："孔书记，白天听一天的汇报够累的了，有必要天天晚上这样东跑西奔吗？"

孔繁森若有所思地望了望繁星点点的夜空，没有说话。走着走着他突然问："小安，你说中国革命是怎么胜利的？"

安七一被问懵了，一时竟不知道从何答起。

接着，孔繁森不无感慨地说："中国革命成功的重要一条，就是我们党心里有群众。有了群众，才赶走了日本鬼子，才打败了蒋介石。今天咱们党领导全国人民搞现代化，同样必须依靠各族人民群众。作为党的干部，要是不能和群众心心相印，就无法带领和组织群众，就无法很好地开展工作。到同志们家走一走是累一点，但这样了解的情况多，和同志们的心贴得近。"

孔繁森走访干部职工的事在狮泉河迅速传开了。此后，许多同志纷纷提出约见，不少人更是直接登门求见。渐渐地，孔繁森的办公室兼宿舍人来人往，干部群众有什么想法都愿到他这儿说一说。他总是专注地倾听，认真地记录，虚心地征求解决问题的意见。有人在背地里称他的办公室兼宿舍为"自由市场"。他听说后，只是微微一笑："是'自由市场'就对了，以后老百姓要都能常来就更好了。"

孔繁森听汇报走访，了解到的情况不容乐观，和他赴任途中调研的一样：缺钱、缺人，工作条件差，有时甚至连基本的生活工作条件都得不到保障。

偏偏这个时候，送到面前的41份干部请调报告，让一向重视人才的孔繁森感到吃惊。这41名要求调离阿里的干部中，有汉族干部，也有藏族干部；有党政干部，也有科技工作者。他们的理由都很充分，不是家里有老人需要照顾，就是夫妻分居、个人身体有病，不适应阿里的艰苦环境，还有的附上妻子来信，信中几乎带有"最后通牒"：如果不能限期调回来就劳燕分飞；还有的在请调报告后面附上了医院诊断书、病历……

恶劣的自然条件、封闭的地理区位、落后的经济社会发展水平，让当时阿里的许多干部群众对阿里发展的信心不足，他们感到路子不清、方向不明，工作没有动力。有的阿里干部觉得人穷志短、出门比别人矮半截，自尊心都受到伤害。

曾经有位援藏干部满怀热情，本想到阿里干一番事业，辛辛苦苦精心准备了一场庆祝"六一"儿童节的活动，可连续两天的大雪让活动泡了汤。由此便心灰意冷，认为在这样的环境条件下什么也干不成，还悲观地写了一段顺口溜来表达自己的失望："一腔热血，千年冻土；万丈豪情，漫天大雪。"

一连三四个晚上，孔繁森都没睡好觉，他的眼睛熬红了，乌紫的嘴角都燎起了火泡……怎样破解难题，走出困境？百废待兴，从哪里入手呢？孔繁森整夜整夜地思考着阿里怎样突破、怎样发展。

一天晚上，都快半夜了，孔繁森睡不着觉，索性打电话把安七一叫了过来。他俩在孔繁森的大床上捂着被子，披着上衣，相向而坐，没有电，两个人就借着手电筒微弱的光亮谈了起来。那天晚上，两人谈了很多，谈了很久。从深圳的经验到中央对西藏的特殊优惠政策，从阿里的发展前景到当前工作的难点……

当谈到这40多份请调报告时，孔繁森说："要求调走的那些同志在阿里工作了多年，这本身就是一种奉献。现在，他们申请调离，主要是对阿里的前途缺乏信心。我看，问题的关键是要找到阿里发展的突破口。小平同志说过，发展是硬道理。只要我们用发展这个硬道理来凝聚人心，调动干部们的积极性，为他们提供施展才干的舞台，就一定能把阿里的经济和各项事业搞上去。"

窗外猛烈的寒风发出呜呜的响声，不觉已到凌晨5点了，而孔繁森谈兴未减，思绪如潮。孔繁森想起了自己的家乡聊城，曾经贫瘠后进的大地上正发生着翻天覆地的变化。1992年，邓小平南方谈话如强劲的东风，吹遍大江南北。为实现经济超常规、跨越式发展，聊城地委、行署从1992年5月29日起至10月，发动开展了一场声势浩大、触及灵魂的解放思想大讨论，有针对性地克服改革开放和经济建设中的一些思想障碍问题，破除"左、旧、小"的僵化思想、内陆意识及唯条件论，树立开放意识和敢为人先的赶超意识。随后，京九铁路聊城段、济（南）邯（郸）铁路、济（南）馆（陶）汽车专用线、程控电话、环城湖综合开发、240万千瓦时电厂扩建、引黄入卫等总投资近200亿元的"兴聊十大工程"和"一区两园"建设热火朝天地干了起来，从群众到干部，都焕发出从未有过的加快发展的迫切愿望和激情。

家乡深刻的巨变，给予孔繁森极大的鼓舞和启发，也让他增强了困境之中攻坚克难的信心和勇气。

阿里的落后和农牧民生活的困难，除了"硬件"存在的问题比较多外，更重要的在于"软件"。孔繁森说，"交通闭塞不可怕，环境恶劣不可怕，基础薄弱也不可怕，可怕的是人头脑中的陈旧观念"。他深刻地认识到：当前问题和矛盾的深层根源是观念陈旧，在过去几十年国家特殊关怀下所滋生的"阿里特殊论"，由此形成了严重的"等、靠、要"和不思进取的思想，一些干部群众信心不足，动力不强。这些问题不解决，阿里的发展只能是纸上谈兵。振兴阿里、建立社会主义市场经济体制的最大障碍是思想认识问题。各级干部必须首先转变思想，更新观念，保持高昂的精神状态。

此后，孔繁森在各种会议上、在不同场合不断地强调这样一个观点：阿里虽然地处偏僻，自然条件差，但也有得天独厚的发展优势，内在潜力很大，只要我们各级干部解放思想，更新观念，鼓足干劲，就一定能甩掉阿里贫困落后的帽子。要像东部地区那样，提振信心，解放思想，敢试敢闯。当务之急是要突破原有的落后思想观念，开展一次解放思想大讨论。

4月25日，孔繁森主持召开地委、行署联席会议，提出解放思想是首要任务。

经过充分的酝酿和准备，5月18日，中共阿里地委发出《关于在全地区开展"更新观念、寻找差距"解放思想大讨论的决定》，要求各级干部的思想真正从传统保守的观念中解放出来，从"等、靠、要"的依赖思想中解放出来，从安于现状，无所作为，不求有功、但求无过的精神状态中解放出来。树立敢闯、敢试、敢为天下先的精神，结合实际，以建立社会主义市场经济体制为目标，因地制宜找出阿里地区和各单位改革开放的新路子，真抓实干，开创新的局面。

为了使这场解放思想大讨论更有针对性和有效性，地委列出30条解放思想大讨论的内容：

——怎样才能克服封闭观念、地方意识、垄断思想，从"峡谷自然经济"的圈子里跳出来？

——在新形势下，如何加强党建工作，充分发挥"三个作用"？

——在建立社会主义市场经济的过程中共产党员讲不讲无私奉献？

——阿里地区经济发展有哪些优势？如何发挥这些优势？当前产业结构存在的问题是什么？

——如何重视和加强农牧业的基础地位，发展贸工农、种养加相结合的大农业？

——西藏"八五"后三年和"九五"期间，国民生产总值以平均年增长8%的速度发展，要达到这个速度，阿里地区和各县应从哪些方面努力？

……

地委要求各级领导干部要带头参加大讨论，按照讨论题目畅谈自己的观点，从而带动大家积极参与讨论，要鼓励大家敢想敢说，充分暴露深层次的思想问题，以便通过引导启发加以解决。

一场"换脑筋、找差距"解放思想大讨论，轰轰烈烈地在地直机关、县区乡村开展起来。全面解剖和分析阿里存在的问题，真正找出阻碍经济社会发展的原因，克服现存的封闭观念、排他意识，清除阻碍改革开放和经济发展的一切障碍；紧紧围绕着发展经济和稳定局势这一主题寻找阿里改革开放和经济社会发展的基本对策。

许多干部和农牧民群众说："地委出的题目抓住了我们的实际，不讨论不知道，一讨论吓一跳。我们不仅应该参加讨论，还应该敢试、敢闯、敢干，把解放思想化作改革的实际行动。"

孔繁森认为："解决阿里经济问题的关键，一是观念，二是资金，三是人才，四是政策，五是宗教，首要的是观念更新。"

针对阿里地区干部在艰苦的条件和长期封闭的环境中形成的供给型、封闭型的思想观念和安于现状、无所作为的现象，孔繁森旗帜鲜明地提出，要坚决破除这种陈旧的思想观念，树立新观念，推出新举措：

首先树立自尊、自强、自立观念。阿里地区特殊的环境使许多干部产生了等、靠、要的依赖思想，整天埋怨上边不支持，埋怨群众不听话，埋怨老天不帮忙。这埋怨那埋怨，最后一事无成。因此要让广大干部认识到，再好的外因条件也要靠内因起作用，中央关心阿里，全国支持阿里，但要振兴阿里最终还要靠阿里人民自己，以敢闯、敢冒、敢为天下先的精神，在改革开放和建立社会主义市场经济体制的大潮中开创新的业绩。

其次是树立新的人才观念。人员素质低是阿里经济社会发展的最大制约因素。为此地委、行署决定，在今后几年内选派现有干部的1/4到内地挂职锻炼，同时派部分工程技术及财会人员等到内地进行专业培训，办好党校和专业培训班，从内地聘请教师上课。大幅度增加教育投入，争取到本世纪末达到区区有小学。为提高干部职工的素质，地区决定今后每年对干部职工考核一次，不合格的要进行离岗培训或换岗。

再次是树立全心全意为农牧民群众服务，为基层服务的新观念。深入农牧区，解决实际问题。说实话，办实事，求实效。

打破阿里长期形成的沉闷落后局面，促使各级干部转变观念、开拓创新，在孔繁森的心中是重中之重的事情。为此，他四处奔走呼吁，走到哪里讲到哪里。孔繁森一个县一个县地跑，针对各县的实际，提要求、谈发展，有针对性地提出具体可行的发展社会主义市场经济的措施。

孔繁森的讲话感染力很强，其最大的特点就是真诚，没有套路也没有废话，不打官腔，不空喊口号，实实在在地解决问题，所以，干部群众都愿意听。

1993年下半年，孔繁森在给自治区党委的汇报中，对正在进行的这次大讨论作了简要的阶段性评价：

> 九三年我地区广泛地开展了"换脑筋、找差距"解放思想大讨论。通过讨论，干部群众的思想认识有了新的提高，对新思想、新方法、新事物的理解和接受能力有了一定增强。但是，与改革开放发展的实际需要相比尚有很大的差距。许许多多新经验、新做法，已经被内地和区内一些地区证明是正确的，但在阿里的一些人眼里仍然是禁忌。由此，使得阿里地区的经济发展难以抓住有利时机。

> 地委、行署将按照全会的统一部署，将在解放思想、更新观念上做文章，在提高认识、转换脑筋上下功夫。通过集中培训，选派干部到内地挂职锻炼和参观学习，组织工作组广泛宣传群众等多种方式，帮助干部群众牢固树立"三个有利于"的观念；树立敢闯敢干、勇于实践的观念；树立唯才是用、唯才是举的观念；树立真抓实干、注重效益的观念。由此打破传统观念的束缚，冲出旧思想的牢笼，实现阿里经济的新飞跃。

改革开放的强劲春风，吹拂着辽阔的阿里高原，激荡起广大干部群众干事创业的热情。

奔走在阿里大地上

阿里地委、行署联席会议部署解放思想、更新观念的任务后，孔繁森和地委、行署其他领导分头到基层，去督导、推动这场解放思想大讨论。孔繁森带队去了普兰和札达。

5月24日9时多，孔繁森一行到达普兰县。在县委招待所安顿下来后，孔繁森立即安排县委书记召开四大班子和有关部门负责人参加的座谈会，同大家一起研究普兰未来的发展规划。

5月25日一早，孔繁森又召开了几大班子参加的汇报会。县委书记、县长分别向工作组做了汇报。孔繁森在工作笔记中记下了普兰县的基本情况：

普兰县处在喜马拉雅山和冈底斯山中间，平均海拔3900米，面积12505.3726平方公里，辖域内有神山冈仁波齐峰，海拔6656米，圣湖玛旁雍错，面积412平方公里。县城占地面积1800亩，平均海拔4500米。

普兰县与印度、尼泊尔交界，中印边界90.5公里，中尼边界319.7公里，通国外的山口21个。

全县由两个牧业区和一个农业区组成，光农业区就居住着5000人，普兰县委、县政府驻地就设在农业区内。

全县人口7159人，耕地面积10876亩，1992年产量5964343斤，单产548斤。牲畜存栏16万余头（只、匹）。1992

年总收入604.19万元，人均876.53元。

孔繁森对全县农牧业、教育、乡镇企业、能源建设等情况进行了全面了解。同时，认真听取县里提出来的困难和要求。

5月26日上午，召开普兰县区级以上干部会议，孔繁森进行了政策形势宣讲。他强调指出，全县上下一定要"更新观念，解放思想；发挥普兰的优势，克服不利因素；自愿协力搞好改革开放；加强各级领导班子团结，加强藏汉团结；加强学习，跟上全国形势的发展"。

结束了在普兰紧张的工作，孔繁森带领工作组又奔往第二站札达县。

札达，藏语意为"下游有草的地方"。原为札布让宗和达巴宗属地，1956年10月两宗合并，1960年5月建立札达县，人口7000多，是全国人口最少的县之一。县城驻地托林镇位于狮泉河镇南250公里。

去札达的路特别难走，汽车一会儿在无垠的戈壁滩上奔驰，一会儿在急湍的河滩中冲浪；一会儿在陡峭的山坡上滑行，一会儿又在弯弯曲曲的大坂上攀爬。孔繁森一行忍受剧烈颠簸风尘仆仆赶到札达。

在札达一下车，孔繁森就抓紧时间与当地干部研究工作。晚饭后，他又带着哈达，去看望四大班子中的藏族干部。

在札达的4天中，孔繁森马不停蹄地连轴跑了1000多公里，走访了4个区5个乡3个村，看望了两个边防连。每到一地，哪家最穷孔繁森便上哪家，看看有没有盐、茶叶和酥油，数数羊圈内有多少牛羊，和农牧民拉家常，问寒问暖；同时，孔繁森还给农牧民群众诊病疗伤，随身携带的医药箱里的药也发个精光。虽然孔繁森第一次到札达，但札达的藏族群众看到如此和蔼可亲的领导和他们随地而坐，一起喝酥油茶、抓糌粑，一下子觉得和孔繁森是熟识已久的老朋友……

在札达县丁固乡，孔繁森还特意找到乡党支部书记索朗达杰和乡长洛加次仁，就镁矿石的价格和运输问题进行了探讨。他们说，丁固乡海拔5700米，全乡700多人，分布在数万平方公里内，人烟稀少，生态条件恶劣。但这里的镁矿石储量却占全国的90%以上，因为运输问题一直没解决好，就地出售，一吨只能卖到400多元，可拉到青海格尔木，一吨镁矿石就能卖到1600多元，这一倒手增值几倍。如今县里已成立了专门搞运输的个体组织，大伙凑集了80辆卡车。听到效益还不错，孔繁森很高兴，为人们观念的转变而高兴。

在阿里这样封闭的地区，转变人的观念比什么都难。但随着时代的发展，总会先有一部分人接受新的观念，而成为勇于开拓的先驱；经济的发展，社会的进步，往往就要靠这星星之火来形成燎原之势。

孔繁森没有一点儿官架子，与群众交心作朋友，常往基层跑，长期在一线，这是他非常鲜明的特点和工作方法。职务的调整、工作环境的改变、民族的差异，都丝毫没有影响这个习惯，始终保持如一。为此吃的苦、遭的罪，不但孔繁森他自己清楚，外人也能一眼看得出来。

在阿里下基层调研、检查督导工作，远非其他地区那样简单。那时，阿里没有正式的公路，车辆在戈壁荒漠上自行其道，所谓的"路"只是往来的车辆在荒原上压出的车辙而已。这样的戈壁路上到处都是椭圆形的石头，小的有鸡蛋大小，大的像西瓜一样；在这样的路上开车就像开"蹦蹦车"，而坐在车子里的人自然也要"随车起舞"，饱受颠簸之苦，用不了一会儿五脏六腑就仿佛要被颠出来，浑身像散了架一样，有的一下车连路都走不动了。再加上阿里地域辽阔，人烟稀少，除了道路颠簸不堪，风餐露宿也是常有的事。有时开着越野车，在空旷的荒野上奔波，一天也看不到一户人家、一顶帐篷。还有的地方不通车，只能骑马，马也不能走的山上，还得步行。

在阿里有几个海拔5000多米、距离县城几百公里的乡村、牧业点，为了看望住在那儿的牧民、师生，孔繁森要起早贪黑跑一整天。有的地方，县里的干部都没有去过，更别说地委书记了。孔繁森不但去了，而且一去就好几次。越是偏远贫穷的群众，他跑得越多、越是关心。

看过孔繁森的书信和日记，似乎可以窥见这个问题的答案。他在1990年12月30日的日记中这样写道：

> 工作要上去，干部要下去。下去干什么？一是了解群众疾苦，二是帮助解决实际问题，三是宣传党的方针政策。做到这三条，我们的工作就扎实，就会有成效。

二、全面小康一个民族都不能少

2015年1月20日，习近平总书记在云南考察工作时亲切会见了贡山独龙族怒族自治县干部群众代表，明确要求："全面实现小康，一个民族都不能少。"

2018年2月，习近平总书记到凉山彝族自治州、阿坝藏族羌族自治州、成都市等地考察脱贫攻坚和经济社会发展工作。习近平总书记指出，我们搞社会主义，就是要让各族人民都过上幸福美好的生活。全面建成小康社会最艰巨最繁重的任务在贫困地区，特别是在深度贫困地区，无论这块硬骨头有多硬都必须啃下，无论这场攻坚战有多难打都必须打赢，全面小康路上不能忘记每一个民族、每一个家庭。

2019年9月27日，习近平总书记在全国民族团结进步表彰大会上强调："把各族人民对美好生活的向往作为奋斗目标，确保少数民族和民族地区同全国一道实现全面小康和现代化。中华民族是一个大家庭，一家人都要过上好日子。没有民族地区的全面小康和现代化，就没有全国的全面小康和现代化。"

我国是统一的多民族国家，各少数民族居住分散，不少群众生产生活条件艰苦，长期受贫困所扰。啃下民族地区脱贫攻坚这块难啃的"硬骨头"，让各族群众实现小康，是维护好民族团结这条生命线的关键所在。

在阿里不到两年的时间里，为了阿里的发展稳定，为了阿里的各族群众过上小康生活，孔繁森无时无刻不在拼搏奋斗。阿里的干部给他总结了"四个千万"——孔繁森为了阿里的发展，越过了千山万水，走遍了千家万户，吃尽了千辛万苦，攻克了千难万险。从南部的边境口岸到藏北大草原，从班公湖到喜马拉雅山谷地，他下乡多达15次；全地区106个乡，他跑了98个，行程8万多公里。孔繁森的脚步遍布阿里的山山水水、草滩戈壁和牧民的帐篷。哪里最艰苦，就到哪里；哪里最贫穷，就到哪里去。在阿里地委书记任上，孔繁森爬过阿里最难爬的山，走过阿里最难走的路，住过阿里最穷的村子。他把自己的心与阿里各族群众的心紧紧地贴在了一起。

孔繁森牺牲之前，好多人不知道阿里这么一个地方，在学习宣传孔繁森的热潮中，全国许多人通过孔繁森的事迹，才了解到阿里的艰苦和贫困。在孔繁森精神的激励下，越来越多的干部踏上阿里高原，立志改变这里贫穷落后的面貌。

孔繁森用全部心血乃至生命，践行了自己掷地有声的诺言："越是边远贫穷的地区，越需要我们为之去拼搏、奋斗、付出。否则，我们就有愧于群众，有愧于党。在边远贫穷地区工作，说一万句空话，不如做一件实事。"

孔繁森，彪炳阿里发展腾飞的史册。

立足优势寻发展

经过扎实调研，孔繁森带领阿里新一届地委、行署班子对阿里经济发展缓慢的原因进行了深层次的分析，找出了落后表象后面的症结。孔繁森认为，阿里加大改革开放的力度，实现同全国经济接轨的阻碍和不利因素是：

一是认识上的差距。主要是对改革开放、以经济建设为中心的重要性认识不足，强调客观原因多，强调困难多，发挥主观能动性小。回顾过去，强调取得的成绩多和区外、国外的横向比较少，按常规计划经济规律办事多，改革开放的措施出台少。同时，对全国改革开放的形势缺乏紧迫感、危机感和责任感。

二是思想上的差距。由于长期封闭的自然经济和供给性经济的影响，阻碍了西藏干部和群众的视野，束缚了人们的手脚，禁锢了人们的思想。一提解放思想，这也看不惯，那也看不惯。虽然十一届三中全会已开过16年，西藏的经济发展速度已进入全国的先进行列，但阿里经济发展仍然比较缓慢。甚至有些干部面对全国的大好形势，置若罔闻，仍然是喝酒、跳舞、打麻将，脱离群众，忘记了自己是一名党员干部、国家的职工。

三是行动上的差距。表现在会议多，文件多，讲得多，领导多，制定计划多，牢骚怪话多；而落实得少，真抓实干得少，兑现得少，完成任务少，深入基层调查研究少，为基层、为群众办实事解决困难少。当前最大的障碍是坐而论道，说客多，真抓实干人太少。

四是两个文明一起抓，精神文明建设抓得不够。一是干部思想、工作错位。二是对违法乱纪、贪赃枉法的打击不力。三是人民群众没有安全感。四是丑恶的现象越来越多，社会风气不但没根本好转，反而愈演愈烈。五是分裂分子不断干扰两个文明建设的发展。

五是人才匮乏，现有的人才不能发挥应有的作用。

孔繁森带领阿里地委、行署一班人反复讨论：全国、全区改革发展很快，阿里怎么办？穷则思变，阿里怎么变？孔繁森和班子成员在充分讨论的基础上形成这样一个共识，那就是应扬长避短，充分发挥阿里的优势。

孔繁森认为，阿里在发展社会主义市场经济中，虽然存在着交通、能源、气候等多方面的客观制约因素，但是要促进阿里发展，必须找出优势，这样才能找到发展的起点和突破口，从而坚定信心，凝聚人心。

通过广泛调查研究和集思广益，孔繁森概括出阿里地区发展的几大优势：

畜产品优势。阿里有着西藏第二大的牧场，草场面积3.22亿亩，可利用草地2.6亿亩。虽天然草场产草量低，但进一步发展的潜力在30%左右。1993年阿里地区各类牲畜存栏269.51万头（只、四），90%以上都是经济价值较高的藏系土种山绵羊，有着丰富的羊毛、皮张、肉、油等畜产品资源。年产羊毛1000多吨，在国际市场享有"软黄金"的开司米山羊绒，其正宗的产地就是阿里，每年产山羊绒150吨、牦牛绒30多吨、山绵羊皮40万张，是出口创汇的"拳头产品"。

矿产品优势。阿里已探明的硼镁石、钠镁、黄金、水晶、盐、煤等矿产，储量丰富，分布广，易开采，有的已有多年开采历史。阿里矿业开发公司利润达800万元左右。1993年仅硼镁矿就外销5000多吨，占全国玻纤行业需用量的80%。

旅游资源优势。阿里有被世界多个宗教视为神山圣湖的冈仁波齐、玛旁雍错，有古格遗址、日土岩画、札达土林、班公湖等风景名胜，藏羚羊、金丝野牦牛、雪豹、棕熊等31种野生动物，黑颈鹤、天鹅、兀鹫等50种鸟类，以及神奇的高原风貌、天上奇观，都是世界独有、潜力巨大的旅游文化资源。1993年国外游客达2460人（次），旅游公司收入120万元，今后会有新的更大发展。

边贸优势。阿里有57条传统边民通道，有国务院批准的普兰口岸和什布奇边贸点，具有对外开放的传统和区位优势。中央针对西藏提出了以樟木、普兰等口岸为窗口，以边境县为开放带，逐步进入邻近国家和地区市场的贸易规划，加上国家对少数民族地区的扶持和优惠政策，这些都为阿里发展提供了重要的战略机遇。阿里地区外贸公司依托这些优势得到快速发展，1993年达到近900万元的利润。1994年5月又将正式开放究巴对印边民互市贸易点。

政策优势。从中央到西藏自治区，对阿里特别关心和重视。

自治区两次召开阿里工作会议，给阿里许多特殊优惠政策，藏党发（1993）4号文件对阿里工作做了明确指示。用足、用好、用活自治区给予的一系列特殊政策，将大大促进阿里地区政治稳定、经济发展和人民生活水平提高。

孔繁森给阿里地区总结出的这些优势，好像在当地干部群众的脑海中打开了一扇"大门"，让他们看到了一个崭新的世界，让他们重新认识这祖祖辈辈生活过的地方是一块还未曾开垦的宝地。

孔繁森信心十足地告诉大家，随着社会主义市场经济体制的建立，我国经济必将进入一个新的快速发展时期，对原材料的需求将进一步增长，这对资源丰富的阿里来说，无疑是一个极好的发展契机。大家一定要抓住这个有利时机，加快阿里发展步伐。

这些新思路，新部署，彰显了孔繁森立足全局谋划工作的开阔思路和求真务实推动发展的卓越领导能力。

换脑筋、转作风、求实效，不是一件一蹴而就的事情，孔繁森带领阿里地委打出了一套组合拳，采取了一系列真抓实干的举措，大规模派出现场办公工作组深入一线，就是其中的亮点。

1993年7月，阿里地委、行署组织综合（现场办公）工作组先后奔赴各县、区、乡，督导检查各地开展"换脑筋、找差距"解放思想大讨论的效果，在实地调查、倾听基层干部群众意见的基础上，进行现场办公，当场拍板，解决了许多办公室里解决不了的实际问题。

孔繁森率领由有关职能部门负责人参加的现场办公工作组赴普兰、札达县，督导推进解放思想大讨论，和县里的同志们坐下来，帮助他们厘清思路，制定发展规划，解决实际困难。从电站、道路、水渠建设等基础设施的大问题，到影响发展的"鞋里的沙子"的小问题。事无大小，这些困难通通摆在现场办公工作组面前，工作组和县、乡各级干部一起现场解决。

7月1至4日，在普兰县为期4天的现场办公中，格巨坚赞县长向孔繁森率领的现场办公工作组汇报了1993年上半年农牧业、教育、财政等工作情况及下半年开展解放思想大讨论的计划、打算、措施，就农牧业生产、口岸建设、县组建车队、商品粮基地建设，以及与革吉县的草场纠纷、八一物资交易贸易会的筹备、胜利水渠建设经费的筹集、教育经费亏空的填补等大大小小的问题进行汇报，工作组都当场拍板解决。

随后，工作组到札达县，现场考察解决了水电站建设、组建县经济发展实业总公司、发展边贸、矿产开发、三个新改乡生产资料等实际问题。

札达县县长群培，反映了这么一个要求：札达条件艰苦，区、乡干部（下乡）都是骑马，60年代买的马匹现在需要更新，县财政收入每年只有7万多元，要更新这些马匹，需要资金6万元，要求地区给予帮助。马的寿命是30—35年，这些超期服役的马匹，真的是"老骥伏枥"。现场办公工作组对这些问题逐项予以落实。

在札达，孔繁森还长途跋涉专程赶到边境线上区位重要的小村庄底雅区什布奇村——一个与印度相邻的、只有39人偏远贫困的村庄——看望慰问群众，掌握边境动态，了解边境贸易具体情况。

1993年7月15日，孔繁森又来到措勤县，要求广大干部换上社会主义市场经济的脑筋，大力发掘、起用人才：

> 在市场经济的今天，我们应该怎么办？我认为，阻碍措勤县改革开放和市场经济发展的有五条：一是思想僵化、老化、不开化。办事情、想问题停留在供给制经济、自然经济、自给经济的基础上。二是人才奇缺，人才匮乏。在市场建设中想办事没有人，只能维持局面，不能开创局面。三是交通能源的制约。四是底子薄，资金少。五是气候恶劣，改革开放的条件受制约。
>
> 希望：一是解放思想，更新观念，抓住机遇，最大限度地开创局面。二是制定优惠政策，引进人才，加大措施保护人才，眼睛向下，发掘我们自己的人才，冲破阻力，大胆起用现有的人才。采取措施保护我们的人才，横下一条心，培养我们的人才。

孔繁森以身作则，带领工作组深入一线办公，有力地推进了"更新观念、寻找差距"解放思想大讨论。同时，工作组和各县区坐在一起，按照新的要求，重新规划或修订了各地的改革开放和经济建设方案，解决了一大批基层面临的实际困难，提升了办事效率。更重要的是，有效地带动了阿里地区干部作风的转变，干部群众看到了新班子的新作风。

孔繁森这番雷厉风行、大刀阔斧的工作举措，让大家在悲观中看到了优势，在困境中找到了发展的信心和出路。孔繁森团结带领地委、行署班子成员和阿里地区广大干部群众对民族地区在改革开放新时期加快发展进行了可贵的探索。甩掉"穷帽子"，畅想新生活，迈入小康社会的美好画卷在阿里大地徐徐展开。

开发性扶贫拔"穷根"

长期以来，"贫困"似乎成了阿里的标签，事实也确实如此。为了帮助阿里群众摆脱贫困，国家每年都给予阿里地区大量的救济钱粮。虽然解决了一部分贫困群众的燃眉之急，但这并未使广大农牧民群众从根本上摆脱贫困，还滋长了部分人不思进取、依赖国家的思想，形成了"年年救济年年饥，年年救灾年年灾"的不良循环。

单纯救济性扶贫此路不通！孔繁森带领地委、行署一班人积极探索开发性扶贫的新路子。

孔繁森与地委、行署班子成员达成了共识：扶贫工作是阿里地区农牧区工作的一个重要方面，不解决贫困问题，就无法谈论小康。必须实行开发性扶贫，打一场扶贫的攻坚战。

地委、行署在深入调查研究和反复论证的基础上，大胆改革思路，制定了新的扶贫工作的指导思想：改过去的单纯救济性扶贫为开发性扶贫，以市场需求为导向，依靠科技进步，开发利用当地资源，发展商品经济，把国家的扶贫同贫困地区干部群众自力更生、艰苦奋斗结合起来，立足于当地实际搞开发扶贫。

一场意义深远的扶贫攻坚战在全地区打响了。

首先是大力加强农牧业这一基础产业。农牧民发展经济、脱贫致富都离不开农牧业，在继续坚持"两个长期不变"政策的同时，建立和推广统分结合的双层经营体制，本着"谁开发、谁经营，谁管理、谁受益"的原则，继续鼓励农牧民开发荒滩、荒地、荒坡，允许继承使用；允许耕地、草场、人工林地使用权的依法转让，发展适度规模经营和专营化经营。其次是组织地区和各县的领导干部领办乡镇企业，在投资上予以配套扶持。各乡立项建设一至两个项目，进行开发性扶贫承包。建立扶贫点，灵活经营，组织农村、牧区富余劳动力，参与矿业开发，小型工程承包和发展乡镇企业。多措并举，使贫困户的收入逐年增加。三是在上级支持下，加速农牧业防抗灾基地建设，提高抗御自然灾害的能力。积极培育农牧区市场，搞活农牧区商品流通。实施传统农牧业向商品农牧业、创汇农牧业转化。

深入到农牧民群众中调研后，孔繁森确定了加强农牧业基础建设、积极调整农牧业结构、稳定发展农牧业经济的思路。

在孔繁森的主导率领下，经过四处奔走、全力争取，一批具有重大意义的项目落地实施，阿里地区的农牧业生产基础设施逐年改善，农牧业防抗灾能力和农畜产品质量与产量显著提高，农牧业的经济效益逐年增长：国家在援藏的62个项目中，确定为阿里绒山羊基地建设投资600万元，用于土种选优、草原网围栏、兽医站等建设，投资完成以后预计年增产值204万元；国家计委和农业部，同意就东三县的无水草场开发和草原网围栏建设和解决防抗灾基地投资约2000万元，这两项投资带来的经济效益将十分显著；自治区每年用以工代赈的方式给阿里地区500万元以上的投资……

阿里地区每年投入1000万元，进行贫困地区防抗灾基地建设，大搞"四配套"，即建设牧民定居点、打井、修网围栏和棚圈建设。通过基础设施建设，使广大农牧民增强抵御自然灾害和扩大再生产的能力，脱贫致富也就有了可靠保障。

尽管如此，阿里地区草原载畜量和农田的开发潜力是有限的，而农牧区的人口数量却在逐年增长，如果单纯依靠农牧业收入，那么农牧民的收入水平不会有大的提高。那么出路何在？孔繁森带领大家审时度势，提出大力发展第二、第三产业，特别是重点发展农畜产品加工业，为农牧民增收提供可靠的致富财源。

日土县利用班公湖渔业资源丰富、电力比较充足的优势，果断决定投资120万元，建起一个鱼粉加工厂，年产鱼粉300吨，产值250万元，利税可达70万元。这个厂既增加了县财政收入，又增加了农民收入。

改则县组建社会车辆管理大队。这个大队是阿里地区唯一的私营运输联合体。在队长普穷的带领下，他们一年四季穿梭在新藏、青藏、川藏公路线上，向外调运畜产品、硼矿等，向内运输焦炭、百货等。随着社会主义市场经济的建立和改革开放的深入，业务和总收入稳步增长。

　　孔繁森和地区领导对打赢脱贫战役信心十足，他们都各自确定了自己的联系点，制定了明确的扶贫指标。县、区、乡领导实行包扶贫点制度，做到有权力、有责任，有任务、有奖惩。对按期完成扶贫任务的干部，在经济上奖励，职务上提升，真正把扶贫工作的好坏作为考核干部政绩的一个重要指标。

　　孔繁森反复教育各级干部："要经常下去，指导群众发展生产、脱贫致富。每一个领导干部在工作实践中，要帮助群众明确一个脱贫致富目标，探寻一条致富之路。同时，学会一套致富本领，弘扬一种奉献精神，只有这样，我们才能与群众心心相印，群众才能在我们带领下，奔向新的发展目标。"

　　改则县察布区地处改则县北部，自然条件恶劣，群众收入低，全区贫困户占总户数比例高达40%多，是阿里地区最贫困的地方。国家为扶贫曾投入了大量的粮款，但收效并不大。孔繁森多次到这里调研，对这个区的扶贫工作做出部署要求，引导农牧民群众摒弃过去依赖性扶贫的办法，走开发性扶贫的路子，增强自身"造血"功能。丁固乡丁固一村在全县率先建立扶贫点，将全村贫困户组织起来，统一进行牧业生产，并承担了为村里修羊圈、维修道路等劳务活动，人均增收100多元。丁固一村的成功经验使其他乡村的群众看到了脱贫致富的希望。紧接着，察布区的玉扎乡、鲁谷乡、洞鄂乡等贫困乡也相继搞起了扶贫点，效益显著。

　　开发性扶贫的显著成效表明：以农牧业为基础，大力发展农畜产品加工业和第三产业，拓展出阿里地区农牧民脱贫致富的新途径。

通过当时的新闻报道，我们仿佛又看见孔繁森倾力推进开发式扶贫、深入基层现场办公的情景：

旷野茫茫，群山起伏。

9月20日，两辆小车疾驰在风雪高原之巅。车上，刚出席完自治区党委四届六次全委（扩大）会议后返回阿里的地委书记孔繁森，地委委员、秘书长安七一，反复思索、研究着措勤、改则、革吉县贫困乡村牧民的扶贫脱贫等问题。

这三个县是阿里地区的纯牧业县，大灾之年，上级的救灾款是否得到了合理使用，农牧民生活是否得到了妥善安置，第三次西藏工作座谈会以后，基层干部和农牧民群众想些什么？带着这些问题，孔繁森一行首先进入措勤县境内。六年只休过三个月假的孔繁森心中翻腾起一层又一层波浪。大灾之后措勤县牧区，草长势好于去年，牧业生产开始恢复，孔书记为此而高兴。欣喜之余，他的心又沉重起来。此刻，他又为尚待解决温饱问题的贫困户着急。

9月21日，孔书记一行驱车前往磁石区门董乡调查了解生产生活情况，进一步落实抗灾、扶贫救济粮款的发放工作，部署下一步的扶贫和学习、传达第三次西藏工作座谈会和区党委四届六次全委（扩大）会精神等重要工作。在认真听取了门董乡乡长嘎玛加措、党支部书记次成，尼龙乡副乡长拉加等的介绍后说，扶贫关键是扶持生产力，从根本上解决问题。他要求基层干部，一定要带领牧民群众发展生产，安排好群众生活。从门董乡回县城后，他们与县领导共商措勤发展大计。

9月22日，孔书记一行来到改则县。当天下午，召集县领导研究工作。改则是自治区和地区的扶贫重点县。孔书记尤其关心改则北部一区九乡的脱贫致富问题。第二天一早，他率领县领导前往距离县城200公里的察布区玉扎乡了解群众生活。这是他第四次深入察布，与乡村干部一道现场办公，体察民情。当孔书记一行来到玉扎乡第三村时，乡领导正在组织群众学习两会精神。孔书记、安秘书长同改则县领导罗加次仁、罗宗祺、安荣祥、周美婷以及察布区委书记诺曲，在帐篷内办公。玉扎乡领导加莫、索朗达吉向地、县领导介绍了该乡的基本情况和扶贫状况。孔书记语重心长地告诉大家，扶贫是改则北部贫困牧区工作的突破口，要打好扶贫攻坚战，必须统一思想，发展生产力，调动乡村干部和群众的积极性，引导群众以牧业为基础，发展商品经济，运输业、采矿业等多种经营并举。研究完工作后，初通医学的孔书记还为努祖、丹措、欧姆、次仁群宗等十几名群众看病。晚上9点，孔书记一行到察布区所在地，慰问基层干部。孔书记把自己带来的纱巾送给了区小学教师德吉卓嘎。四柱车灯如利剑射穿夜空，孔书记一行的小车驶进茫茫的戈壁滩，晚12时半，他们回到县城。他们走进个体户开的川味饭店，在烛光下，孔书记、安秘书长自己动手包饺子"充饥"。24日，吃完早饭，孔书记在县招待所与县领导交换意见，就开发性扶贫工作提出了具体要求。

在返回狮泉河的途中，孔书记一行来到革吉县，同县领导研究探讨了工作。

历时6天，行程2500多公里，拳拳公仆之心留在了基层。这一切，高山草原和牧区人民不会忘记！

规划蓝图启新程

以1992年邓小平同志南方谈话为契机，我国国民经济的发展进入了一个新的历史时期，我国在建立社会主义市场经济体制道路上迈出关键步伐。在这经济与社会快速发展的时代背景下，孔繁森肩负自治区党委摆脱落后、带领群众脱贫致富、推动阿里工作迈上新台阶的重托，走上阿里高原。面对百业待兴、困难重重的现状，孔繁森鼓励大家："不管发达地区或是落后地区都有自己的优势，我们必须找出自己的优势，规划制订发展蓝图，振奋大家的情绪，增强大家奋斗的信心。"

他引导广大干部群众要看到阿里地区基础条件差的局限性，更要认清阿里地区得天独厚的发展优势。他总结的阿里发展的优势，让阿里的干部群众看到了振兴经济、发展繁荣的曙光，但怎样把潜在资源优势转变为现实的经济优势？这是摆在孔繁森和阿里地委、行署一班人面前的重要课题。

孔繁森认为要破解这一难题，必须坚决贯彻中央建立社会主义市场经济体制的要求，统一思想、团结奋斗、加快发展、维护稳定，坚持生产力标准，坚持"发展才是硬道理"的思想，以"三个有利于"作为衡量一切工作的是非标准。阿里地区的改革发展，必须在建立社会主义市场经济体制的进程中与全国框架一致，体制上相衔接，走区域开发、市场开发的新路子。

孔繁森对全地区7个县进行广泛深入的调查，当各县的情况像一块块拼图在孔繁森的脑海中，拼成一幅完整的图画时，孔繁森"发展阿里要充分利用自己的优势"的思路更加坚定。

1993年8月，孔繁森提出促进阿里改革开放、经济发展和社会稳定的构想："我们要进一步解放思想，更换脑筋，以建设有中国特色的社会主义理论为指导，破除山谷意识、封闭观念，树立大开放、大引进、大市场、大发展的思想；要用足用活自治区给予的各项优惠政策；要积极调整产业结构，加快农牧区经济的发展；搞好农田、水利、草场建设，逐步改善农牧业生产条件，扭转靠天养畜、靠天种田的局面，进行农牧业综合开发，向农业深度挺进；要发挥当地资源优势，以市场为导向，大力兴办乡镇企业，加快农牧民脱贫步伐；要进一步树立通贸兴边的思想，大力培育市场；努力抓好矿产、外贸、旅游三大支柱产业，增强阿里地区的自我发展能力；加强外引内联，进一步扩大对外开放；增加投入，促进教育事业的发展，制定优惠政策，引进人才，用好人才；坚持'两手抓，两手都要硬'的方针，进一步做好稳定局势工作。"

面对迫人的形势和良好的机遇，孔繁森带领阿里干部群众确定了阿里工作的总体思路：以农牧业为基础，以能源、交通、通信为重点，以外贸、旅游、矿业开发为先导，以科技、教育为依托，重点突破，整体推进，全面发展。

在全力以赴落实这一总体思路的过程中，孔繁森依据阿里实际，又积极谋划区域开发。根据不同的地缘、资源和产业状况，实行不同的产业政策，以发挥各自的优势，加快区域经济发展。

1994年2月22日，孔繁森在工作笔记中写道：

一、当前地区经济形势。1. 1980年和1993年相比变化的几个数字。2. 阻碍改革的问题，人才匮乏的矛盾和分裂分子干扰。3. 几个优势。政策优势；地缘优势；资源优势；草原优势，合73亩养一只绵羊；牲畜优势，269万头（只、匹）；矿产品优势；旅游优势。

二、近期地区经济工作的指导思想、任务和奋斗目标。以外贸为龙头，旅游和矿产品为两重点。三个开发区：西南开发区；中部开发区，日土、噶尔县；东部区，东三县的畜产品、矿产品。人均收入950元。稳定第一产业，加强第二产业，发展第三产业。

三、实现这一目标采取的新举措。1. 解放思想更新观念。2. 加大改革力度，大力发展生产力。改革的指导思想……城市改革和农村经济改革两块。3. 抓住机遇，进一步扩大对外开放。4. 开放促开发，开发促发展。5. 农牧业开发、旅游开发、外贸开发、矿产品开发。教育；卫生；文化；能源开发；公路建设；邮电通讯。

四、切实做好扶贫工作，加快……

五、转变政府职能，为市场经济建设服务。党员干部少一点应酬，多一点学习，少点形式主义，多搞一点调查。

在1994年3月召开的阿里地区经济工作会议上，孔繁森代表地委、行署从各县产业结构的分布特点出发，合理开发建设区域经济。充分利用全国支援西藏的有利条件，北联新疆，南拓边贸，发挥优势，因地制宜，分类指导，将全地区划分成南部、中部、东部三个经济开发区。

这是为实现阿里发展的总目标而采取的一项战略措施，标志着阿里地区经济发展指导思想又跃上了一个新的台阶。

——南部区，即普兰、札达外向型经济开发区。该开发区发挥海拔低、靠近边境的优势，以边贸、旅游、发展第三产业为先导，普兰商品基地和札达"一河两沟"农林牧副综合开发为主线，实行全方位开放。

——中部区，即日土、噶尔多产业综合性经济开发区。利用朗久地热电站、德汝电站和居于新藏公路要冲及靠近狮泉河镇等有利条件，以牧业为主，以市场为依托，多产业并存，以县属企业带动乡镇企业，搞好加工业，重点抓好山羊绒分梳厂建设，走生产、加工、试验一体化的路子，同时抓好肉食蔬菜基地建设。

——东部区，即革吉、改则、措勤畜产品、矿产品经济开发区。该开发区以畜产品基地建设、矿产品开发、抗灾、扶贫为突破口，合理开发矿产资源。根据劳务资源丰富的特点，逐步建立规模合作经济实体，由地县领导挂帅领办承包，形成牧工商一体化，产、供、销一条龙的经济新格局，努力解决贫困问题。

三个经济区的划分是一幅美妙的蓝图，然而要将蓝图变成现实却需要艰苦而漫长的努力。地委、行署对此已有充分的思想准备，他们制定了详细的实施方案，通过三个区域的协调发展，带动全地区到本世纪末走出贫困，和全国一道实现小康。

　　阿里的规划与发展时时牵动着孔繁森的心，11月28日夜，在他牺牲的前一天晚上，孔繁森还拨通了阿里的电话，询问贯彻十四届四中全会精神意见的起草和阿里地区"九五"规划的修订情况。他一再嘱咐抓紧完成，待他返回后与地委、行署领导共同研究确定。

　　规划发展蓝图、探寻实践路径、作出战略部署，孔繁森带领阿里各族群众开启了千年封闭的阿里地区摆脱贫困、奔向小康的新征程。

三、"共同富裕"的坚定推动者

党的二十大报告明确提出，中国式现代化是全体人民共同富裕的现代化。

习近平总书记在中央民族工作会议上强调，"促进各民族紧跟时代步伐，共同团结奋斗、共同繁荣发展"，"民族地区要立足资源禀赋、发展条件、比较优势等实际，找准把握新发展阶段、贯彻新发展理念、融入新发展格局、实现高质量发展、促进共同富裕的切入点和发力点"。

共同富裕，是中国特色社会主义的本质要求，没有各民族共同繁荣发展，就没有社会主义现代化。促进少数民族和民族地区经济社会发展，帮助各族群众实现共同富裕，是我们党在解决民族问题上的根本立场和根本目标。

新中国成立后，中国共产党团结带领西藏各族人民，彻底驱逐西藏的帝国主义势力，和平解放西藏，实行民主改革，建立社会主义制度，百万农奴翻身得解放，当家作主站起来。改革开放后，西藏现代化建设不断取得新成就，尤其是党的十八大以来，西藏的发展驶入快车道，经济社会发展水平不断提高，人民生活得到极大改善，发生了翻天覆地的变化。

从1980年到2020年，党中央先后召开七次西藏工作座谈会，每次都根据现实情况作出重大战略决策部署，举全国之力支持西藏。四十多年间，西藏累计落实投资2033.2亿元，其中中央政府投资1700多亿元。全国对口支援西藏建设项目6600多个，资金投入230多亿元。先后有6批4700多名援藏干部、数万名援藏人才奋战高原、无私奉献……西藏创造了"短短几十年跨越上千年"的发展奇迹。援藏进藏干部以拼搏奉献打造出时代英雄的塑像。

孔繁森，两度援藏，情系雪域，成为这个英雄群体的杰出代表。孔繁森作为领导干部的楷模，突出表现在他卓越的领导能力上。他是一位党性强、懂经济、拼搏务实的优秀领导干部。他思想解放，思路开阔，遇事有主见，有魄力，有胆识，勇于开拓工作新局面，为了西藏的发展鞠躬尽瘁，以生命的代价去传承发扬老西藏精神。

在中华民族共同体建设的进程中，孔繁森为我们树立起促进各民族共同团结进步、共同繁荣发展的标杆。

高原激荡发展春风

"1979年国务院文件，阿里运输由新疆承担，运价两个自治区政府协商解决。新疆提出，市场放开了，不能再按指令性指标来运。普通货0.755元，要翻一番，每吨公里1.51元。油运价1.86元，油每吨公里原来0.93元，现在1.86元才行。……新疆应承担阿里的供油4000吨，新疆提出要涨到2.8元，去年1.8元。粮食还没有落实。物资、水泥原计划5000吨，咱公司欠人家的多。要动员自己的车队才行，已运回1200多吨，自治区的车能组织282辆，能承担8460吨。少运粮食，仓库有库存。"

1993年4月26日，刚到阿里的孔繁森召开会议听取次仁副专员对新疆运输协调情况汇报。从1993年元月起，新疆运输市场全面放开，取消了对阿里运输的指令性计划任务。由于运价及新藏公路整治等原因，新疆退出了阿里运输市场，给阿里的经济和人民生活带来了很大困难。孔繁森在会议上提出：

一、通过调藏物资运输协调，应看到市场经济在全国的发展，也应看到改革大潮对我区的冲击，现在全国的发展形势逼着我们要参加市场经营这个大潮。在改革开放的今天，等靠要的思想已靠不住。现在，应看到市场经济的今天，靠谁都不行，要靠自己的力量，要想自己的办法，要走自己的路才行。

二、成立交通运输协调领导小组。一是分析形势，二是搞好分工，三是组织车辆、任务、人员，四是落实。

三、向自治区写报告。

四、从长远的观点出发，建立专业运输车队。

阿里地区迅速成立了运输协调领导小组，加强了对进出藏物资的组织、调运等各个环节的协调管理，动员了200余辆社会和农牧民自有车辆投入运输。由于孔繁森领导地委、行署思路开阔、决策果断，解决了这一事关大局的棘手难题，基本保证了阿里人民生活和经济建设的需要。

因自然、历史等因素而长期封闭落后的阿里承受着市场放开带来的冲击，但改革开放的春风也给这里带来前所未有的历史机遇。

为加快阿里地区经济建设步伐，改善占西藏四分之一面积上的阿里农牧民的生活，西藏自治区党委、政府于1993年1月7日召开联席会议，就阿里地区工作中需要解决的有关问题进行了认真研究，给予阿里特殊优惠政策，印发藏党发〔1993〕4号文件，对阿里工作做了明确的指示，主要内容是：一、下放部分权力问题；二、物资运输和交通建设问题；三、能源建设问题；四、农牧区教育工作问题；五、农牧区基础建设问题；六、扶贫问题；七、专业技术人员问题；八、干部管理权限下放问题；九、补充、调动干部问题；十、干部职工工资福利待遇问题；十一、退休干部职工有关问题；十二、改善地、县、区、乡办公和住房条件问题；十三、边贸旅游问题；十四、阿里地区今后的工作问题。

1993年7月中旬，拉巴平措副主席率领由组织部、交通厅等职能部门负责人参加的22人工作组，专程到阿里检查督导4号文件落实情况。孔繁森认为这体现了自治区党委、政府对阿里的特别关心和重视，是落实党中央、自治区对阿里特殊支持政策的重大机遇，对阿里的农牧业生产、交通能源建设、改善阿里干部群众生产生活条件将起到关键的推动作用。他将配合好工作组的检查当作首要任务来抓。

孔繁森数次召开地委、行署联席会调度情况，要求：各单位的领导高度重视，主要领导要亲自抓；要搞好分工；汇报要实事求是，数据要准确，特别是群众的生活情况要具体翔实；对影响阿里地区农牧业生产的主要因素要认真分析，对交通存在的问题、教育工作中师资、建校投资等实际问题要认真准备；汇报工作要有重点，要抓主要矛盾，需要领导帮助解决的问题要统一口径，要抓一两项关键问题；地委、行署的综合汇报内容为：阿里地区的概况，上半年的工作，自治区4号文件的贯彻情况，对下一步贯彻4号文件和改革开放的举措，当前阿里地区面临的形势和存在的问题。他与地委、行署领导立足前期调研掌握的具体情况，精心梳理出促进阿里发展的落实4号文件的几十个具体项目，包括道路修建与整治，狮泉河、普兰、札达水电站建设，朗久地热电站地面工程，无水草场、畜牧业基地建设，狮泉河供水工程、硼矿开发、噶尔县治沙、增设学校等等。

7月13日，孔繁森提前赶到工作组到达的第一站——措勤县，从提升汇报材料质量，到领着大家打扫卫生改善接待条件，都事无巨细地扑下身子带头干。

从措勤、改则、革吉到噶尔县，孔繁森一直陪同工作组，听取情况、研究措施。

8月6日，工作组在反馈意见中，对阿里的工作给予高度评价："贯彻党的十四大精神、自治区扩大会以及4号文件，根据阿里的情况制定了可行的措施，我们认为地委、行署的决心很大。根据上半年的工作看，工作有成绩，新班子开了一个好头，下面群众反映新班子是一个工作的班子，反映很好。"对4号文件涉及的下放管理权限、物资运输、交通能源、农牧区教育、扶贫干部管理等十几个方面问题及其几十个项目，从政策到资金一一进行了答复落实。

孔繁森在各种场合反复强调："要振兴阿里，说一千道一万，发展才是根本。只有全力以赴发展经济，才能促进社会全面进步，才能使阿里尽快甩掉贫穷落后的帽子，同全国人民一道以新的精神风貌跨入新世纪。"

发展是解决民族地区各种问题的总钥匙。孔繁森用发展的思维去推动脱贫致富、让群众过上好日子的工作目标落实，用发展的成果促进民族团结，不断夯实民族团结进步事业的物质基础。

贫困地区要发展，首先要树立市场观念、强化市场意识，以市场意识激发转型发展活力。

阿里有个藏语词汇叫"嘎赤那冬"，意为"1万只白色的羊和1000只黑色的牦牛"。这是民主改革前富裕头人所能拥有的财富，也是牧民们毕生追求的一个目标。在日土县，一位牧民家中有4000多只羊，500多头牛。如果卖了之后财富相当惊人，然而这位牧民为了达到"嘎赤那冬"的标准，竟舍不得卖一只羊、一头牛，其生活水平处在贫困线以下，他的女儿冬天竟没有一双鞋子穿。这无疑代表了一种封闭落后的观念，是自给自足的自然经济的产物，而头脑中有这种观念的牧民不乏其人。许多牧民没有把牲畜当作流通的商品，而将其单纯当作可供炫耀的资本，宁肯守着大群的牛羊受冻挨饿。

还有一些农牧民得风气之先，商品经济的意识在改革的大潮中逐渐苏醒，成为草原上新型的一代农牧民。

　　同样是在日土县，有一位牧民研究近三年来山羊绒收购价格，他冷静分析市场，认为价格下一步会上涨，便将山羊绒存放起来。果然，经过两年的价格疲软后，1993年山羊绒价格猛涨，这位牧民将前两年存的山羊绒一次售出，获利11万多元。

　　孔繁森用身边这类生动的例子，引导广大农牧民群众增强市场经济观念，鼓励他们从牧场走向市场。

　　发展乡镇企业，是实现农牧区小康，实现农业现代化的必由之路。孔繁森把发展乡镇企业作为发展农牧区经济、增加农牧民收入的突破口，而发展乡镇企业、促进农牧区经济结构调整，阿里最缺乏的是人才，就培养和用好人才问题，孔繁森进行了深入思考，他在工作笔记中写道：

　　　　阿里地区要鼓励和支持各类人才走上开发乡镇经济的主战场。

　　　　乡镇企业的发展人才是关键。各级政府要下决心采取有力措施，为乡镇企业创造一个大胆使用人才，积极吸引人才，加速培养人才和坚决保护人才的环境与机制。

　　　　要破除"左"的思想束缚，大胆选拔和放手启用那些敢想敢干、善于经营，在实践中成长起来的各种农村能人。他们是农村发展社会主义市场经济的积极分子，要充分发挥他们的带头示范作用和骨干作用，鼓励他们以个体、私营、联户、承包、租赁、股份制等各种形式领办、创办乡镇企业。农村党员干部要带头办乡镇企业，勇于带领群众致富。同时要结合机构改革鼓励一部分有才能、有志向从事经济工作的党政机关和事业单位的干部，走向发展乡镇企业的主战场。对离开党政机关到乡镇企业的干部，在严格实行政企分开的原则下，允许各地采取一些过渡办法，积极创造与党政机关"脱钩"的条件。

乡镇企业是大中专学生最能大显身手的场所之一，凡到乡镇企业工作的，允许保留国家干部身份，目的是不断扩大乡镇企业的人才后备资源。

阿里地域辽阔，交通不便，能源缺乏，人才奇缺，要发展乡镇企业，不能遍地开花。要从当地的资源、人才、交通、能源等综合条件出发，这样有利于扬长避短，选择最容易成功的地方重点突破。

为发展第三产业，开办乡镇企业，孔繁森多次深入县乡去宣传推动。1993年7月19日，孔繁森在听取改则县的工作汇报之后，肯定了他们取得的成绩："班子团结，作风正派，改革开放的政策得到初步的贯彻，成立了三个公司，集资25万元办乡镇企业，抓改革抓效益抓收入比较快，财政收入120万元。"

他语重心长地要求他们："解放思想，要落实到行动上。要从乡镇企业、矿业开发公司、畜产品公司入手，要落实人、财、物。要敢于引进人才，敢于横向联合，敢于负债经营，领导要带头走向企业，奔向市场经济。要不拘一格选人才，选人、用人、启用人要从经济效益上、改革开放的角度上着手入眼，要给人才作用发挥铺平道路。彻底摆脱34%的贫困，要有新的思路，要采取新的措施和办法。要从干部、群众思想上慢慢解决等、靠、要的思想问题，在市场经济发展的今天，越等越被动，越要越少，越靠越没出路。"

通过解放思想大讨论和一系列政策的撬动，社会主义市场经济体制建设在阿里地区取得突飞猛进的发展：1993年阿里地区农畜产品综合商品率达到35%，比1980年增长了23个百分点。全地区各县加快流通体制改革，培育和发展市场体系，逐步建立健全多渠道、多层次、多形式的商品流通网络，大力开拓区内外市场，逐步发展起农贸、商品批发、现货贸易、边贸等各类市场。许多农牧民群众和个体生产经营者在这些市场中大显身手，为繁荣阿里地区经济作出了贡献，也为全地区农牧民群众做出了表率。

呕心沥血突破能源交通瓶颈

"越边远贫穷的地区，越需要我们为之去拼搏、奋斗、付出，否则，我们就有愧于群众，有愧于党。"始终怀着这一信念的孔繁森，为了实现已经绘就的阿里发展的蓝图，呕心沥血、夜以继日地工作。

阿里地区高悬在高原之上，雪峰矗立，大山环绕。封闭的地理环境、恶劣的气候条件，让阿里人民饱受风霜雪雨、旱涝虫沙之苦，阿里的农牧业基本靠天吃饭，与落后的农牧业相比，基础设施的落后则更为突出，尤其是能源、交通问题，已成为制约经济发展的"瓶颈"。

从电力能源来讲，当时的阿里属于无电地区。所辖7个县中，除日土县1992年建成一座600千瓦的水电站以及改则、革吉分别建有20千瓦和40千瓦小型光电站外，其他县（包括狮泉河镇所在的噶尔县）全部依赖柴油发电照明。1992年全地区发电量仅为246千瓦。且不说草场荒原上的土屋和帐篷里还摇曳着酥油灯屡弱的光芒，即使地区驻地狮泉河镇的居民，每到夜晚也只能靠柴油发电机供电三个小时，收听收看新闻联播，蜡烛在这里有着最广泛的用途。时间一过，黑暗和寂静又淹没了整个阿里高原。

从交通方面来说，阿里地处偏远，以狮泉河为中心有4条通外公路：安狮公路、拉普公路基本不通；新藏公路因冬季大雪封山和施工维修经常不通；国狮公路虽经维修，但仍为等外公路标准，常被洪水及大雪所阻。通车的这两条公路线路远、路况差，对车辆的磨损比较严重。全地区30多万平方公里的辖区内，基本上都是等外公路。交通运输的极端落后严重制约着阿里经济发展。

地热是西藏潜力最大的能源之一，当时拉萨市的照明就主要靠羊八井地热电站供电，全区各地有不少小型的地热电站。阿里也是一样，在离狮泉河镇30公里处有一个80年代初期投资5000万元建设的朗久地热电站，从厂房到设备都是现代化的，已装上两台机组，每台1000千瓦，还有两台机组没有装上，因种种原因一直没有正常运行。

孔繁森到阿里一个月，于1993年5月14日就召集有关人员专题研究朗久地热电站问题。地热电站指挥部汇报：15口井，

2口没气，另外13口井有不少有问题的。部分骨干调走，物资管理混乱。1987年至1988年运行了180天，每月发电最长21天，最短的只有3个小时。

面对地热电站当时存在的人心散、班子软、缺乏凝聚力、管理混乱的问题，孔繁森作出部署：统一认识，做好准备，迎接专家评估；要加强领导，搞好分工，责任明确，任务具体；集中兵力，动员群众，共同参战；理顺关系，加强财务管理；搞好整顿、制定规章制度。

不久，孔繁森去拉萨开会，报到前先去了自治区地热开发公司，向总经理顿珠嘉参求援道："救救我们的朗久地热电站吧！"顿珠嘉参立即组织专家组去朗久地热电站考察、论证，结论是只要改造好地面工程，朗久地热电站能够满发1000千瓦，稳发600千瓦。改造地面工程预计投资593万元。其后，孔繁森又多方求助，筹措资金，启动大家盼望已久的朗久地热电站整修工程。

孔繁森并没有满足于整治、盘活朗久地热电站，他把眼光放到了更长远地总体解决阿里电力问题的项目建设上来，对电力交通项目进行深入的调查研究和规划。

他到每个县考察、部署工作时，总是和各县领导探讨解决电力交通问题的具体措施，制定发展方案。在深入接触干部群众的过程中，孔繁森深刻地感受到加强基础设施建设是振兴阿里的"基石"，更是阿里各族干部群众的迫切要求。为尽快改变能源落后这一窘境，孔繁森常常冲在最前面，调度督导在一线，带领大家制定规划，四处奔走争取支持，阿里地区发展电力交通的总体思路在他的心中逐渐成熟完善。他对各级负责同志讲：

> 能源开发要因地制宜，综合利用，走"多能互补、开发与节能并重"的道路。普兰、札达、日土三县以水电为主；革吉、改则、措勤三县以光能、风能、火电综合开发为主；加速狮泉河、普兰、札达水电站建设，恢复朗久地热电站。交通建设以公路为主。养治结合，以养为主。在国家支持下完成219国道的整治，保证国狮公路畅通，初通安狮公路，实现公路"三横两纵五通道"。提高道班养路的机械化水平，不断提高路面质量。大力建设乡村公路网络，提高邮电通讯质量，以改善经济发展条件。

1993年7月9日，孔繁森召开由地委副书记才旺桑珠、行署副专员白玛欧珠参加的碰头会，重点研究狮泉河水电站建设，前期工程1700万元，中央同意承担40%，自治区承担60%，阿里承担100万元至200万元。

7月23日，孔繁森主持办公会议，听取狮泉河水电站和普兰、札达水电站争取国家和自治区支持的情况汇报，研究资金筹集办法和下一步推进措施。

1993年夏天，孔繁森在向自治区领导汇报工作中，迫切地提出增加对阿里电力、交通投入的请求。他说："从现在起，阿里要加快狮泉河水电站的建设速度，尽快使普兰、札达水电站立项上马，安排革吉、改则、措勤光伏电站扩容；同时，修通安狮公路和拉普公路……改善阿里地区经济发展的基础条件。"

8月25日，孔繁森主持由自治区计委、水利局和水利部杭研所领导和专家参加的普兰、札达水电站的讨论会，亲自参与可研性报告、投资计划和技术方案的论证。孔繁森要求："是否把阿里的水电建设当作一个特殊地区、特殊情况给上级汇报，一是普兰、札达的实际困难、实际情况，二是从边境的局势稳定来特殊对待；普兰水电站的投资是否不再加大，再加大更解决不了，请设计院也从阿里的实际困难出发，给予帮助；札达水电站，重新设计前期费用适当增加一点，不要过多地追加前期，设计可行性研究费用。桥头设计，对扎布让进行可行性研究，比较一下，再定哪个好。"

10月16日，到自治区电力工业厅参加会议，研究措勤光电站的问题。同时，积极争取加快狮泉河水电站建设。

10月21日，向自治区江村罗布主席汇报工作，重点汇报了朗久地热电站全面考察和续建资金的情况。

10月26日，自治区人民政府听取阿里工作组的汇报，重点讨论研究了阿里的道路交通和朗久地热电站、日土水电站、狮泉河水电站等电站建设问题。

1994年2月6日，孔繁森召集会议，研究经济会议筹备工作情况时，专门研究了阿里的电力和交通建设，加快狮泉河水电站的设计和前期准备，普兰、札达水电站列入自治区项目；打通安狮公路，建设国狮公路、乡村公路、狮泉河大桥等一系列基础设施建设项目。

3月22日，阿里地委、行署联席会议又一次研究太阳能的综合利用和光电站建设。

3月30日，孔繁森在阿里地区经济工作会上强调："发展大流通，必须大力兴办交通运输业。地、县都要把发展交通事业放在建立社会主义市场经济的大背景下给予高度重视，要有'宁肯少搞一点基本建设，也要多修一条路'的思想，采取倾斜政策，把分散的财力、物力和人力集中起来，在交通运输方面办成几件大事。"

4月12日，研究公路交通的问题，包括公路养护资金的征集和使用、国狮公路的养护、边防公路的管养问题。

5月17日，阿里地委、行署联席会议，专项研究基础设施建设，包括狮泉河水电站、狮泉河给排水工程、普兰口岸建设、五县房改工作、山羊绒基地建设、狮泉河大桥和大坝工程、扎仓茶卡矿业开发、札达县中学等一系列工程。

这样的会议和建设工地的现场办公、督导，孔繁森不知道经历了多少次。在"九五"规划起草制定中，孔繁森着重提出要消灭无电县，让光亮照亮牧民的帐篷，照亮群众的土屋。

在孔繁森的领导和上级的支持帮助下，经过多方协调、积极努力，阿里防抗灾基地、狮泉河给排水工程、五县住房改造工程、狮泉河大桥等基础设施列入了自治区30周年大庆建设项目，普兰、札达水电站和措勤光电站建设快速推进，阿里的基础设施建设进入了迅猛发展的新阶段。

撬动阿里振兴新支点

走出原始封闭的自然经济，走出落后的生产方式！普兰口岸、什布奇口岸，已经列为国家级口岸，大小57个通道的栅栏门也随之启开。1160公里的边境，是阿里高原镶金镀银的飘带，抓住三大产业支柱——边贸、旅游、矿产业的开发，这是振兴阿里的突破点。

不论大会小会，会上会下，孔繁森经常这样讲，以提振阿里干部群众的信心：

1993年5月24日，孔繁森第一次到普兰调研，在听取了情况介绍和发展设想后，孔繁森反复叮嘱普兰县领导：要想振兴普兰经济，不仅要抓好农牧业的生产，更要从全地区总体发展战略的角度，牢固树立并贯彻好阿里地委、行署确定的通贸兴边的指导思想，立足普兰的实际，抓好通商口岸的经贸发展和旅游业的开发，要靠这"一山一水一口岸"（一山一水即神山圣湖，一口岸即普兰的边贸口岸），走活普兰经济整盘棋。

普兰南面的喜马拉雅山有20多个垭口，这些垭口不仅是古通商口道，还发展成为普兰与南亚次大陆联结的纽带。借助改革开放的浪潮，这些古通商口道本应发展成为开放口岸，但是由于客观条件的限制和人为的原因，这些口岸的作用一直没有发挥好。

扩大改革开放，加强口岸贸易是孔繁森谋划的发展阿里经济的新支点，也是他这次来普兰推动工作的重点。为了这次调研督导取得实效，出发前几天，孔繁森就提前做功课，召开地委、行署联席会议，专门研究普兰口岸定点问题，会上几种意见争论不下，各有利弊。这次尽管行程安排得非常紧，孔繁森决心一定要到口岸定点现场实地考察。

5月25日，孔繁森便在普兰县领导的引导下，来到了设在县城一侧的"国际市场"。孔繁森边走边谈，不仅和他们一起分析市场一直没有兴旺起来的原因，同时帮助他们寻找治理市场和扩大开放的"金钥匙"。

在实地考察了几处口岸建设的拟选地点后，5月27日，孔繁森召开了工作组和县及有关部门领导参加的专题会议，共同研究市场的选点问题，再次比较强嘎、唐嘎和江嘎三个备选点的有利和不利条件，就建设成本、开放条件、市场运营畅所欲言、深入讨论。最后孔繁森确定了关于市场定点问题的原则：既要从长计议，又要实事求是，立足当前，权衡利弊，尊重群众意愿，择优定点。按照这一原则，在反复调研、论证、征求意见的基础上，把建设口岸的地点妥善地定了下来。

6月9日上午，地委、行署联席会议就普兰口岸新建市场的地点进行了专题研究，经过广泛听取各方面的意见，本着发展市场、边贸兴疆的原则，正式确定强嘎为普兰口岸新建市场地点。这里具有地势平坦宽阔、交通方便、市场发展潜力大、占用耕地少等许多优势。会议决定，由行署牵头，会同海关、工商、税务等部门立即制订市场建设规划，上报自治区人民政府及有关部门。

7月1日至4日，孔繁森率领地委、行署综合工作组在普兰县现场办公期间，又一次专门研究边贸市场建设及管理问题，确定：7月15日前拿出规划草图，县政府可立即着手进行场地平整、住户与单位房屋拆迁等工作；对边贸市场管理成立"普兰边贸口岸管理委员会"，代表地委、行署全权行使职权管理市场。组织力量抢修普兰至强拉山口公路，努力使普兰建设成为阿里地区改革开放的窗口。与此同时，加强对究巴、斯番古尔、扎西岗、杜布齐等边民互市贸易点管理，向印度、尼泊尔客商宣传改革开放政策，积极培育市场，促进了口岸和各边民互市贸易点活跃发展。

8月1日至10日，举办了首届"普兰八一边贸物资交流会"。

在孔繁森的带领下，阿里地委、行署不断完善边贸发展规划，优化营商环境措施。孔繁森在1994年10月召开的阿里地区党员干部大会上提出："要进一步确立多渠道、全方位的开放战略。依据阿里地缘边境优势，以狮泉河镇为中心，以两个口岸为'窗口'，以几十条传统道路为通道，形成全面对外开放的辐射面……探索与周边国家和地区的开放和交流，特别是纵深发展对印度、尼泊尔两国开放的层次和规模。"

1994年11月初，孔繁森陪同自治区区委常委、宣传部部长陈汉昌带领的工作组再次来到普兰。当他听到由于一些部门管得过死、边贸上的外商有些意见的反映后，当即召开由县领导和边防、海关等部门参加的会议，协调解决存在的问题，他在会上反复讲"边贸市场要开放搞活"。后来这句话一直挂在阿里各级领导口头上。

从阿里地区边贸口岸的布局到普兰口岸的定点、建设，可以看出孔繁森深入现场务实担当的领导能力、广泛听取意见的民主作风和强烈的改革开放意识。

孔繁森不仅考察重点通商口岸，而且几乎走遍了每一个古老的通道山口。他形象地称扎西岗、甲岗热角、甲尼玛、谢尔瓦等传统边贸通口为"阿里小特区"。

通过孔繁森率领的阿里地委、行署一班人对边贸工作不遗余力地推动，阿里地区边贸很快发展起来。有20多年发展史的地区外贸公司一跃成为外贸行业国家级先进集体。到1994年底，这个公司在拉萨、乌鲁木齐、北京、樟木口岸、普兰口岸都创办了经销点和办事处；与120多个国家的128个厂家建立了业务联系；也与国内109个厂家发展了业务往来。公司拥有固定资产1000多万元，外贸企业进出口额达到3000多万元，创汇300多万美元。

1994年10月，西藏自治区党委常委、宣传部部长陈汉昌带领工作组来阿里督导检查工作，与孔繁森几乎朝夕相处了一个月。陈汉昌回忆说："我与孔繁森同志在阿里的那些日子，不论在会上听他发言，还是在个别相互交谈中，我都感到他有一种对工作负责的奋斗精神。他常跟我讲'活着就要干，就要为人民办几件事'。他思考的问题，言谈的问题，不是面对阿里的困难而叫苦，而是根据第三次西藏工作座谈会精神，用新的思维方式，来分析阿里的优势和劣势，引导大家扬长避短，厘清思路，采取新的举措，让大家树立起信心，看到阿里的未来发展前景，并积极去争取确保新的增长点的措施的落实。他积极带头在阿里搞三个开发区，并身体力行，带头挑重担。同时要求地委、行署的领导都要有自己的联络点；他积极想办法规划扶贫重点，争取一部分纳入自治区的扶贫范围；同时下决心发挥自己的优势，搞好扶贫开发；他积极想办法解决阿里的能源交通问题，规划、申请项目，到处寻求资金的援助；他千方百计稳定现有人才，吸引区内外人才，加大教育的力度，培养好本民族的当地人才……围绕着阿里的稳定和发展，他冥思苦想，东奔西跑，全身心地投入到阿里未来的蓝图中去了。"

在孔繁森的带领下，社会主义市场经济的春风，化解着千年山谷的冻土，干部群众抢抓机遇、开拓进取的意识日渐形成，农牧民的商品意识开始唤醒，孔雀河畔，狮泉河滨，神山圣湖旁，现代意识的晨曦渐渐照亮这片苍茫的高原厚土……

东风吹满征帆

1994年7月20日至23日，中央在西藏经济社会发展的关键时刻召开了第三次西藏工作座谈会，孔繁森以阿里地区地委书记的身份参加了这次重要会议。这次会议规格之高、中央对西藏支持之大，令孔繁森备受鼓舞。会议的精神像一阵强劲的东风鼓荡在孔繁森的心中，他又一次强烈感受到了那种向着理想奋进的兴奋和激情。

会议确定了"在邓小平同志建设有中国特色社会主义理论和党的基本路线指引下，依靠西藏各族人民，抓住机遇，迎接挑战，深化改革，扩大开放，以经济建设为中心，紧紧抓住发展经济和稳定局势两件大事，确保西藏经济的加快发展，确保社会的全面进步和长治久安，确保人民生活水平的不断提高（即一个中心、两件大事、三个确保）"的新时期西藏工作的指导方针。

会议全面分析了在社会主义市场经济条件下，西藏经济社会发展面临的特殊困难和具备的有利条件，制定了切实可行的发展目标，出台了一系列扶持西藏发展的优惠政策和措施。

为了使西藏经济实现持续、快速、健康发展，中央为西藏制定了八项优惠政策：一、财税政策。中央对西藏的财税补贴，实行"核定基数、定额递增、专项扶持"的政策。税收实行"税制一致、适当变通、从轻从简"的政策。二、金融政策。继续实行优惠的贷款利率和保险政策。三、投融资政策。对西藏的能源、交通、通信以及综合开发等大中型骨干项目和社会发展项目，由国家给予重点扶持，对建设周期长的实行动态投资。对西藏的固定资产投资项目，国家在资金上给予优先保证。四、价格补贴政策。为了保证社会稳定，使人民生活水平有所提高，对中央出台的重大调价措施在西藏的涨价影响，由国家财政给予补贴。五、外贸政策。对现行外贸管理方面的优惠政策不变，并实行"放宽政策、扩大开放、加快发展"的政策。六、社会保障政策。帮助西藏逐步建立健全离退休养老保险、失业保险、医疗保险和工伤保险体系。七、农业和农村政策。继续实行"土地归户使用，自主经营，长期不变"和"牲畜归户，私有私养，自主经营，长期不变"（即"两个长期不变"）政策。继续免征农业税。在土地、草场公有的前提下，鼓励个人开垦农田、荒滩、荒坡，种植农作物和植树种草，实行"谁开发，谁经营，谁受益，长期不变，允许继承"的政策。对农用生产资料继续实行财政补贴，给予西藏免征乡镇企业所得税的优惠政策，并在安排扶贫专款"以工代赈"的资金时，对西藏实行倾斜。八、企业改革政策。分期分批解决国有企业历史包袱问题，优先解决效益好的企业。

会议确定为西藏安排62个工程建设项目，总投资23.8亿元，建设投资由中央有关部门和有关省区市分别承担。

党中央、国务院不仅在政策、资金、项目上加大了对西藏的支援力度，而且更加大了对西藏人力资源的支援力度。首次确定了"分片负责、对口支援、定期轮换"的干部援藏方针和中央各部门对口支援西藏自治区各部门、全国15个省市（后增加重庆市）对口支援西藏7个地（市）。在62项工程之外，又落实了668个援助、合作项目，资金额达8.8亿元。

中央第三次西藏工作座谈会以后，西藏自治区党委及时召开了四届六次全委（扩大）会议，动员广大党员、干部群众，在全社会掀起了学习、宣传、贯彻中央第三次西藏工作座谈会精神的高潮。

这次会议的精神和确定的优惠政策，都说到了孔繁森的心坎儿里。正在带领阿里干部群众为摆脱贫困、加快发展而奋力拼搏的孔繁森，如闻号角吹响，如闻战鼓催征。孔繁森感到肩上的担子更重、劲头更足。他在心里一遍又一遍地问自己：中央对西藏这样关心和支持，如果自己做不好工作，怎能对得起党，对得起西藏各族群众？

东风吹来满眼春，潮起正是扬帆时。

在会议结束当天的日记中，孔繁森这样写道：

1994年7月23日。北京。

不辜负党中央的希望，扎扎实实为群众办几件好事，从实际出发，创造性地带领"一班人"做好发展和稳定两件大事。

作为一个汉族干部，要把中央的关怀、全国人民的希望、自治区领导的关心、藏族人民的厚爱牢牢记在心。这次会议（第三次西藏工作座谈会），中央给西藏的各族干部解决了后顾之忧，特别对汉族干部来讲，要按总书记讲的，和群众心连心、同呼吸、共命运。在阿里更要发扬特别能吃苦，特别能忍耐，特别能战斗的精神。

要把中央的精神变成干部群众的动力，把领导和群众两个积极性紧密结合起来，完成党中央交给的"一个中心、两件大事、三个确保"的任务。

中央的关怀，各省、市、部委的帮助，全国人民的支持都有了，摆在我们面前的任务十分明确，面对着千载难逢的大好时机，西藏怎么办？内因和外因的关系怎么处理？

如果有这样的大好时机、条件，西藏的工作还搞不好，这就是我们的内因作用没有发挥好。回去后，要深入基层，调查研究，把群众在想什么？要干什么？存在的问题是什么？要求是什么？要了如指掌。然后一步一个脚印地、扎扎实实地为群众办几件事。把中央给的好政策用活、用好，把62个项目管好、建好、用好。

会议一结束，孔繁森就借着会议的东风，带着精心准备的汇报材料和录像，到国务院及有关部门去汇报，争取对阿里特大雪灾后恢复重建的支持。国务院办公厅、国家计委、卫生部、财政部、民政部、农业部……他一个一个地跑。为了能够见到有关部门的负责同志，孔繁森带领工作人员每天早晨5点半起床，8点以前赶到有关部门门口等待上班。有一次，他们要找的一位领导正要出门开会，便指示秘书跟他谈。孔繁森急了，拽住这位领导的胳膊说："我们千里迢迢从西藏阿里赶来，难道耽误你十分钟时间也不行吗？今天没时间能不能安排明天？"

这位领导同志望着头发已经花白、年龄和他不相上下的地委书记，被孔繁森恳切的话语打动了，从百忙中安排了一个小时听取汇报。听完之后，这位领导同志说："你们在那样艰苦的环境下工作，我十分感动，你们所提的问题我们尽最大努力解决。"

七、八月份的北京正是酷暑季节，孔繁森带着工作人员顶着似火的烈日奔波，汗水湿透的后背，湿了又干，干了又湿，中午实在热得不行就到有空调的商店里避一避。

为了赶时间，也为了省钱，每天中午他们都在小摊上吃饭，什么便宜吃什么，什么简单吃什么。连续十来天，大家有些受不了了。有位同志抱怨说："干这样的活，吃这样的饭，再这样可受不了啦。"

孔繁森语重心长地说，阿里的老百姓如果能吃上这饭就是过年了！想想遭灾的老百姓，再好的饭菜吃着也不香啊。

孔繁森每到一个部门，都把记录阿里灾情的录像带放给有关同志看，一边放一边讲灾区群众的困难，说那里条件的艰苦，谈建设防灾抗灾基地对阿里的特殊意义，人们无不为他的一片赤诚所感动。阿里的灾情，引起有关负责同志的重视，破例为阿里解决了一大笔救灾款和项目资金。

孔繁森在1994年11月22日写给中组部一位熟识的领导的信中，汇报了这次争取国家部委支持的情况："上次来京开会，我们跑了国务院办公厅等9个部委，20多天共给我们阿里解决了2500多万元的救灾款。我们一定把这笔钱用到农牧民的脱贫致富上。国务院有关部门听了我们的汇报后，很受感动，让我们立即写个专题报告报国务院，旨在从治本上解决阿里的问题。"

孔繁森回到阿里后，迅速向地委、行署干部传达了中央第三次西藏工作座谈会和自治区党委四届六次全委（扩大）会议的精神。

1994年9月30日，孔繁森主持召开了地直区级以上党员干部会议。

地直机关、企事业和各县区都分头进行座谈讨论，结合本县、本系统、本区乡的实际情况，研究部署落实中央西藏工作座谈会和自治区四届六次全委（扩大）会精神，制定1995年农牧业、乡镇企业发展计划。

人心沸腾，发言热烈。那几天，孔繁森情绪一直处于兴奋状态。白天开会、讲话、听取汇报、审阅材料，晚上找人谈心谈话，帮助各县制定计划。

孔繁森强调："中央的指示英明，支持有力，自治区党委的贯彻意见目标明确，措施具体，可以这样说，所有涉及西藏改革与发展和社会局势稳定的重大问题，党中央都从战略全局的高度，从方针、政策上予以明确，所有西藏今后的发展思路，自治区党委领导都讲透了。下一步摆在阿里地区广大干部群众面前的任务只有一个，就是如何把中央的指示和自治区党委的部署落到实处。用我们的行动回答：'中央关心西藏，全国人民支援西藏，我们怎么办？'的问题。"

孔繁森和地委、行署一班人提出，要以"新的精神面貌，新的思维方式，新的工作思路，新的行动姿态，抓住机遇，加快发展，努力开创阿里工作新局面"。

10月4日，孔繁森在会上做了《提高认识，统一思想，真抓实干，重在落实》的总结讲话，进一步明确工作指导思想：

> 以党的十四届三中、四中全会、中央第三次西藏工作座谈会精神为指针，深入贯彻区党委四届六次全委（扩大）会议精神，坚持"三个有利于"的生产力标准，把中央的大政方针和阿里的实际相结合，以经济建设为中心，紧紧抓住发展经济和稳定局势两件大事，确保阿里经济的加快发展，确保人民生活水平的不断提高。

按照这一指导思想，制定了切实可行的一系列发展措施：推广科技，调整结构，加强基础设施建设，完善配套服务，建立双层经营体制，以促进农牧业的稳定发展；加速狮泉河、普兰、札达水电站建设，恢复朗久地热电站，实现公路"三横二纵五通道"，并大力建设乡村公路网络，提高邮电通信质量，以改善经济发展条件；兴建市场，深化加工，发展转口和远洋贸易，挖掘旅游潜力，改善设施，提高服务质量，实施南部、中部、东部三个开发区计划，以区位优势促进资源优势的转化；积极争取上级支持，发动各方兴学，普及义务教育并提高教育水平；加强综合治理，开展军民共建，强化反渗透斗争，确保边境稳定；加强对干部的思想教育和业务培训，积极引进人才，建设一支适应发展和稳定的、结构合理的干部队伍。以东三县防抗灾基地建设，革吉硼镁石开发，狮泉河水泥厂建设，日土梳绒厂、鱼骨粉加工厂、百万山羊绒基地，普兰、札达粮食基地，噶尔建材加工和肉食蔬菜基地等为突破重点，使阿里经济全面发展和超常规发展。

孔繁森在讲话中还详述了各项主要工作的具体目标和总目标：

到2000年，国民生产总值达到25700万元，年增长速度为10%；其中第一产业达到10200万元，平均年增长为3.9%；第二产业5820万元，平均年增长为34.3%；第三产业9680万元，平均年增长为15%，在1993年基础上翻一番，农牧民人均收入达到1000—1200元。消灭无电县，实现电讯程控化，并进入全国长途自动交换网；适龄儿童入学率达到60%；农牧民居地广播、电视覆盖率达到60%以上；医疗条件明显改善，人人享受初级卫生保健；219国道和四国（印度、尼泊尔、不丹、锡金）至狮泉河镇的公路畅通，打通安狮、拉普公路；县级财政自给率达到一个较高的水平。

实现以上目标，任务重，难度大，但孔繁森的心中充满信心。他说："尽管不利条件很多，但我们也有着得天独厚的发展优势……我们的发展措施是实现六个突破：即在发挥当地自然资源优势上突破，在建立经济增长点上突破，在增加投入上突破，在坚持一切从阿里实际出发的思想路线上突破，在学习市场经济知识上突破，在提高党委、政府工作质量上突破。"

孔繁森的目光散发着炽热的光芒，语气充满激情："同志们，学习文件是前提，解放思想是关键，制定措施是基础，狠抓落实是根本。现在中央的政策已经非常明确，自治区已制订出了详细的工作措施，只要我们迅速行动起来，进一步增强责任感和使命感，做到组织落实，工作目标落实，措施办法落实，奖惩责任落实，那么，一个团结、富裕、文明的社会主义新阿里将屹立于世界之巅，我们这一代干部将无愧于党，无愧于人民，无愧于时代。"

在孔繁森的带领和阿里干部群众的共同努力下，阿里的经济有了较快发展。1994年，全地区国民生产总值超过1.8亿元，比1993年增长37.5%；国民收入超过1.1亿元，比上年增长6.87%。一幅全面振兴阿里经济的宏伟蓝图，正在这雪域高原上成为现实：

——2000千瓦的朗久地热电站重新发电，高原的夜空不再漆黑；

——年产值可达上亿元的山羊绒梳绒厂和鱼骨粉加工厂、硼矿脱水厂、水泥厂等相继在空旷的荒原上拔地而起，隆隆的机器轰鸣声打破了千年的沉寂；

——随着普兰、什布奇口岸的开通，至边境强拉山口公路的竣工，阿里高原向世界进一步敞开了开放的大门……

航道已经开通，东风吹满征帆，阿里这艘沉寂的巨轮正鸣笛起航。孔繁森带领地委、行署一班人将在这风雪高原创造新的辉煌。"世界第三极"已升起希望的曙光——新世纪的曙光！

生命中的绝笔

为了阿里的发展、为了各族群众的幸福生活，孔繁森忘我工作，直至生命的最后时刻。

民主改革后，党中央在实施"长期建藏"这一战略过程中，对阿里地区给予了格外的关注和重视。1969年12月18日，毛泽东主席签发的中共中央（1969）82号文件《关于加强对西藏阿里地区工作的指示》文件，开头即明确说明："阿里地处祖国西南边疆，战略地位十分重要，环境十分艰苦，各级领导要对他们十分关心。"文件明确规定："阿里地区行政区划仍属西藏自治区，但考虑到交通不便，为适应战备和革命的要求，确定该区党、政、军全部委托新疆自治区革命委员会和新疆军区负责领导。"从1970年开始，新疆直接管理西藏阿里地区的工作达10年之久。新疆对加强阿里地区地方建设、帮助阿里各族群众搞好生产、改善生活、守好千里边防作出了重要贡献。

1994年11月10日，孔繁森陪同自治区党委常委、宣传部部长陈汉昌到各县督导工作回到狮泉河镇。在与自治区工作组共同研究解决阿里地区面临的问题时，大家普遍认为，阿里地区的经济发展，除了自身努力和自治区关心支持外，离不开新疆的大力支援，诸如阿里需要的粮食、石油、建材、燃料，一直主要靠新疆解决；阿里的山羊绒要经过新疆过境出口，新疆帮助解决减免过境税等问题；阿里地区在新疆的一些离退休基地需要扩建；阿里至新疆1000多公里的219国道改扩建和养护问题需要协商解决，等等。

基于上述原因，决定派工作组前往新疆，一是感谢新疆各级党组织和各族人民长期以来对阿里地区的支持和援助；二是学习新疆改革开放和经济建设的成功经验；三是请求新疆继续从物资、交通运输、后勤安置等方面给予阿里地区帮助和支持。

经请示批准，1994年11月14日，陈汉昌、孔繁森率领工作组离开阿里，向乌鲁木齐出发，15日晚，抵达新疆叶城。在生命的最后14天里，孔繁森为了阿里的发展，奔波在新疆广袤的大地上。从叶城县到他牺牲的托里县，行程4000公里，孔繁森一直处于连续紧张的工作状态之中。

出发之前，孔繁森召开了一系列的会议，听取方方面面的意见，做了认真的准备，归纳出十几个问题，途中还在不停地收集整理需要解决的困难。一直陪同考察组工作的阿里驻乌鲁木齐办事处主任白玛次仁回忆说："考察组15日晚上8点到达叶城。匆匆吃过晚饭，孔繁森就召集相关人员了解叶城办事处在土地征费和工作、生活等方面的困难，谋求解决办法。第二天，孔繁森走访了叶城县委、县政府，整整奔忙了16个小时，圆满解决了阿里驻叶城办事处180亩土地的征费问题和20多名阿里常驻叶城人员的子女上学问题。"

19日下午，孔繁森一行到达乌鲁木齐。

20日至23日，孔繁森一行先后到新疆维吾尔自治区党委组织部、人事厅、交通厅、粮食局、石油总公司、公安厅、外事办公室、旅游局、口岸管理办公室等单位协商沟通，争取各部门加大支持力度。他们还到新疆军区和武警单位及乌鲁木齐市协商研究国防公路建设与管理、阿里机场建设、阿里社会稳定和县人武部自身建设（阿里军分区归南疆军区管辖）等问题，要求进一步支援阿里。

23日下午，在新疆维吾尔自治区人民政府会议室，自治区党委代书记王乐泉主持召开协调会议，专门研究进一步支持和帮助西藏阿里发展和改善人民生活问题。西藏自治区党委常委、宣传部部长陈汉昌，新疆维吾尔自治区副主席艾斯海提·克里木拜，阿里地区地委书记孔繁森、行署专员达瓦次仁等出席了会议。在此次会议上，孔繁森向新疆维吾尔自治区党委、政府的负责同志做了专题汇报；对于请求支持的所有事项，凡是新疆维吾尔自治区能解决的都当场拍板解决。新疆作出了支援阿里的多项决定：

一、从1995年起，阿里地区每年所需的250万公斤小麦，10万公斤食油，实行保本经营（面粉从喀什调运）；所需的200万公斤大米，由国家安排调运；3610吨成品油以低于市场价的价格从库尔勒石油储运库直接调运；5000

吨液化气列入计委年度计划，就近协调解决。

二、全长 1400 多公里的 219 国道，每年国家仅拨养路费 150 万元，实际需要已达 1000 万元，养护经费严重不足，直接影响着阿里地区军用、民用物资的运输。由西藏和新疆两区联合向国家报告，申请增加 219 国道养路经费，共同努力把道路养护好。由西藏自治区向国家申请国道 219 线天水海至普兰段 800 多公里路段改造项目，新疆维吾尔自治区给予积极配合。

三、免除阿里地区驻乌鲁木齐办事处国有土地出让费 60 万元，再以优惠价给阿里地区新规划干休所建设用地；阿里地区经新疆运往内地的 6000 至 10000 吨物资，由新疆维吾尔自治区经贸委和乌鲁木齐铁路局优先安排铁路运输。

四、对阿里地区行政生活用车和农牧民运输用车，凡配有阿里地区公安处交警统一制作并加盖有新疆维吾尔自治区公安厅交警部门公章标志的车辆，允许在新疆行驶；对阿里地区行政生活车辆和农牧民自用车辆，在新疆境内行驶的，1995 年，免征养路费一年，请新疆维吾尔自治区公安厅、交通厅负责落实。

五、对 70 年代由新疆派往阿里地区工作的 156 名干部、职工中尚未内调，其家属、子女还没有得到安置的人员，组织部、人事厅、劳动厅要按有关政策规定给予妥善安置，公安厅要优先给予办理迁移户口手续，使这些在高原艰苦地区工作的同志解除后顾之忧。

六、新疆维吾尔自治区的经贸委、经协办、旅游局等有关部门要加强同阿里地区的联系和经贸往来。不仅要支持阿里地区通过新疆口岸开拓中亚、独联体市场，还要充分利用阿里地区已开放的普兰口岸、札达什布奇口岸，扩大对南亚的经贸往来，并由新疆与阿里地区共同开发旅游资源，推动阿里地区的经济发展。

会议结束时，孔繁森激动得站起身来，眼含热泪，代表阿里地委、行署和各族人民向新疆党政领导和各族人民表达了诚挚的谢意。陈汉昌部长深有感触地说："这里究竟凝聚着孔繁森同志多少辛劳，只有与他共同生活的人才能真正感受到！"

当天晚上，孔繁森来到陈汉昌的房间进行了长时间的交谈，详细汇报了阿里财政、能源交通建设、干部待遇、人才培养、领导班子建设等方面的问题，请求陈汉昌部长回拉萨后帮助做工作。随后，拖着疲惫的身体，孔繁森回到房间连夜在宾馆及阿里地委办公室信笺纸上，梳理赶写了希望西藏自治区领导和相关部门帮助解决的有关阿里发展的十二个方面的建议，写罢已是次日凌晨3点。

有关几个问题请陈部长参考

一、关于阿里地区的能源交通问题，准备给国务院写个专题报告，同时报个专题片。请示一下自治区人民政府是否同意。

二、今年七月以自治区人民政府的名义给中央有关部门打了个专题报告，解决部分救灾款。当时财政部答应300万元；经贸委200万元；计委1000万元（抗灾基地建设）；农业部1000万元；煤炭部80万元（已到阿里）。

请陈部长问一下，财政、计委、农业部（的款）是否到位。

三、革吉县的茶嘎茶矿和电力工业厅、地矿局联合开发的问题。

四、朗久电站现已发电，但发电量只有600千瓦。自治区地热大队答应给打风险井（即有气给钱，没气不给钱），请政府领导研究一下是否解决300万元打三口井。

五、阿里干部职工的办公条件住宿条件太差，能否同意阿里地（委）、行（署）盖个办公楼，现有的综合办公室改为公、法、司、政法委的办公室。他们现在办公地点是60年代的土木结构，已成危房。

六、自治区提出全区教育到2000年要实现"两有八〇"（即乡乡有完全小学，县县有中学；适龄儿童入学率达80%）的规划，是否请区教委领导来阿里考查（察）一下，并帮助制定一下发展规划。

七、阿里地区财政赤字800万元，原因两年增加大中专学生300人，每人每年经费需1.2（万元）—1.5万元。二是物价高，运费交通费用加大开支。三是取暖经费大，现在每吨焦炭1400元。四是汽车修理费开支大。五是干部、职工、群众的公费医疗开支大，主要是病号多，有的在内地长期住院。

八、民兵事业训练费、武装部的建设，请自治区解决。

九、请安排适当时机自治区派个综合性工作组，对阿里进行全面考查（察），以便修订阿里的经济发展规划。

十、关于新疆自治区和西藏自治区、新疆军区联合写报告维修219国道的问题，建机场问题，输气管道的问题。

十一、日图（土）县德如（汝）电站欠包工队款问题。自治区电力工业厅电建公司承包的工程，又转包给包工队的工程，一是没合同，没图纸，钱从何处出。

十二、和新疆联合申请共同建设开发日图（土）县境内都木齐列口岸建设问题。

达瓦次仁

孔繁森

尽管达瓦次仁刚刚提拔为阿里地区行署专员，但是孔繁森依然按照平时养成的习惯，时时处处尊重藏族干部，一点一滴的细节也不疏忽，在自己起草的报告上，先署上达瓦次仁专员的名字。

11月24日，陈汉昌部长返回西藏。阿里地区的10名同志继续留在新疆，落实有关具体工作。11月24日至27日，孔繁森又到新疆皮革厂、乌鲁木齐市、新疆旅行社等单位座谈，洽谈两地在旅游、边贸、畜产品深加工等方面的深度合作。

为了开发、建设、管理好阿里的边境口岸，工作组决定到塔城地区巴克图口岸考察学习。28日阿里地区边贸考察组从乌鲁木齐出发抵达克拉玛依市，途中参观了新疆独山子乙烯工程的克拉玛依油田，并就阿里的石油液化气供应等问题进行了具体协商。这天晚上，孔繁森与克拉玛依市委、市政府领导见面。达瓦次仁专员代表阿里地区提出从石油等方面进一步支援阿里的请求之后，孔繁森补充道："阿里是个落后地区，离不开新疆的援助，希望克拉玛依市一如既往地支持和帮助阿里发展经济、改善人民生活。"这是孔繁森最后一次在公开场合发言。达瓦次仁回忆说，那天晚上孔书记很疲惫，但他有意识地提起精神，向前来会见的克拉玛依市领导一一表示感谢，并希望多多帮助阿里。

1994年11月29日9:30，考察组从克拉玛依市前往塔城的巴克图口岸。这天早上，下了场小雪。中午12时多，孔繁森乘坐的汽车行至托里县附近，突然翻在公路旁，待送到新疆托里县人民医院抢救时，孔繁森的心脏已停止了跳动，一个共产党人平凡而伟大的生命定格在为阿里发展奔波的路途上！

新疆之行，不但解决了阿里地区燃眉之急，如平价粮食、液化气、石油等物资供应问题，而且从更高的层面，谋划推动219国道的改扩建及养护、机场、输气管道等重大基础设施建设，这对阿里地区经济发展具有重要战略意义。孔繁森连夜写的事关阿里地区经济发展的绝笔建议，在他殉职以后很快都得到了落实。

如今，这写满建议的4页便笺静静地摆放在孔繁森同志纪念馆展厅。刚劲有力的字迹，倾注着孔繁森对阿里发展的急切心情，渗透着他对阿里建设的心血，也是他为阿里各族群众的幸福拼搏奋斗、带领各族群众共同走向社会主义现代化的最好见证！

第三章

促进各民族交往交流交融

促进各民族交往交流交融，是党中央就民族工作作出的重大决策部署，也是铸牢中华民族共同体意识的重要任务之一。

习近平总书记指出："必须促进各民族广泛交往交流交融，促进各民族在理想、信念、情感、文化上的团结统一，守望相助、手足情深。"

2022年全国"两会"期间，习近平总书记在参加内蒙古代表团审议时强调，铸牢中华民族共同体意识，既要做看得见、摸得着的工作，也要做大量"润物细无声"的事情。推进中华民族共有精神家园建设，促进各民族交往交流交融，各项工作都要往实里抓、往细里做，要有形、有感、有效。

西藏各民族间的交往交流交融，犹如珠穆朗玛山顶上常年不化的冰雪一样洁白而永恒，又好似雅鲁藏布江水般悠久而漫长。

历史反复证明，华夏族群和周边民族不断通过迁徙、聚合、和亲、互市、互嵌式居住等种种方式进行交往交流交融，在中华民族的历史长河中，各民族始终血脉交融，形成了命运共同体，中华民族共同体意识也逐步形成并不断得到加强，成为边疆治理的强大精神力量。

中华民族之所以生生不息、薪火相传，其根本就在于中华民族共同体意识已深深融入了中华儿女的血液和灵魂，同化在各族人民的生命中。

大江流日夜，慷慨歌未央。

藏族和其他各民族的交流，贯穿雪域高原历史发展始终。汉藏民族交往交流交融史，就是中华民族共同体形成发展的一个缩影。汉藏民族与其他各民族同胞相互交往交流交融，相互学习，相互借鉴，共同书写了中华民族波澜壮阔的历史画卷。

一、民族团结进步的模范

习近平总书记反复强调："中华民族共同体意识是民族团结之本。"做民族工作，说到底是做人的工作。做好民族工作，最关键的是搞好民族团结，最管用的是争取人心。

1994年秋召开的第二届全国民族团结进步表彰大会上，孔繁森被国务院授予"全国民族团结进步模范"的光荣称号。他生前忙于工作，没有顾得上去领奖。1995年，当奖牌和奖状送到时，孔繁森已经因公殉职，是他的遗孀王庆芝流着眼泪代他领取的。这奖牌，分量很重很重，价值很高很高，孔繁森当之无愧！

时针拨回到40多年前，1979年春天，孔繁森第一次与援藏人员从祖国四面八方来到西藏工作，正是体现了中华民族大家庭中各兄弟民族间的真诚协作，这本身就是各民族共同团结进步的重大举措。

一封书信，民族团结的见证

1979年4月，孔繁森第一次赴西藏工作，担任日喀则地区岗巴县委副书记。

在岗巴工作短短两年时间里，孔繁森跑遍了全县的乡村、牧区，与岗巴藏族同胞结下了深厚的友谊。

孔繁森下乡驻点，推动落实联产承包责任制和"两个长期不变"的政策时，住在昌龙乡书记格热家，与格热及昌龙村里的群众同吃同住同劳动，相处得亲似一家人。

1979年中秋节那天，孔繁森为了让村民过一个愉快的节日，他破例没有下地劳动，和一个叫班典的藏族青年在格热家剁馅、和面、包饺子，一直忙到晚上九点多，请全村人吃了一顿饱含民族团结情谊的饺子。

孔繁森知道格热的老伴拉吉身体不好，经常给拉吉带药。这让格热和拉吉老两口非常感动。

拉吉是当地的拥军模范，在孔繁森的影响下，她更加坚定了自己的拥军路，始终把军人当亲人。孔繁森第二次进藏担任拉萨市副市长时，专门写信邀请他们老两口到拉萨做客。1989年9月，他还利用到日喀则开会的间隙专程到昌龙乡看望两位老人。

1989年中秋节前夕，孔繁森到日喀则参加西南四省区民兵工作会议。回到第一次进藏工作过的地方，孔繁森触景生情，心绪如潮，一连几天晚上，都梦见自己回到了岗巴、回到了昌龙乡，梦见朝夕相处的支部书记格热和他的老伴儿、拥军模范拉吉。会后，孔繁森不顾劳累，驱车300多公里去看望他们。中秋节是中华民族阖家团聚的节日，孔繁森与家人远隔万里，不能在自己老母亲身前尽孝，但是他却把对亲人的爱送给了抗坚宋阿山下的藏族老人。

与孔繁森一同在岗巴援藏的老战友郭辛文，此时已任岗巴县委领导，陪同孔繁森一起来到昌龙乡。当孔繁森推开格热家的门时，老两口一时愣住了，他们不相信日思夜盼的孔书记会突然站在他们面前，像见了久别重逢的亲人一样，喜出望外，格外亲切。格热拉住孔繁森的手仔细端详了好一阵子，然后，赶忙把孔繁森让到了厚厚的卡垫上。老两口激动得又是倒酥油茶端青稞酒，又是生起火炉煮鸡蛋，互相问这问那拉家常，越聊越亲热，一直聊了两个多小时。起身要走的时候，拉吉老阿妈捉了一只鸡塞到孔繁森手里非要让他带上。孔繁森一再推脱不带。在场的人也给两位老人解释，让他们把鸡留下，好自己补养补养身体。拉吉老人急了，把鸡抱在怀里，扑通跪在地上，又双手把鸡托起来，流着泪恳求孔繁森说："今天你不把鸡带走，我就不起来了。"见此情景，孔繁森只好把鸡接了过来。在场的人看到这一藏汉民族骨肉情深的动人场面，眼睛也都湿润了。

老两口把他们送到村口，临上车之前，孔繁森与格热、拉吉老人站在一起，以远处的雪山、草场和青稞地为背景拍下了一张难忘的合影。孔繁森把党的温暖留在了抗坚宋阿山下，留在了昌龙藏族同胞的心中。

孔繁森殉职以后，山东省委宣传部组织记者团到西藏采访。1994年12月22日下午，记者们来到格热和拉吉老人的家。当记者拿出孔繁森的照片时，时年75岁、63岁的两位老人，看到照片神情顿时变得异样起来，格热老人木然地站在那里，神态像一尊肃穆的雕塑，拉吉老人手捧照片放声大哭。过了一会儿，老人从炕头上拿出一条深绿色的毛毯，又从橱子里拿出盛药的空盒子和装麦乳精的空瓶，哭着说，这是孔书记送给他们的，药和麦乳精用完了，但空盒和瓶子一直舍不得扔，毛毯他们一直盖在身上。每当看到这些，他们便想起孔书记。说完，老人要求将孔书记的照片送给他们，好让他们挂在墙上，天天看着他。出了屋门，拉吉老人紧紧地抓住记者的手，要记者一定转告孔书记的妻子与子女："不要过于悲哀，要保重身体，孔书记死得伟大，死得光荣！"

如今，格热和拉吉两位老人都已去世。他们的后人于2016年首次将孔繁森生前邀请格热和拉吉到城里看病的一封亲笔信拿了出来。信中写道：

格热书记并阿家啦（拉吉）：

不知你们二位身体如何，我一直想让你们来拉萨住几天，二来看看病。你们这几年对革命、对部队是有贡献的，应该来玩玩。我这里有吃有住的地方，而且保证让你们有酥油茶喝，我等着你们的到来。

说实在的，我对岗巴有感情，对昌龙更有感情。我忘不了昌龙公社的老老少少。当然我一生中也忘不了你们老两口，所以我愿意叫你们来拉萨住几天。昌龙的老乡不管谁来，我都十分愿意接待，请你们转告乡亲。

格热书记，中秋节到啦，正好郭书记明天回岗巴，我让他给你们带了点月饼。本想给阿家啦带点药，但天已晚来不及啦，只好带两瓶小药，并捎来一个人参让你补补身体吧。还有什么要办的事可给我来个信，让别人写藏文也可以。我楼上住着就是藏族书记。请代问昌龙乡老大爷老大娘好，全村群众好。

　　祝你俩身体健康，万事如意，扎西德勒！

孔繁森笔
9.29号

　　体贴的话语，真挚的深情，见证着孔繁森与藏族群众的相互关爱，也是汉藏民族团结的有力证明。

　　孔繁森两次进藏，历时十载，以自己的生命奏响了民族团结进步的乐章。孔繁森把自己的一切，奉献给了西藏各族人民，奉献给了祖国的民族团结进步事业！

"日月知心，人民大团结"

　　孔繁森特别注重民族团结工作，不论是在哪个地方工作，也不论是开会讲话、还是制定政策措施，都始终把民族团结、民族平等、"三个离不开"思想放在第一位。

　　孔繁森把全部身心都奉献给了雪域高原，奉献给了雪域高原上的各族群众。他以自己的拼搏精神和崇高品德，为高原的建设、为各民族的进步，孜孜以求，不懈奋斗。他把藏族同胞当成自己的亲人，在岗巴、拉萨、阿里，前前后后帮助很多人，绝大多数帮助的都是藏族群众，藏族群众也把他当成亲人。

　　1981年11月17日，已经回到聊城的孔繁森在写给岗巴同事的信中，叮嘱他们："要和藏族干部、群众搞好团结，不光是和他们多接触，更主要是从思想上尊重他们，这是做好工作、搞好生活的保证。"

1992年5月23日，晚11时。忙碌了一天的孔繁森，依照惯例写起了当天的日记。他详细记录下当天卫生领域工作情况后，又有感而发，写下了这样的诗句：

春风得意，江山起宏图；
日月知心，人民大团结。

时任拉萨市市长洛桑顿珠回忆说，"孔繁森身上体现着老西藏精神，特别能吃苦、特别能战斗、特别能忍耐、特别能团结、特别能奉献。在他身上就不分什么民族，从民族团结这个角度来看，他做得非常好的，很好地体现出各民族谁也离不开谁"。

孔繁森始终认为做好民族工作，重在交心，要将心比心、以心换心，不利于团结的话不说，不利于团结的事情不做。在阿里工作期间，有一次，孔繁森到一位援藏干部家走访时，看到这位同志有许多藏书，他非常高兴。但等他浏览书架以后，脸上的笑容又消失了。孔繁森问这位同志，为什么没有民族理论和民族政策方面的书，这位同志随口说，"对那些没多大兴趣"。孔繁森神情严肃地说："对于一个在少数民族地区工作的干部来说，不懂民族理论和民族政策就好比聋子、瞎子，是不可能搞好工作的。"对方惭愧地低下了头。

　　孔繁森在团结民族干部的同时，重视教育、培养和用好少数民族干部。1993 年 6 月，阿里地委研究调整地直和各县的领导班子。在调整方案出台前，人们有许多议论：孔书记是汉族，他肯定重用汉族干部；孔书记从拉萨市调来，拉萨籍的干部准吃香……

　　听到这些议论，孔繁森拧着眉毛沉思良久，给参与调整干部的同志说："这些议论提醒我们，在干部问题上，要始终把握好政策。"

　　在地委会议上，孔繁森重申："任用干部只有一个标准，就是中央明确的'四化'标准。在阿里，要注意从少数民族干部中选拔领导干部，这是我们党的民族政策的要求，是民族区域自治政策的要求，更是阿里建设事业长远发展的需要。"

　　孔繁森得知一位政治素质好、工作能力强的干部在海拔 4700 米以上的改则县工作了 30 多年，几次找这位干部谈话，并广泛征求各方面意见，最终将这位干部调到更为重要的工作岗位。一位副县级干部，政治可靠，工作泼辣，办事果断，孔繁森积极推荐他担任了地区公安处党组书记。改则县一位藏族干部被确定到中央党校学习，但家里有困难，爱人不愿让去，孔繁森几次到这位同志家中做工作，并指示有关单位帮助解决实际困难，使这位同志放心愉快地踏上了到北京学习的路程。

　　孔繁森重视培养和使用少数民族干部也引起了一些人的议论。有位干部背地里发牢骚说："孔书记在少数民族干部身上花的心血，能分给我们一点儿我就知足了。"孔繁森听到这一说法后，十分重视，认为任这种情绪蔓延不利于团结，更不利于工作，于是专门去找这位干部谈话。孔繁森对这位干部说："少数民族干部适应气候，了解情况，语言通，联系广，是阿里工作的重要力量。阿里的长远发展如何，要看我们培养少数民族干部的工作做得如何。希望汉族干部都能识大体、顾大局。"

阿里地委的干部调整方案经自治区党委组织部批准出台了。调整后的各级领导中，藏族干部占80%以上。一些干部说："端平干部任用这碗水是不容易的，孔书记端平了，我们看得清楚。"

对此，在孔繁森身边工作过的阿里地委宣传部副部长柴腾虎也深有感触。他说："孔繁森一直把民族团结作为重中之重的事情在做，他和藏族干部相处得特别好，不能说他迁就藏族干部吧，但是他对藏族干部相对来说更包容一些。比如说，藏族地区文化教育没有内地发展得这么快，孔繁森就千方百计地帮助藏族干部提高文化素质。他对藏族干部是这样，对藏族老百姓更不用说了，不管是孤寡老人还是病人，他都是没得说。我觉着，他关心藏族老百姓、加深感情交流，一方面是他出于本心的想法，另一方面也是作为民族团结的一种方式。"

1994年10月4日，孔繁森在阿里地区地直区级以上党员干部会议上深有体会地给大家说："要加强民族团结。我区是少数民族地区，民族团结是我们工作得以顺利进行、保持社会局势稳定的重要方面。要经常向干部群众进行'两个离不开'的教育，使各族干部情同手足。这样才能齐心协力，共同开创阿里工作的新局面。加强军民团结、警民团结以及单位之间和上下级的团结也至关重要，必须引起足够重视并付诸切实行动。总之，天时不如地利，地利不如人和。只要团结搞好了，任何艰难险阻都将踩在我们脚下。"

1994年11月，孔繁森带领工作组赴新疆考察，途经叶城时与叶城县党政领导进行了一次座谈，县长买买提伊明·吾斯曼给孔繁森一行介绍叶城的情况。当说到叶城是国家重点扶持的贫困县，不少群众生活仍比较困难时，孔繁森关切地插话，问叶城还有多少贫困户，有多少少数民族群众还没有解决温饱问题。随后孔繁森说，"阿里和叶城都是少数民族地区，条件都比较差，我们这些当干部的更要和当地各族群众一道，发扬吃苦耐劳、自力更生精神，把农业搞好，把人民的生活安排好"。孔繁森建议阿里和叶城今后应进一步加强联系，互相学习，共同搞好少数民族群众的生活，搞好民族团结。

座谈会开始前有一个小插曲。当叶城的同志介绍买买提伊明县长是维吾尔族干部时，孔繁森立即站起来和同事调换了座位，坐到他身边。座谈会结束时，孔繁森还按照西藏当地的礼节，亲手给买买提伊明县长献了条哈达。买买提伊明·吾斯曼说从这件小事上，自己"可以感受到孔繁森同志发自内心地对我们少数民族有感情"。

党外人士的良师益友

在西藏工作期间，孔繁森模范执行党的民族宗教政策，重视民族和宗教工作，积极主动地与党外人士交朋友，团结引导他们为西藏的经济发展和社会稳定贡献力量。

大昭寺，又名"祖拉康""觉康"（藏语意为"佛殿"），位于拉萨老城区中心，是松赞干布建造的一座藏传佛教寺院。当地藏族群众中有"先有大昭寺，后有拉萨城"的说法。寺庙最初称"惹萨"，后来"惹萨"又成为这座城市的名称，并演化成当下的"拉萨"。

大昭寺距今已有1300多年的历史，在藏传佛教中拥有至高无上的地位。大昭寺是西藏现存最辉煌的吐蕃时期的建筑，不仅是藏传佛教的中心，也是民族团结和睦的见证。

作为大昭寺寺管会副主任，尼玛次仁负责接待讲解工作。他回忆说，孔繁森当时在拉萨的时候，因为分管文教工作，经常陪同领导和外宾来到大昭寺，交流得也就更多一些。孔繁森经常对尼玛次仁他们说，"佛教历史悠久，有2500多年的历史，有着丰富的哲学道理。作为藏传佛教弟子，要好好保护研究这里的文化遗产，好好修行，在自己身体力行的基础上去帮助别人。这样，才能将释迦牟尼的思想和智慧发扬光大"。"这对我来说是非常好的教诲和鼓舞。他作为共产党员，一定是不信佛的，但他对佛教很有研究，也有自己的理解，实在是难能可贵。"尼玛次仁说。

孔繁森到阿里任地委书记后，有时还会带着朋友到大昭寺了解藏传佛教文化。到拉萨开会，孔繁森还抽出时间以个人的名义去看望他们，走进他们的僧舍，就像一个亲人长辈来看晚辈一样，没有一点儿领导架子，和他们一起喝酥油茶，聊一些哲学、佛教、民族团结方面的话题，经常提到对文物的保护和传统文化的发扬。尼玛次仁说，孔繁森会带一些内地的茶叶给大家，虽然是很小的礼物，而且也都喝不惯，但大家都感觉很珍贵，因为那里面饱含的是满满的情谊。

宗教在阿里的历史比较悠久，信教群众也比较多，宗教问题解决得妥当与否事关阿里的发展。到阿里就任后，孔繁森对宗教工作进行了调研，当时阿里地区有大小寺庙44座，其中托林寺坐落于札达县城西北的象泉河畔，始建于藏历火猴年（996年），是吐蕃后裔吉德尼玛衮的孙子益西沃为仁钦布译师翻译佛教典籍专门修建的，为古格王国在阿里地区建造的第一座佛寺，1996年被列为国家重点文物保护单位；阿里地区唯一完整的雍仲苯教寺庙为古如江寺，历史上苯教大师真巴南喀曾在此修行。全地区共有僧尼303人。

孔繁森非常重视宗教工作，曾多次走访区内这些宗教场所。1993年5月，专门召开了佛协会议，研究部署对寺庙的管理，在广大僧侣中进行爱国主义和法制教育。在阿里地区召开政协会议期间，孔繁森特意到政协佛协组参加讨论，对广大僧侣进行爱国主义教育、民族团结进步教育和反分裂斗争教育，鼓励他们继承发扬"爱国爱教、护国利民"优良传统，充分发挥宗教界作用，为促进阿里地区经济发展、社会和谐、文化繁荣、民族团结贡献力量。

通过教育引导，阿里地区的各类寺庙长期保持稳定，广大僧侣在利国护民、建设阿里上发挥了积极作用。1994年2月，阿里遭受特大雪灾，很多牧民群众生活陷入困境。阿里地区爱心涌动，积极为灾区人民捐款捐物，在这场自发的捐献活动中，宗教界人士表现得尤为突出。

改则县的麻米寺阿旺洛珠喇嘛是阿里地区佛协委员，一向爱国利民，一生省吃俭用，手头积蓄只有3000元。2月底，孔繁森带着救灾工作组路过麻米寺时，他一定要把这3000元捐给受灾区牧民，他说："我已经念了几天经了，祈求上天消除雪灾，减轻苍生痛苦。这3000元就算我为灾区老百姓尽点微薄之力吧。"

孔繁森十分关心党外人士的工作和生活，真心爱护他们，经常抽出时间到党外人士家问寒问暖，注重发挥他们的作用，鼓励他们积极为阿里的发展稳定出力献策。

西藏自治区党委常委、宣传部部长陈汉昌在阿里督导检查中央第三次西藏工作座谈会精神的贯彻落实情况期间，孔繁森向陈汉昌介绍了许多阿里党外人士与党和人民一条心，为维护祖国统一、增强民族团结、促进经济发展而勤勉工作的动人事迹，孔繁森恳切地说："时间再紧，无论如何也要去看望看望几位享有声望的党外人士。"陈汉昌接受了孔繁森的建议，分别走访看望了丹增旺扎、赤列、平措、洛桑顿珠等党外代表人士，并与他们进行了谈话。从他们的口中，陈汉昌进一步了解到了孔繁森与他们的深厚感情，了解到阿里地委团结带领他们共谋快速发展的昂扬向上的精神状态，他们都说："孔繁森是一位好书记，有了这样的好书记，阿里很有希望。"

在此期间，陈汉昌与孔繁森朝夕相处整整一个月，对孔繁森注重团结，注重调动各族干部的积极性，印象深刻。陈汉昌在《共产党员的本色——回忆与孔繁森同志在阿里相处的那些日子》一文中写道："孔繁森同志作为阿里地委的主要领导，除了自己以身作则外，他始终注意抓一班人的思想建设。他善于全面分析每个成员的情况，注意发挥其长处，对同志的不足，他不是轻易地指责，而是循循善诱，采取引导的方法。他这样做的出发点，是为了从团结的愿望出发，经过提高认识，克服缺点，起到转化的作用，达到在新的基础上的新团结。而这样的做法，有时不易被别人理解。其实，他在过细的工作过程中，既要付出大量的心血，又要忍受不被理解的苦楚，这是很少有人详细了解的。我在阿里期间，他为了借助我的力量，进一步调动一班人的积极性，促进地区党政领导班子的团结，特地建议我在离开阿里之前，找在家的地区党政领导同志一个一个交交心。这其中包含了孔繁森同志多少诚心的期望！多少苦心的安排啊！"

作为地区政协主席，孔繁森不仅始终坚持参加政协各种会议，还就充分发挥政治协商、民主监督作用、协助各级党组织抓好党的建设、维护祖国统一、反对分裂、加强民族团结等内容多次作了重要讲话。孔繁森非常明确地对党外代表人士说："既然是肝胆相照、荣辱与共，就应为阿里的建设出谋划策、贡献力量。"

"共产党的本布拉，亚古都"

阿里是青藏高原本土宗教苯教的发源地，在阿里有一位德高望重的宗教界代表人士——丹增旺扎。丹增旺扎是著名的苯教活佛，藏医学家，全国佛协理事，自治区政协常委、阿里地区政协副主席。丹增旺扎6岁就开始学习藏文化和藏医，16岁获格西学位，用十几年时间写了《苯教源流》等极有学术价值的藏文专著，编写了《阿里历史宝典》《藏医学》《神山圣湖介绍》等著作。

有人说丹增旺扎是打开象雄文化大门的智者、一部活着的苯教宝典，也有人说他是神医，每天除了打坐修行，就是为当地群众看病。他几十年如一日，为阿里的群众救死扶伤、解除病痛，深受当地群众的拥护与爱戴，阿里各族群众亲切地称他为"麦格隆"。"格隆"是苯教僧人戒律级别称谓中的最高级别，"麦格隆"的意思是受过比丘戒律的长者、德高望重的活佛。

苯教活佛丹增旺扎是古如江寺的主持，孔繁森多次到这里考察走访，与活佛一起讨论寺庙的保护和管理、怎样发挥宗教的积极作用。1993年5月初，刚到阿里不久的孔繁森听说丹增旺扎活佛从其所在寺庙古如江寺回到了阿里地区藏医院，一大早就准备好哈达，登门拜访。孔繁森对同去的人员说："这位活佛在阿里影响很大，为阿里地区的局势稳定做了许多工作，令人敬重，一定要团结好他，要注意发挥他的作用。一些事，老活佛出面做工作比我们方便，这等于我们多了一只臂膀。"

丹增旺扎活佛也听说新来的地委书记的口碑和为藏民服务的

真诚，两人一见面就相谈甚欢，从藏医的发展谈到基层的医疗卫生，从阿里的过去谈到现在，从寺庙的管理谈到边疆的稳定……连午饭都忘记了吃。丹增旺扎活佛提出建藏药厂的事，孔繁森当即表示地委、行署一定设法解决。

自此之后，孔繁森与这位宗教界代表人士成了肝胆相照的好朋友。丹增旺扎活佛多次找孔繁森汇报情况、请示工作。孔繁森经常关心丹增旺扎活佛的生活起居，对他嘘寒问暖，支持他发展藏医藏药、整理和保护阿里的历史文化。

孔繁森殉职后，73岁高龄的丹增旺扎活佛不顾年迈体弱和他人的劝阻，一定要亲自赶到孔繁森遗像告别仪式的现场。站在孔繁森的遗像前，他泣不成声……

1995年11月23日，在孔繁森殉职一周年前夕，丹增旺扎活佛用藏文写下深情的怀念文章：

尊敬的孔繁森同志：

您作为我事业上的伴侣与导师，在为党和人民工作过程中结识，并结下了深厚的友情。可叹孔君英年早逝，但是，仅在那段短暂的瞬间里，您给予我的帮助可谓不菲：您衷心地鼓励我出版地区政协编纂的《阿里近代史》一书；解决地区藏医院门诊的办公用房；有关藏医院病房的缺房问题，亦有尽快解决落实之意。为尽快筹办中外合办"冈底斯山藏医学校"给予大量帮助。为落实党的民族、宗教政策，满足僧俗群众信教需要，鼎力支持我做好寺庙工作……

抚今追昔，感慨万千。支持的事情，无论办成与否，我认为并不重要。您时刻为群众着想，奔走呼号，不遗余力，这种精神才是最宝贵的，这正是您将中国共产党的优良传统付诸实际的重要标志。

孔繁森同志安息吧！

尚留人间的我们，为继承您的遗志，为完成您未竟的事业，一定会生命不止，奋斗不息……并尽自己所能工作，我有决心继续为党和人民贡献自己的余生。

11月29日，丹增旺扎活佛又亲自用藏文撰写悼词，代表各界表达对孔繁森的悼念之情：

值此孔繁森同志逝世一周年之际，阿里政协委员会、阿里地区佛协、阿里地区藏医院全体职工、冈底斯山藏医学校全体师生员工谨致悼词：

孔繁森同志，您是老一辈中国共产党人的杰出代表，新一代党员的楷模，十二亿中国人民衷心崇敬的一代贤士！

您将化作金桥，使党和国家与各人民团体间的血肉深情更加深厚。你虽大权在握，且不辞谦逊地广泛接触基层群众……

孔繁森同志，您虽然最富洞悉自己的智慧，然而无论在何时何地您都要不厌其烦地认真分析、听取来自各级各方的批评、建议、呼吁……

孔繁森同志，您视谋取私利、生活腐化的德行如粪土，立志将自己的一切奉献给党和国家及人民的事业……

孔繁森同志，您尽管身居要职，且从不贪图豪华安逸的住房条件、便捷舒适的交通工具，您无暇顾及灯红酒绿的外面世界，一心扑在为人民谋福事业之中……尽职尽责。

孔繁森同志，视中华各族人民为自己的父母兄弟姐妹……谆谆教诲，回响耳畔。

您为党和人民的利益捐躯献身的光辉业绩，正是中华英豪不朽精神的延续，必将激励千千万万个中华儿女……

您那颗精忠为民、高尚无瑕的拳拳丹心，将永驻人间，光照千秋！

尚留人间的我们一定以您那种为党为民鞠躬尽瘁、死而后已的革命精神为榜样，继承您的遗志，追求积极的人生。维护祖国统一、民族团结，建设有中国特色的社会主义，深入揭批粉碎达赖集团分裂祖国的罪恶图谋，旗帜鲜明、立场坚定地维护中央权威和国家主权。

孔繁森同志安息吧。

魂归来兮！

通过孔繁森的言行，丹增旺扎活佛对"共产党"的含义有了进一步的理解。他激动地讲道："我和孔书记有着截然不同的信仰，但爱国护民这一点是一致的，我从心底里崇拜孔书记，也从心底里拥护这样的领导干部。共产党的本布拉，亚古都（藏语意为'这大干部非常好'）！"

丹增旺扎活佛圆寂后，他的弟子楚成平措主持僧务并继承其衣钵。楚成平措至今还清楚地记得活佛与孔繁森的交往经历，现在他把活佛与孔繁森的合影供奉在寺内。2016年，楚成平措郑重地在诵经处用藏文为孔繁森书写了一首颂诗：

他为贫民百姓谋利益，
那慈母般的善良之心，
时刻关注着群众，
而我们却难以做到，
孔书记是阿里人民的骄傲！

孔繁森与广大党外人士肝胆相照，心心相印，是广大党外人士的良师益友，与丹增旺扎活佛的交往和友谊，是孔繁森结交团结民族宗教界代表人士，凝聚力量共同推动阿里发展稳定的一个例证。

党的民族理论践行者

孔繁森有着丰富的民族地区工作经验，对边疆少数民族地区的发展有着独到的见解，平时也十分注意学习。在西藏工作期间，他手边始终带着一本中共中央文献研究室编写的《新时期民族工作文献选编》，闲暇时总要反复翻阅，书中画了不少的红蓝道道，扉页和天头地脚处写了不少读书感想。后来孔繁森从自己丰富的实践经验出发，结合自己对西藏发展的思考，结合对西藏文化历史、对民族团结的认识，以扎实的功底撰写了理论文章《加强民族团结　促进发展和稳定》。1994年10月10日，这篇凝聚着孔繁森心血的理论文章发表在《西藏日报》上。后来，这篇文章获得全国第四届"五个一工程"奖。

孔繁森开篇就从历史发展的角度，阐述民族团结的重要意义。今天我们读来，仍然能够感受到他对这些问题的深刻理解和准确把握：

一、坚持民族平等和民族团结这一马克思主义处理民族问题的总原则和总政策

马克思主义处理民族问题的总原则和总政策是：民族平等和民族团结。我们党在领导中国革命和建设过程中，一贯坚持了民族平等和民族团结的原则，把它作为解决我国民族问题和处理我国民族关系的一项根本政策。

谈及这个问题，我们有必要对历史做一个简单的回顾。

1、自古以来，藏族与国内其他民族在经济文化上的密切交往，促进了西藏的发展进步。

追溯历史，从西藏昌都卡诺文化遗址中可以看出，自从民族社会繁荣时期起，不但青藏高原上的诸部落之间有了广泛的联系，而且跟祖国内地的古代居民也有了初步的往来，当时的以物易物式交换和相互的信息传播推动了古代藏区社会生产力的发展。随着历史的发展，"唐蕃合为一家"，使西藏与中原之间的经济文化联系更为密切。唐朝文成公主和金城公主远嫁吐蕃，都带来了农牧业、手工业、建筑建材等方面的贵重赐品，为提高吐蕃社会生产力起到了一定的推动作用。中原先进的农耕、工艺等技术传

到吐蕃后，茶马互市等民间贸易不断加强，文化交流日益密切，吐蕃兴盛一时。这些，为后来藏区文明进步打下了基础。另一方面，唐蕃的你来我往，在一定意义上促进了唐朝政治、经济、文化的昌盛，增进了各民族的友谊。十三世纪中、后期元朝统一中国，西藏地方正式归为元朝中央政权管辖下的一个行政区域。从此，在统一的多民族祖国大家庭中，西藏人民得以休养生息，为西藏社会生产力的恢复和发展创造了有利条件。

当然，由于社会历史的条件，西藏和平解放前，在政教合一的封建农奴制度下，生产力水平极端低下，人民挣扎在水深火热之中，加之帝国主义势力的入侵，旧西藏长期处于经济凋敝、社会动荡、民不聊生的悲惨境地。

2、和平解放后，在党的民族政策指引下，西藏发生了翻天覆地的变化。

西藏和平解放，驱逐了帝国主义侵略势力，党和政府坚持民族平等、团结，积极帮助藏族和西藏的其他少数民族发展经济和文化，在很短时间内有力地消除了历史上遗留下来的民族隔阂，增进了各民族之间的大团结。这正是我们党把马克思主义关于民族问题的总原则、总政策同我国民族问题的实际相结合，用之于西藏工作的重要成果。

四十多年来，在党的民族政策指引下，在社会主义祖国平等、团结、互助的新型民族关系中，西藏社会生产力得到了进一步的发展，政治、经济、文化发生了巨大变化，各项事业取得了伟大的成就。十一届三中全会以来，党中央根据西藏实际，制定并实行了一系列符合西藏实际的特殊政策和灵活措施，极大地解放了社会生产力，促进了西藏的进一步繁荣和发展。没有国家的统一、民族的团结、党的民族政策和政府的民族区域自治制度，就不可能取得这样辉煌的成就。

……

3、全区各族人民的大团结是西藏事业取得胜利的重要保证。

毛泽东同志指出：国家的统一，人民的团结，国内各民族的团结是我们的事业必定要胜利的根本保证。在当前和今后相当长时期内，西藏工作要充分认识加强民族团结的重大战略意义。加强民族团结，有利于推进社会主义市场经济体制的建立；民族间的合作、交往与共同依存，可以为进一步扩大对外开放，发展外向型经济，促进区内外商品流通和建立商品市场，创造更加有利的环境和条件。加强民族团结，是调整和优化社会主义社会结构、全面提高民族素质和民族地区经济效益的社会基础。

加强民族团结，就全区各级党政组织而言，就是要坚决维护祖国统一，反对任何形式的分裂活动，认清达赖集团的真正面目。在大是大非面前立场坚定旗帜鲜明；加强民族团结，要克服大汉族主义及地方主义，讲团结讲大局讲发展，真心实意地脚踏实地地为西藏的经济发展作出应有的贡献。认真贯彻执行民族区域自治法，培养和使用少数民族干部，加快发展民族地区经济、文化建设，学习、使用和发展民族语言文字，尊重民族风俗习惯，引导民族地区宗教与社会主义相适应，促进西藏的稳定和发展。

在第三部分，孔繁森专门论述了加强民族团结和维护祖国统一。

我国是一个统一的多民族社会主义国家。56个民族在长期的历史发展中，共同开拓了祖国疆域，创造了灿烂的民族文化，各民族人民之间形成了互相依存、荣辱与共的亲密关系。藏族与其他兄弟民族一样，有着光荣的爱国传统，为保卫国家主权和祖国领土的完整建立了不可磨灭的历史功勋。

加强民族团结，维护祖国统一，是关系国家命运和西藏发展、稳定的重要问题。尤其是当前在国际敌对势力和境内外分裂主义分子利用西藏民族等问题加紧对我进攻，妄图破坏中华民族大团结和祖国统一的历史条件下，进一步增强藏汉团结，牢固树立"两个离不开"的思想，显得更为紧迫和重要。

当前西藏政治稳定，人心稳定，社会稳定，民族团结，边防巩固。但是，国际敌对势力和境内外分裂主义分子遥相呼应，互相勾结，鼓吹"西藏独立"。事实一再证明，影响西藏稳定的根源是达赖集团。正如江泽民同志指出的那样："我们与达赖集团的分歧，不是信教与不信教，自治与不自治的问题，而是维护祖国统一和反对分裂的问题。"

我们当前所进行的反对分裂的斗争，实质上是100多年来中国各民族人民同外来侵略势力斗争的继续，而且斗争将是长期的、复杂的。

搞好民族团结，旗帜鲜明地维护祖国统一，不但对西藏的发展和稳定有着极为重要的意义，而且关系着国家的前途和命运。西藏是全国藏族人口最集中的地区，藏族占总人口的95%以上，在藏族广大群众中，宗教的影响根深蒂固，涉及社会生活的各个方面。因此，民族问题和宗教问题始终是西藏稳定与发展总问题的一个组成部分。毛泽东同志早在人民解放军进藏初期就指出："在西藏考虑任何问题，首先要想到民族和宗教问题这两件大事。"1987年6月，邓小平同志指出："中华人民共和国没有民族歧视，我们对西藏的政策是真正立足于民族平等。"江泽民总书记在第三次西藏工作座谈会上指出："做好民族工作和宗教工作，对于维护稳定，促进发展，有着非常重要的意义。因此，无论从事哪方面的工作，都要高度注意民族宗教问题，关心和支持民族宗教工作，使党的民族政策和宗教政策以及国家的有关法律，在西藏的政治、经济、文化等各项工作中，都能得到认真的贯彻和体现。"

在建立社会主义市场经济体制的过程中，随着改革开放步伐的加快和社会结构的变革，西藏民族、宗教工作面临着新的课题。藏族同汉族和其他少数民族之间的交往与合作更加密切，谁也离不开谁。在新的历史条件下，加强民族团结，维护祖国统一，就是要立足全国的改革、发展和稳定，着眼于促进共同繁荣，坚持反分裂斗争，实现藏汉民族的团结、西藏内部各少数民族的团结以及境内外藏族同胞的团结。

孔繁森是这样写的，更是这样做的。尊重少数民族、促进民族团结、维护祖国统一这根弦在他脑海里始终绷得很紧，不但提醒自己做到位，而且也要求周围的干部必须熟悉党的民族政策。

2014 年中央民族工作会议提出民族地区好干部的标准，"民族地区的好干部要做到明辨大是大非的立场特别清醒、维护民族团结的行动特别坚定、热爱各族群众的感情特别真诚"。

2021 年召开的中央民族工作会议上，习近平总书记对民族地区需要什么样的干部，再次给出了清晰的"画像"：坚持新时代好干部标准，努力建设一支维护党的集中统一领导态度特别坚决、明辨大是大非立场特别清醒、铸牢中华民族共同体意识行动特别坚定、热爱各族群众感情特别真挚的民族地区干部队伍。

现在回头看一看孔繁森两次进藏、十年奋斗的光辉历程，他正是民族地区领导干部的榜样，他无愧于党的重托，无愧于各族群众的信任，也无愧于国务院授予的"全国民族团结进步模范"的光荣称号！

二、像石榴籽一样紧紧抱在一起

习近平总书记指出："在中华民族大家庭中，大家只有像石榴籽一样紧紧抱在一起，手足相亲、守望相助，才能实现民族复兴的伟大梦想，民族团结进步之花才能长盛不衰。"

孔繁森以其毕生的奋斗，完美地诠释了中华民族"手足相亲、守望相助"的优良传统。1990年5月23日，孔繁森在参加民主评议党员会时，表明了自己对西藏各族人民的深厚感情：

人生最大的幸福是什么？组织信任，群众拥护，工作胜任，能为他人解决点困难和痛苦，我认为这是人生最大幸福。所以，我为能够两次进藏，帮助西藏同胞做些工作，心里感到由衷的幸福。

作为一个领导干部要体贴人，关心人，理解人，并且要善于使用人。要深入群众，要以心换心、以情换情；要首先理解别人，从小事做起，从自己分管的工作做起，尽自己的最大能力和力量。总之，要下决心为西藏人民作点贡献。

尽管西藏气候是寒冷的，条件是差的，工作是艰苦的，但西藏人民是正直的、热情的，而且感情是十分深厚的。两次发生事故感受到西藏人民的关心。

如今，在全党全国各族人民迈上全面建设社会主义现代化国家新征程、向第二个百年奋斗目标进军的关键时刻，让我们再次把目光聚焦到孔繁森身上来，让我们一起去追寻孔繁森留给雪山的一个个身影，留给雪域高原的那一串串感人肺腑的故事……

最难得者是民心

孔繁森为西藏群众做的一件件好事、实事，增进了各族群众的认同感。他在民族地区竭尽所能做着争取民心的工作，通过为西藏各族群众办好事、谋福祉，把党的温暖和关怀送到农牧民群众身边，使人民群众切身感受到共产党好、社会主义制度好。

1989年5月，拉萨市第五届人民代表大会第三次会议期间，孔繁森参加尼木县代表团讨论，拉萨市人大代表、续普乡尼雪村次仁卓玛在发言中提出："尼木县患大骨节地方病的群众比较多，我也是大骨节病患者。前几年在患区投放药片，让患者服用，起到了预防治疗、缓解病情的作用，但效果不明显。这个建议以前也曾多次提出过，但未能得到解决。"

听完次仁卓玛代表的发言，孔繁森详细询问了情况，说："这是大事，人大代表提出的意见和建议，我们一定要高度重视。以前的情况我不了解，现在我分管这项工作，我一定要到你们尼木县，到续普、续迈两个乡去看看，一定要设法帮助解决这个问题。"在场的代表一起鼓起掌来。

会后，孔繁森立即了解大骨节病发病和防治情况：尼木县大骨节病主要集中在续普、续迈、林岗三个乡的大部分村庄，与克山病（一种以心肌损害为主的地方病，急性病人可迅速死亡）为同一病区，三个乡总人口5900余人，其中大骨节病患者1420人，患病率达23.99%；克山病患者2331人，患病率达39.39%。

克山病研究所于维汉教授1977年曾经来病区调查，确定上述三个乡为大骨节病和克山病区，并制定了在人群中投服亚硒酸钠、维生素C为主的防治方案（亚硒酸钠是当时防治"两病"最有效的药品）。通过投药，大骨节病发病率从31.28%降至23.99%，患者关节疼痛也有所减轻。但彼时由于手段单一，没有对其导致发病的因素进行综合治理，效果不明显，死亡率较高。以上三个乡劳动力匮乏，人民群众生活普遍贫困，极端贫困现象严重，基本解决温饱问题的户数还不到一半；贫困问题加重了患者病情的发展，贫病交加，形成恶性循环。

初步了解到以上情况，孔繁森的心情沉重起来，肆虐的病情折磨着群众的身体，也牵动着孔繁森的心。

1989年6月的一天中午，孔繁森匆匆赶到尼木县，想要尽快摸清"两病"基本情况和患者病况。心疼孔繁森车马劳顿，尼木县委书记蒋明安提出先休息，下午汇报县里的情况，第二天再去续普、续迈乡的工作安排。孔繁森说："在市人代会上，听了你们的发言，对当前的工作大致有所了解，不听汇报了，先下去调查。把两个乡群众患大骨节病的情况摸清、搞准，好向自治区汇报。"简单吃过午饭，孔繁森一行就向续普乡赶去。

孔繁森与蒋明安带着续普乡党委书记扎桑一起开车走访续普乡河东、尼雪等几个村。有的村分布在安岗河西面海拔4000多米的河滩沼泽地带，车辆不能通行，得过河步行10多公里路才能到达。孔繁森不顾胸闷气短、呼吸困难等高原反应，坚持亲自去探望那里的患病群众。孔繁森一村一村地走、一户一户地看，与群众促膝交谈，查看患者病状，询问病情，并做了详细记录。

到了尼雪村二组，拉萨市人大代表次仁卓玛见到孔繁森到来非常高兴，指着孔繁森用藏语说："你说话算数，过去有的领导也说来看看，结果是光说不来。"一席话说得大家都笑了。一会儿，二组在家的群众拖儿带女，男女老少都赶到了次仁卓玛家房前的空地上，地里干活的群众也赶了过来，不大工夫就来了40多人。年长的桑布大爷高声地喊："我要看一看有菩萨心肠的共产党的大本布拉（藏语意为'大干部'）。"孔繁森对大爷说："我这次来是专门调查大骨节病的，请相信我，我一定设法帮助解决。她（指次仁卓玛）是人大代表，她的意见我不重视不行，她代表的是老百姓，必须办理！"

座谈完，不知不觉就到了晚上8时多，次仁卓玛提来一壶青稞酒让大家喝，不胜酒力的孔繁森也喝了一大碗。离别时，群众送了一程又一程，直到安岗河的小木桥边。过河后，孔繁森一步一回头地向群众挥手致意。在车上孔繁森动情地对蒋明安说："多好的群众啊！我们没有理由不为群众排忧解难。为官一任，如不为群众办几件实事、解决几个问题，就对不起党组织的重托，有愧于群众。"

回到续普乡政府，已是深夜，孔繁森一行想起白天慰问看望患者的情景，心里很难受，都无心思吃饭，只喝了几碗酥油茶。喝茶时孔繁森对续普乡党委书记扎桑说："今天大家都累了，不听汇报了。看了患病群众被病痛折磨，我心里不是滋味，我一定促成这件事尽快解决。作为领导，不关心群众疾苦，不为群众排忧解难，不是好领导。"

第二天早上，孔繁森草草吃了早饭，与扎桑书记和其他乡干部告别后，前往续迈乡。

续迈乡大骨节病发病严重，这里的农牧民大都患有大骨节病，有老人、孩子、妇女，也有青壮年人：严重者腰椎变形，成了"对虾"，突兀的骨节像枣木疙瘩似的；有的下肢萎缩，爬着走路；有的瘫痪在床；有的成人患者身高不过1米，肘、指、膝关节变形，行走呈鸭型步态，半丧失或丧失劳动能力，田间耕作还得雇人，生活过得很艰辛；还有的重症病人夜间关节疼痛难忍，有人甚至用绳子把自己捆起来以减轻疼痛……

孔繁森在续迈乡党委书记、乡长白玛格列陪同下逐家逐户走访查看，发现安岗村的仲雪组最为严重，28户中有20户人被严重病痛折磨。特别是格桑曲扎、卓玛群宗、措姆、次朗杰等4户23名患者，他们都居住在河滩沼泽地，房子又矮又黑，终年潮湿，必须低头进门。孔繁森见患者们个子矮小、行走十分吃力，这个山东大汉不由得流下了眼泪。

一天半的走访查看，孔繁森掌握了大量的第一手材料，心中有了数。在回县城的路上，他心情沉重地说了一句"担子不轻啊！"好像是在自我加压。

在随后的日子里，孔繁森把解决大骨节病、克山病等地方病作为大事一直挂在心头。他多次调度卫生、防疫等职能部门，走访请教专家，下乡看望患者，通过各种渠道积极向上级汇报、呼吁，争取支持。

大骨节病、克山病病因和防治是一个医学难题，孔繁森安排有关部门和专业人员对"两病"病区三个乡进行了广泛深入的联合调查。

为了确定饮用水和"两病"的关系，首先要化验水质。有一次，孔繁森带队到病区水源地取水样，取水样的地点海拔5000多米，当时大家都说派个熟悉地形的当地工作人员去取水，然后拿来化验就行了。孔繁森表示一定要自己亲自爬到山上采集水样。

经过深入细致的病区调查，结合现代医学理论和病区的患者现状，初步认定"两病"是在同一因素作用下发病的，土壤中缺硒，水中镁、钙、硫酸根离子含量偏低以及粮食被酶菌污染是重要的原因。同时，环境和生活条件对疾病的影响也非常大。据续迈乡的干部群众反映，该乡有14户住在潮湿的地方，不但人人患病，而且病重；而住在高地干燥保暖好的25户，除1人患病外，其他几乎看不出有病。病区三个乡农牧民生活水平比较贫困，主食糌粑，嗜饮酒，很少吃绿叶蔬菜，无水果，饮食比较单调；发病率较高的续普乡人均生活水平低于续迈、林岗。在同一地方，生活富裕的人家基本不得病。续迈乡沙龙村，系半农半牧区，肉、奶类食品相对多一些，虽说同饮一水源，却没有人发病。

孔繁森在工作笔记中记录了自己当时调研的情况："尼木县续迈乡。大骨节病发病率21.02%。有一名妇女，30多岁就进了敬老院。续迈乡小学，学生170人，教员12人，6个班。学校1979年办的，学生患大骨节病的比较多，几乎大部分都有。从仁布来的一户，头三年没事，三年后又得了大骨节病。续普乡尼雪村，88户，487人，427人服药，症状减轻，没有治愈的。"

在扎实细致的前期调研基础上，孔繁森多次向自治区有关部门奔走呼吁，引起上级重视关注。1990年12月30日，由全国政协委员、自治区人大常委会副主任生钦洛桑坚赞，全国人大代表、自治区人大常委会副主任郎杰带队，卫生厅、财政厅等有关方面负责人和医疗专家参加的视察组对尼木县大骨节病、克山病发病情况进行视察。视察组冒着严寒，于清晨抵达尼木县。

孔繁森和拉萨市的领导陪同视察组看望了病区三个乡的250多名患者，亲眼看到病区有的患者发育受阻，骨节变大畸形；有的孩子骨骼异常发展，走路摇摆，行动不便；大多数患者属于残疾状态，部分或完全失去劳动能力。视察组的领导和专家还注意到，病区主要分布在安岗河两岸，患者家庭的住房大都矮小简陋，大多贫病交加，生活难以自理，无力发展生产。

现场考察后，当天下午召开了防治"两病"现场办公会，会议由孔繁森主持。会议决定以尼木县为突破口，痛下决心防治"两病"，实行人力、财力、物力上的倾斜，取得经验后向全区推广。要求自治区、拉萨市成立地方病防治领导小组，制定规划，落实措施；财政、计划物资、民政部门要克服困难，想病区群众之想，从财力、物力上加大对"两病"防治工作的支持和保证；卫生部门要从人力、技术、医疗设备及药物上向病区倾斜，切实担负起防治"两病"的具体责任。

参加会议的卫生厅厅长说，一定把防治"两病"作为卫生系统义不容辞的大事来抓，尽可能向尼木县倾斜。财政厅厅长表示：看到"两病"折磨群众很难受，财政部门把经费花在防治"两病"上，值得！愿意拿大头。

会议强调，各级政府和有关部门要狠抓一个"干"字，先抓一个"水"字，落实一个"防"字，贵在坚持。会议一直开到晚上8时才结束。

根据这次现场办公会的要求，孔繁森带领拉萨市和尼木县拿出了关于综合治理尼木县续迈等三个乡大骨节、克山病的方案，主要措施为：

一、在病区大力进行健康教育，宣传"两病"防治知识，搞好保暖防潮防护；改变饮食结构，注意饮食的多样化，特别是生长发育期的营养调剂；按照医嘱按时服用亚硒酸钠和其他药品；掌握自我保健知识。

二、改善饮水卫生（据水质分析：病区钙、镁、硫酸根离子含量分别是13.95mg/L、2.80mg/L、5.84mg/L，明显低于非病区31.50mg/L、9.59mg/L、22.72mg/L），须在各自然村打深井，以增加钙、镁、硫酸根离子和硒的含量。全面铺开有困难，建议先打5个30—40米深井（分散的自然村要逐步相对集中），每个井预算8万元、共40万元。

三、建议交换部分口粮，每人每年216斤（每月18斤）×5700人口，共计120万斤，每年需20万元。

四、为治疗现症病人，计划在续迈乡建一所综合防治所。

1. 建门诊及病房200平方米，每平方米造价260元，共计5.2万元。

2. 建太阳能藏药浴室一座（分设男女浴盆各1个）。

3. 装备小型X光机、心电图机、小型发电机以及病床、常规医疗仪器等。

4. 每年购药（亚硒酸钠、维生素C、大型液体以及常规藏药西药药品）15万元。

5. 聘合同制乡村医生4人，县医院派医生进行技术指导，市防疫站配合进行科研。

6. 为诊所配手扶拖拉机一辆（接送病人用）。

现场办公会的效果让孔繁森特别高兴，一个阶段以来的奔波终于有了结果，折磨群众多年的顽症有了具体可行的解决方案，压在孔繁森心里的石头落了地。孔繁森在12月30日现场会当天的日记中，深有体会地写道：

一、现场办公会是成功的，解决问题是实际的，对解决三个乡的大骨节病是有了希望的，按照群众的话说是神仙下凡，灾难解除。

二、工作要上去，干部要下去。下去干什么？了解群众疾苦，帮助解决实际问题，宣传党的方针政策。

三、办法。感谢卫生厅、财政厅的意见，同意洛嘎市

长的意见。成立短小精干班子，搞调查，定方案，可行性
报告。

会后，自治区有关部门拨专款60万元，解决患区群众饮水、
增加医疗设施、搬迁等问题。为了把现场办公会的决定落到实
处，1991年1月22日，孔繁森带领相关人员冒着凛冽的寒风，
再次来到尼木县续普、续迈乡，连续两天现场办公调研，督导
治理工作。孔繁森白天四处奔波，查看患病情况，了解患者疾
苦，落实改善群众生活、解决饮水等问题的具体措施，想方设
法加快治水、迁居等工程进展，晚上召开座谈会，倾听群众心
声，研究解决防治过程中的难点堵点。通过孔繁森深入细致、
扎实有效的工作，在各有关部门的共同努力下，治理大骨节病
的工作取得了明显成效。

安岗村仲雪组病情严重的格桑曲扎、卓玛群宗、措姆、次
朗杰等4户患者，率先住进了由政府出资盖的石木结构藏式新房
（当地群众住的都是土坯房）。续迈乡在卡布拉山半山腰找到了可
作为人畜饮用的泉水，在山腰修建了一座钢筋水泥的80吨压力水
池，续迈乡一组59户379人及乡驻地喝上了山泉水……

这三个乡的大骨节病、克山病的防治取得突破以后，孔繁森
举一反三，对解决地方病和缺医少药问题进行了深入系统的思
考，1991年2月1日，他在墨竹工卡县视察工作时强调：

怎样解决当前的地方病和缺药问题。（一）认真搞好

调查，要有数据，并找出规律性的东西。自治区领导准备向中央汇报，采取多种办法。（二）当前要解决的问题，一是温饱，二是缓解痛苦，三是要给群众做好宣传工作。（三）解决缺药问题的办法，在上级没有彻底解决的情况下，一是管好药，二是集中部分资金，三是采集中草药。（四）解决缺医的问题。（五）要抓计划生育，抓爱国卫生教育。

当前需要注意的问题。（一）深入基层，急群众之所急，想群众之所想，办群众之所办，要为群众排忧解难。（二）藏历年的物资准备供应工作，重点是五保户、困难户。（三）注意做好拥军工作。

经过孔繁森坚持不懈的努力，在各级领导和部门的关怀帮助下，病区群众住到了干爽的地方，喝到了安全放心水，治疗大骨节病、克山病这个老大难问题得以破题解决。

当搬进新居的农牧民喝上甘甜的井水时，当他们认为"非神仙下凡而不能解决"的灾难解除时，都念念不忘为他们奔波操劳的孔繁森和党的干部，感恩祈祷声中满怀对共产党的感激之情！

药箱里装满民族情

孔繁森生前使用过的一只药箱，历经岁月沧桑，现作为国家一级文物，陈列在中国共产党历史展览馆中。这只药箱长33厘米、宽15厘米、高21厘米，斑驳破损的背带和箱体静静地向参观者述说着孔繁森"把自己的一切献给这块土地，献给勤劳勇敢的西藏人民"的铮铮誓言和情系西藏人民的民族情怀，传递着穿越时空的震撼人心的力量。

孔繁森年轻时曾在济南军区总医院当兵，聪明勤奋的他跟着"老延安"徐诚等专家学习医学知识，懂得一些医术。1979 年 4 月，他第一次来到青藏高原的岗巴县，高原地区地广人稀、缺医少药的现状和农牧民的疾苦，深深触动了他。彼时，高原地区农牧民的平均寿命比较短，农牧民一旦患病，因路途遥远、医疗水平差等因素，得不到及时治疗，往往小病拖成大病，甚至被病魔夺去生命。孔繁森把所见所闻放在心上，趁回家休假时，给徐诚主任焦急地讲述了岗巴落后的医疗状况。徐诚给了他一个药箱，此后，孔繁森就背着这个药箱为藏族群众诊病送药。这个药箱伴随着孔繁森走遍西藏的牧区草原、雪山峡谷。当地藏族群众亲切地称赞："书记恩木机（医生）亚古都（好）！"

孔繁森下乡工作或调研，常常带着药箱和听诊器。出发前，他都用自己的工资购置药品，装满药箱，就像一个行走在雪域高原的乡村"赤脚医生"。工作结束后的空余时间，孔繁森身边便围拢一群等候看病的农牧民，他总是一丝不苟地听诊把脉、发药，直到药箱空了为止。

阴法唐将军和爱人李国柱回忆说："孔繁森的小药箱精神是老西藏精神的传承。当年十八军进藏，每次下乡时都会从卫生队领取一些防治高原病的常用药，送给那些藏族老乡。"

人命关天，西藏各族群众的健康和生命，就是孔繁森心中比天还要大的事。这个药箱，就是孔繁森传承老西藏精神的具体行动，就是他为人民服务的个性化的符号和特征。

在岗巴县昌龙乡蹲点期间，孔繁森白天带领群众劳动，晚上就背着药箱走村串户给群众看病，最多时，一晚上要跑十多里路。为提高岗巴县医疗水平，孔繁森积极出面联系，送岗巴县人民医院的两名藏族大夫到聊城地区人民医院进修学习。孔繁森给院长写信，请求他一定安排好这两名进修大夫的工作和生活。这两名藏族医生进修结束回到岗巴，一下子就成了医院的骨干。

在拉萨工作期间，孔繁森更是为数以千计的群众看过病、送过药。孔繁森总是说，看到群众患病得不到及时医治，于心不忍啊！孔繁森常常用自己的工资去购买药品，这到底用去了他多少工资，连他身边的工作人员也不清楚，只能粗略地说，孔繁森送给困难群众的钱和买药的钱大概占工资的三分之二。1990年春节，孔繁森按照组织要求，回山东住院治疗因车祸而造成的伤病，返藏后，妻子王庆芝才发现家里6060元的存款只剩下了60元——钱都让他买成药带回了西藏。

一次，孔繁森在堆龙德庆敬老院给一位叫旺姆的老人查病时，发现老人肺部有感染症状，心脏也不好，忙从药箱里取出消炎药和止咳药，帮助老人服下后，却怎么也没找到治疗心脏病的药。回到拉萨，孔繁森立即买好了药，派人送到了旺姆老人手中。

1992年，崔建勇陪同孔繁森到尼木县考察的途中遇到紧急情况，一位藏族老人肺病发作，肺部有大量浓痰，浓痰堵住喉咙，怎么咳都咳不出，眼看就要窒息，生命危在旦夕。情急之下，孔繁森打开药箱，迅速拔下听诊器的软管，插进老人的喉咙里，帮老人吸出浓痰。就这样，堵塞在老人喉管中浓浓的血痰，被他吸了出来。老人慢慢地苏醒过来，孔繁森又赶忙给老人服下了消炎药，等安排好治疗的事项后才重新出发。

"孔市长当时告诉我，生命有时就是一口痰的问题，一口痰能把人卡死，抽出一口痰也能救一条命。"崔建勇后来追忆这段往事时说。吸痰这件事，即便是专业的医生，即便是亲生子女，恐怕也未必有多少人能做到，可是孔繁森做到了，而且面对的是一位陌生的藏族老人。

担任阿里地委书记后，这个药箱又随着孔繁森来到了"世界屋脊的屋脊"。下乡所到之处，常常还会出现那样温馨的场景：在草地上，在帐篷里，在羊圈旁，孔繁森席地而坐，身边围坐着一大群等待看病的群众。

阿里地区日土县过巴乡，是个只有500人的偏远贫困乡，自然条件恶劣，1993年深秋传染病流行。孔繁森得知这个情况，在陪同自治区工作组前往考察时，自备了一箱药品。群众见孔繁森来了，呼啦一下就围拢过来，一点也不陌生。孔繁森没有来得及吃口午饭、喝口酥油茶，打开药箱就开始看病，一口气看了40多人，直到日落西山药箱空了，才与群众告别，临走时还一个劲儿地埋怨自己：带的药太少了，太少了！

1994年5月，革吉县亚热区突发传染病，孔繁森放心不下前去察看。一进亚热区，他看到有兄妹俩病情相当严重，口鼻出血，气息奄奄，再不及时抢救，就会有生命危险。孔繁森毫不犹豫地将两个孩子抱到自己车上，大声喊着："快！立即送地区医院抢救。"患病的兄妹俩得到及时治疗。在两个孩子住院期间，孔繁森多次带着食品去看望他们。孩子的母亲感动得泣不成声，她说："孩子的父亲刚去世不到两个月，假如两个孩子也死去了，我活着还有什么意思？孔书记真是我们全家人的救命恩人啊！"

1994年9月19日，《大众日报》援藏记者魏武，搭乘孔繁森的车去阿里采访，途中目睹了孔繁森给藏族牧民看病的情形：

> 9月23日来到改则县，孔繁森决定到这个县的北部察布区，去看看群众的生活。这个区与藏北无人区接壤，海拔5000多米，是阿里有名的贫困区。由于道路颠簸难走，甚至有的县领导也未到过这个区，而孔繁森在一年多的时间内却已去过五次，这个区的大部分群众都认识了他。在一个牧民点，群众知道孔繁森懂医术，便纷纷排起队来，请孔书记看病。孔繁森不厌其烦地为病人搭脉、发药，从下午5点一直到晚上8点，直到一大包药品发完才结束。一算这半天共看了20多个病人，孔繁森的胳膊都累得抬不起来了。当从察布区赶回县城时，已是凌晨1点钟了。

由于孔繁森下乡带药箱的频次很勤，在西藏10年间前后使用过多个药箱。

一直陪伴在孔繁森身边的药箱，不仅应急治疗了许多西藏群众的疾病，同时，也通过一种特殊的方式，把党的温暖送到了茫茫草滩上的帐篷里，送到了正受疾病折磨的藏族同胞身边，也迅速拉近与群众的距离、增进了民族感情。

孔繁森也深知，群众缺医少药的问题不是一朝一夕就能解决的，一只药箱的作用是有限的。他在西藏工作期间，想方设法地抓医疗卫生网点建设，改善乡村医务人员待遇，大力发展藏医藏药等工作，把关心人民疾苦、改善当地的医疗条件，作为自己的职责。

孔繁森身背药箱的形象，是在西藏特殊的自然社会环境下，西藏群众当时缺医少药的状况形成的特殊需要。如今，随着西藏地区这些年的发展，"医药箱"里早已清空了医疗条件落后的遗憾，却始终满满装载着生命至上的初心和浓浓的民族感情！

三、大爱温暖雪域高原

爱，是促进民族交流交往交融中一个永恒的主题。

"一个人爱的最高境界是爱别人，一个共产党员爱的最高境界是爱人民。"这是孔繁森的境界感，也是他从奉献大爱的实践中提炼出来的人生真谛。

全心全意为人民服务是我们党的根本宗旨，也是孔繁森精神的本质所在。孔繁森同志之所以被誉为党员领导干部的楷模、民族团结的典范，之所以深受各族群众爱戴，根本原因就是他心里装着人民，真心实意地为群众办事。

如今，当我们站在铸牢中华民族共同体意识的背景下，来审视孔繁森矗立在雪域高原上的丰碑，那爱心描绘的壮美画卷，那真诚写就的动人故事，无不向世人诉说着这样一个事实：孔繁森留在雪域高原上的足迹，都是对这"大爱境界"的实践。

"忠孝"思想，升华成民族之爱

孔繁森用为民服务、无私奉献的感人行动，让植根于齐鲁文化的"忠孝"思想，在雪域高原得到了升华，升华成伟大的民族之爱。他常说的一句话是："来到西藏，我就是西藏人民的儿子。不能在家孝敬自己的父母，就把西藏老人当作自己的父母孝敬吧！"

孔繁森多次真诚地对拉萨市民政局局长群旦说："西藏的老人就是我的老人，西藏的孩子就是我的孩子。哪有儿女不孝敬老人、父母不爱孩子的？……明天，我去敬老院看一看……"从此，拉萨市的敬老院和福利院便成了孔繁森常去地方。

拉萨市8个县区共有55个敬老院，孔繁森在短短几年内跑了48个。每次到敬老院，他都自掏腰包，买上罐头、衣服、药品、收音机等送给老人。有的敬老院孔繁森经常去，敬老院的老人们都认识这个"大本布拉"，并盼望着他的到来。一次，敬老院一位老人病了，恰巧院里的汽车出了故障，孔繁森听说后，把老人背上自己的车直奔医院，看病、化验、打针……孔繁森背着老人忙了整整一个上午，医生护士都以为这忙前忙后的中年汉子就是老人的儿子。

去县乡工作，哪怕是只能抽出一会儿的工夫，孔繁森也要到敬老院去看看。彼时敬老院的设施简陋，老人们的生活条件也比较差，当看到老人们穿着单薄、没有保暖的衣服时，孔繁森经常把自己的棉衣毛衣脱下来送给这些老人。

有一次，天气非常寒冷，跟随孔繁森的警卫员崔建勇问："把衣服都送走了，你穿啥？"孔繁森说："看到这些老人就想起自己的老人了，心里头很不是滋味儿。看到这些老人受冻，就考虑到自己的老人在家是不是也会这样，所以就把毛衣棉衣都脱给他们。"

孔繁森节假日或空闲时间去看望敬老院的老人，就像去看望自己的父母一样习惯和自然。工作人员永远记得那个隆冬的早晨，孔繁森冒着寒风来到拉萨市堆龙德庆县桑达乡敬老院，发现琼宗老人的鞋子破了，脚被冻得又红又肿，便心疼地把老人的双脚抱在自己的怀里。第二天，孔繁森又托人给琼宗老人送去了一双新棉鞋，感动得老人泪流满面。不久，他又给敬老院的老人们送去了半导体收音机，接过孔繁森自己掏钱买的收音机，老人们的眼睛湿润了，一个叫旺姆的老人激动地对孔繁森说："还是新社会好哇！要是在解放前，像您这样的本布拉（藏语意为'干部'），连见都见不到呀！"

有一次，孔繁森到拉萨市林周县阿朗乡敬老院看望孤寡老人。走进一个房间，孔繁森看到一位藏族老阿爸的脚因烫伤溃烂发炎了，便打开随身携带的药箱，为老人擦洗涂药，然后用纱布把老人的脚裹好，还把自己穿的灰色风衣脱下来，披在老人身上。临走时，孔繁森又掏出身上仅有的30多块钱塞到老人手里。老人感动得直掉眼泪，口中不住地念叨："活菩萨，活菩萨！"

一个晴空万里的星期天，吃过早饭，孔繁森便骑上自行车，背着自己的那个药箱，带着为老人们买的水果和奶粉，来到了位于拉萨市郊的市福利院。

已经是第几次来这里了，连孔繁森自己也记不清了。院长巴桑是位藏族中年妇女，调来时间虽不长，可已多次接待过这位市领导。孔繁森把手里的塑料兜递给她，说："你把这些东西分给老人们。这些老人不容易啊，受了半辈子苦，他们没儿没女，咱们就是他们的儿女，把他们照顾好，也算尽了咱们的一份孝心！"

说话间，孔繁森又挨屋查看起老人们的吃住和身体状况。当他来到一位叫贡觉的老波拉（藏语意为"老大爷"）床前时，心头为之一震。听旁边的人介绍说，这位70多岁的老人，眼睛看不清东西，是刚从乡下转到这里来的。看到老人身上那单薄的衣服，孔繁森立即脱下自己身上的外套送给了老人。然后，他把老人换下来的脏衣服拿到水盆旁，和福利院的工作人员一起，为老人洗起衣服来。

看着孔市长那熟练的洗衣动作，在场的人都十分感动。触景生情，他们想起了孔繁森曾多次讲过的那番话："党的阳光，党的温暖，党的恩情，这些字眼不能只限于报刊电视荧幕上，而要我们每一个党员干部去一一兑现，要用我们这些人一点一滴的实际行动，给老百姓办实事，办真事，解决他们的实际困难，证明党的干部是真正为人民服务的。"

几天后的一个上午，孔繁森突然接到了巴桑院长打来的电话，说是福利院新来了31位孤寡老人，因户口都还在附近8个县区的农村，没有城市户口证明，解决不了平价粮问题。

孔繁森立即拨通了市粮食局局长的电话，要对方想办法解决福利院急需的 3000 斤平价青稞问题。直到有了回音，孔繁森才放下心来。

孔繁森工作无论多忙，都始终挂念着敬老院的孤寡老人，想方设法抽出时间去看望他们，给他们带去一些慰问品，还给他们看病、检查身体。敬老院的老人们如果几个月未见到他，心里就会惦念着他，到处打听，"孔市长怎么好长时间没来看我们了？"

拉萨市委宣传部的一位干部说过这么一件事儿。他到医院去看望住院的孔繁森，走进病房没有看见人，出来的时候，在走廊里看到孔繁森搀扶着一位藏族老阿妈在看病。原来，堆龙德庆县敬老院的一位老阿妈，得知孔繁森住院了，急得她拿着鸡蛋就去医院："我一定要去看看呀！"当孔繁森接过老阿妈手中的鸡蛋，双眼湿润了，多好的藏族老阿妈呀！可细心的孔繁森也发现老阿妈的双眼已被"白云"遮住了，一只眼睛一点儿也看不见，另一只眼睛也不太好使。孔繁森立即带老阿妈去找医生检查，并对医生说："手术费我来出。"

孔繁森第二次进藏后，妻子王庆芝放心不下，一直想着去拉萨看望丈夫。1989 年 7 月，王庆芝带着放暑假的小女儿孔玲上了路。从来信中知道拉萨那里吃不上新鲜蔬菜，于是，从成都登机前，按照每个乘客 40 公斤行李的上限，王庆芝买了一大堆蔬菜，还特意挑选了几颗大白菜，带上了飞机。到了拉萨，一看到下班回到家的孔繁森，不到一年的时间，又老了许多，王庆芝心疼得掉下泪来。

一个星期天的早上，刚刚从高原反应中缓过劲儿来的王庆芝，拿出辛辛苦苦从成都带来的菜，想着给丈夫包他最爱吃的白菜肉馅儿包子。看到王庆芝准备包包子，孔繁森说多包点儿，再蒸两锅馒头。和面、调馅每一个环节，王庆芝都用足了心思，蒸出来的包子又暄又香。这充满家乡味和仪式感的包子，孔繁森没舍得多吃，而是让王庆芝装好，再拿上老乡来看王庆芝时送来的两个大西瓜和营养品，说是带她们娘俩出去转转带在路上吃。

可是出了市区，孔繁森就带着王庆芝和孔玲径直来到了拉萨市南面20多公里的堆龙德庆县桑达乡敬老院。之前，孔繁森自己去过多次，这次他要带着妻子和女儿一同去看望那里的老人。

孔繁森一家人把带去的包子、馒头和西瓜等，送到藏族老人们的手里。敬老院里的老人们一个个脸上笑开了花。孔繁森还让王庆芝和女儿一起同老人们合影留念。王庆芝看见老人们吃西瓜时，几乎把瓜皮都吃了，孔繁森低声说："这里的生活太贫穷了。"见此情景，心地善良的王庆芝的眼睛也湿润了，她一下子理解了孔繁森为什么一直牵挂着这些无依无靠的老人。随后，王庆芝把自己身上新买的一件上衣脱下来给了一位衣着破旧的藏族老阿妈。

出了敬老院，孔繁森又带着她们去了几所学校。孔繁森经常安慰王庆芝说："用我们一家人的苦，换西藏群众的甜，值得！"

1990年8月30日，孔繁森又一次来到桑达乡敬老院。听到汽车的发动机声，66岁的德庆旺姆老人已迎到了门口。见到孔繁森，老人指着柜子上放着的彩色照片，高兴得不知从何说起。这是孔繁森给她拍的照片，也是她这辈子第一次拍这样的彩色照片。这时，琼宗、措姆听说孔市长来了，也纷纷来到德庆旺姆老人的房间。孔繁森一一给老人检查了身体，并把带来的药送给老人们。午饭是在旺姆老人的房间里吃的。旺姆拿出了糌粑，其他老人也都拿来了自己攒下的好吃的东西，大家围坐在一起，有说有笑，好似一个欢乐的家庭聚餐。

这些老人虽不太懂得"市长"的真正含义，但他们知道，孔繁森是个菩萨心肠的"大本布拉"。每次去敬老院，孔繁森总是带上自己那个装满各种药品的药箱，带上老人们喜欢吃的东西。旺姆老人的疾病，琼宗老人的身体，一直挂在孔繁森的心中。老人们也想着他，隔一段时间不去，老人们就惦念着，为他祈祷，为他诵经。

到阿里任地委书记以后，孔繁森又把这种做法和习惯带到了阿里。

一次下乡，在札达县的一个草场上，他走进了一座帐篷，里面有两个女孩和一位老人，正围坐在那里织牦牛线绳。孔繁森和他们交流，司机担任翻译。老人见新任的地委书记来看望自己，趔趄着想站起来，可咳嗽声一声连着一声。孔繁森赶紧掏出听诊器，给老人进行检查，发现老人患有气管炎，便立即给老人服了药。临行前，孔繁森将自己的一件衣服脱下，披在了她的身上，同时给两个孩子留下一些饼干、面包和方便面。

1993年5月下旬，孔繁森去普兰、札达调研，路过噶尔县门士区，看到路边草滩上有几间土坯房，听说那儿住着两位80多岁的五保户，便停下车走了过去。他推开门，借着微弱的光线，看见一位藏族老阿妈有气无力地靠在墙上。他随手摸了摸放在地上的口袋，糌粑不多了；又摇了摇一旁的酥油茶壶，也快空了。他又转身走进另一位孤寡老人的家，阿里的5月份天气还挺冷，只见老人生着病，蜷缩在地上。孔繁森给随行的人说：“你们去车上，把药箱背下来，把车上带的所有吃的都拿过来，通知区里的领导马上过来。”他把下乡带的准备路上吃的烙饼、罐头等，一点没剩地都给了两位老人，然后把药箱打开，给老人看了病，服上药。区里的领导过来以后，孔繁森对区里的干部说：“我这次去普兰、札达，估计也就半个来月。我给你布置一个任务，尽快给老阿妈做个草垫子。”一边说着一边比画着要多厚。“马上把区里卫生所的医生叫来，给老阿妈好好检查治疗一下。我返回来以后要检查。”同行的同志回忆，因为把吃的都给了两位老人，他们路上就找老百姓家去吃饭，群众家里往往只有糌粑和干肉，很多同志吃不惯。有时候跑大半天也找不到人家，还要挨饿。孔繁森本来肠胃就不好，因为饮食不当和道路颠簸还加重了他的病情。

后来孔繁森他们完成工作任务返回时，又来看望老人。区里按照孔繁森的要求，把草垫子给老人做好了，生活上又做了一些照顾安排，两位老人的精神好多了。从那以后，孔繁森经常去看望老人。即便工作忙抽不开身，隔一段时间也要托人给这两位孤寡老人捎些钱、食品和衣物。

有一天，地委副书记才旺桑珠受孔繁森之托给两位老人捎东西时，发现其中的一位老人刚刚去世。回到狮泉河，才旺桑珠将这件事告诉了孔繁森。孔繁森听后半天没有说话，从他那面部表情，不难看出他心中的悲伤。

此后，孔繁森对另一位健在的"阿妈啦"丹增更加关心。1994年5月初，自治区副主席次仁卓嘎率领的工作组到阿里指导抗灾，前往普兰路经噶尔县门士区，途中，孔繁森的车拐到路边一户低矮的土屋前停下，孔繁森对次仁卓嘎副主席说："这里有个老阿妈，是个孤老，我去看一下就走。"然后，孔繁森抱起一大包烙饼、罐头等食物，亲切地叫着"阿妈啦"，推开屋门走了进去。次仁卓嘎副主席和工作组的同志也一道跟着进去，孔繁森赶忙向老人作了介绍。老人从来没见过这么多的"大本布拉"，激动得说不出话来，拉着孔繁森的手只是一个劲儿地笑。孔繁森把东西放下后，又掏出100元钱给老人，说："我前一阵子忙着去灾区，没顾上来看老阿妈，今天正好路过，来看看。"

孔繁森殉职后，记者去采访了这位孤寡老人，得知孔繁森去世的消息，80多岁的丹增老人哭得像个孩子，两只手始终在挽着头上的围巾，试图把它系在头上，手抖得厉害，怎么也系不上。丹增念叨着孔繁森对她体贴入微的照顾，一再地说："他像父母一样。"记者以为是自己听错了，问她："你的意思是不是说孔书记对你像自己的父母，他像你的儿子？"老人马上更正："不是，他是我的父亲，我是他的儿女。现在我的父亲去世了，我的福没了，我的依靠没了。"她还说，"以前汽车一响，我就往窗口看，看看是不是孔书记又来看我了。现在孔书记没了，汽车再响也没用了。"听着老人这些话，在场的人都唏嘘不已、眼含热泪。

　　孔繁森，这位浸润着中华传统忠孝思想的远近闻名的大孝子，不能为远隔几千公里的老母亲尽孝，却把自己的孝心，放在了西藏老人的身上。他殉职后，他挚爱的质朴善良的藏族群众同样回馈给他的老母亲发自内心的孝敬。

　　在狮泉河举行的孔繁森悼念仪式结束之后，阿里人的怀念仍绵延不断。噶尔县小学师生捐款1400多元给孔繁森的老母亲，还附了一首诗。阿里地委副秘书长刘明接过那一毛两毛、一块两块凑起来的捐款，建议改捐给"希望工程"。可这些藏族师生说："这是专门捐给孔书记的老母亲的。孔书记对我们藏族老人这样孝敬，我们也该孝敬他的母亲，无论如何要捐给她。"刘明只好把这些捐款用牛皮纸封装好，郑重写上"献给奶奶的心"，连同那首诗，转给了孔繁森的儿子孔杰，并动情地转告了师生们那句发自肺腑的话。后来，孔繁森的妻子王庆芝还是把这些钱捐给了希望小学。

　　孔繁森至真至诚的孝心孝行感动着西藏的老人，也深刻地影响带动着更多的人，孝的美德在高原上流传得更广更深。由此，中华优秀传统文化得以在各民族之间巩固、升华。

　　这就是孔繁森。他把优秀传统文化中的"忠孝"上升为民族之爱！

三名孤儿，一份跨越民族的大爱

　　这是一个大家都熟悉的故事，也是每一次提及都触动心灵的跨越民族的亲情故事。

1992年夏天，拉萨市发生多次地震，继7月底尼木县发生地震后，8月17日凌晨4:16，墨竹工卡县羊日岗乡和玛江热乡等十几个乡又发生里氏5.6级地震，造成部分房屋倒塌，砸伤少数农牧民群众，砸死少量牲畜，毁坏数万斤粮食。震灾引起了自治区和拉萨市的高度重视，18日上午，孔繁森率拉萨市慰问队迅速赶到地震现场，察看灾情、安排群众生活、指挥抗震救灾。在羊日岗乡齐马卡村，孔繁森看见几个衣衫褴褛、骨瘦如柴的孩子，村里的干部告诉他，这姐弟几人都是孤儿，母亲生下老小贡桑后不久，得头疼病去世了；贡桑3岁的时候，父亲得肺炎也去世了。这几个孩子靠乡亲邻居照管和周济，今天在这家吃点儿，明天到那家吃点儿，这次地震让他们的生活更加困难。

孔繁森看着眼前的情景和孩子们无助的眼神，心中充满了同情和爱怜，反复嘱咐村干部照顾好这几个孩子。没过多久，孔繁森再次来到这里，这几个孩子依然生活无着。当时曲印7岁、贡桑5岁，孔繁森拿定主意，干脆自己收养他们，先把已到入学年龄、最需要照料的曲印和贡桑小兄妹俩送到县中心小学读书。

孔繁森先找到县中心小学校长白玛占堆，把专门从拉萨给孩子们带来的被褥床单、洗涮用具交给他，然后赶到距县城驻地50公里的羊日岗乡，给乡领导安排部署抗灾工作后，又将收养孤儿的计划，向乡领导通了气，和曲印、贡桑的姐姐哥哥们商量。

吃过午饭，孔繁森和拉萨市驻羊日岗乡工作组的同志一起，冒着小雨前往仲达村察看群众房屋受损及救灾措施落实情况。回到乡里，曲印、贡桑兄妹俩已被接了过来，孔繁森再次见到了自己心里一直放心不下的孤儿，连忙把从拉萨买来和衣服给他俩换上。曲印的姐姐当时已经15岁了，也跟着弟弟妹妹来到乡里，离别时抱着他们哭了。孔繁森给曲印的姐姐交代说："先把他们送到县里上学，这个事不能耽误。过几天我再把他们带到拉萨。"

孔繁森把曲印、贡桑送到墨竹工卡县中心小学，将两个孩子的生活费交给白玛占堆校长，嘱咐校长照顾好两个孤儿的生活学习。

后来，孔繁森得知学校里还有一名孤儿——12岁的曲尼，家住墨竹工卡县唐家乡三村，5岁时父亲去世，8岁时母亲去世，他又一起收养了曲尼。

孔繁森在繁忙的工作之余，经常带着衣服和学习用品，从拉萨到学校来看孩子，有时自己来不了就派司机来。每月孔繁森按时送来生活费，让白玛校长为孩子改善生活、增加营养。

白玛占堆回忆说："有一次孔市长来看孩子，不仅留下了240元钱，还有些学习用品，同时，专门察看了贡桑和曲印的床铺。为了让孩子们休息好，我给他们打了个上下铺的床，曲印在上铺，贡桑在下铺，新被子是孔市长亲自买的。孔市长每次来看望孩子，都嘱咐他们要好好学习，听老师的话，做一个品学兼优的好学生。有时，他还很认真地检查他们的作业！"

没过多长时间，孔繁森把他们接到了拉萨。

1993年1月，曲印对前来采访的记者说：

> 1992年国庆节前夕，爷爷去墨竹工卡把我们接到拉萨，让我们过了个欢乐的节日。
>
> 圣地拉萨，对我们来说真是个天堂，那么多高楼大厦，那么宽的马路，那么多穿着鲜艳衣服的人们，还有那

么多汽车……爷爷为给我和妹妹洗澡,专门到一个大宾馆包了一间房子,买了两套新衣服。我和妹妹身上都很脏,爷爷给我们洗了一遍又一遍,连洗了三遍才罢手。

爷爷给我和妹妹换上新衣服,让我们坐在床上玩,还买了一大堆水果和饮料,妹妹没喝过饮料,问爷爷:"这是什么呀,爷爷,这么甜?"爷爷说:"这是椰子汁。椰子树长在海南岛,好远好远的地方,那里有大海,椰子树很高很高,结的椰子像西瓜那么大,这是那果子里的汁……"小贡桑没命地喝啊喝啊!喝了一听又一听。我打开一听给爷爷喝,爷爷不喝,说:"给你们买的,爷爷不喝!"说着,爷爷又把我们换下来的脏衣服拿到水池里洗起来,有大半天的时间,才一件件地洗干净,晾出去……

第二天,爷爷领着我们去逛公园、文化宫啦,卡拉OK啦,我们坐滑梯,乘转轮,爷爷又给我们照相,看我们玩得高兴,他也高兴地笑着。

他每天晚上还要为我和妹妹洗脚,并嘱咐我今后要讲卫生。我的小妹妹由于白天喝饮料太多,每天晚上都尿床,爷爷天天都要晒被子。爷爷待我们比亲生儿女都要亲,他比我们的亲阿爸还要亲……

警卫员崔建勇想起当时的情景,说:"孩子接过来,先是搞卫生,衣服当时买的新的,换之前得洗澡。那个大点的还可以自理。俩小的我们一人一个给这两个孩子洗澡。因为太脏了,光洗澡就洗了三四次。换上新衣服,一看小孩挺精神。然后开始洗衣服，洗了多遍，用了一袋多洗衣粉才洗干净。我问他，您图啥呀，忙乎半天，今天这一天都放到这上面去了。他往那一坐说：'想家。我跟你说小崔，我也有三个孩子，两个女儿一个儿子，刚好这也是两个女儿一个儿子，看见他们我心里就踏实。'这种感觉也许一直萦绕在孔繁森的心头，所以才有了他的那句格言：'西藏的老人就是我的老人，西藏的孩子就是我的孩子。'"

孔繁森有三个亲生的孩子，但他两次进藏工作，没有时间陪伴照顾他们，他心里总感到欠了孩子们什么。自从收养了这三个孤儿以后，那千般爱、万般疼就全部倾注到了他们身上。

副市长的工作是非常繁重的，又要工作，又要带孩子，辛苦和劳累可想而知。晚上，工作了一天的孔繁森回到家，先要给孩子们做好饭菜，然后再教他们读书认字。夜里，就和孩子们挤在同一张床上。那时，曲印和贡桑都还小，睡觉时还时常尿床，孔繁森总是及时地不厌其烦地换洗床单被褥。节假日只要有空，孔繁森总要带孩子们去商店、逛公园，给他们买衣物，陪他们玩，就像对待自己的亲生儿女一样。

孩子们刚来的时候常常从睡梦中惊醒啼哭，孔繁森就一次一次地安抚他们。孩子们爱吃凉粉，他经常骑自行车出去给他们买。带着孩子到朋友家做客，孔繁森怕孩子认生吃不饱，就不停地给孩子们叨菜喂他们，自己都顾不上吃。孩子们学习跟不上，他就手把手地教……有一次，家里给孔繁森打电话，小女儿孔玲得知自己的爸爸正忙着给尿床的孩子换褥子，羡慕嫉妒得都哭了。

一天深夜，曲印突然肚子疼得"唉哟，唉哟"叫个不停。孔繁森从睡梦中惊醒，他爬起来给曲印吃了药，可还是不行。孔繁森着急了，背起孩子直奔医院，整整忙了一夜，直到第二天早上才疲惫不堪地回到宿舍。

孔繁森收养三个孤儿的消息传开后，拉萨市市长洛桑顿珠十分钦佩：一个孤身一人的汉族干部，抚养三个藏族孤儿，政务繁忙不说，光经济负担也受不了啊！于是，洛桑市长找到孔繁森说："把曲尼留给我照管吧，你太累了！""我行。"孔繁森十分不舍。洛桑顿珠市长又多次劝说。孔繁森明白洛桑市长的好意，终于答应将年龄最大的曲尼"过继"给洛桑市长抚养。洛桑顿珠说："孔繁森同志是个重感情的人，他把三个孩子中的老大交给我时，都掉泪了……"

1993年4月，孔繁森去阿里赴任之际，两个孩子的去留问题使他犯了难。去吧，阿里的自然条件、生活条件、教育条件都比不上拉萨；不去吧，把两个未成年的孩子留在拉萨，他确实不放心。说实话，就连三个亲生孩子也没让他这样惦念过。犹豫再三，他还是决定把两个孩子带在自己身边，转到阿里地区驻地狮泉河镇的噶尔县小学上学。

事情往往不像想象得那么简单。那么大的一个地区，那么多的事情，那么一种自然条件，孔繁森就是有三头六臂，也有干不完的工作。深入基层，一去就是十几天。孔繁森下乡回不来的时候，只能托朋友、同事帮着照顾孩子；再加上前藏与阿里的方言各异，孩子们的学习一度落在了后边，身体也远不如在拉萨时那样健壮，这件事一度成了孔繁森的一块心病。

　　思前想后，孔繁森决定把孩子们送回拉萨。谁来照料孩子呢？孔繁森想起了曾经和自己一起在拉萨照料孩子的警卫员、现已在林周县公安局工作的崔建勇。于是孔繁森自进藏以来第一次也是唯一一次向组织提出了个人的要求：把崔建勇调到拉萨工作，以便照顾两个孩子。1994年6月，孔繁森趁到拉萨集合去北京参加中央第三次西藏工作座谈会之机，把两个孩子带回拉萨，托付给崔建勇照顾。

　　在20世纪90年代，孔繁森月工资只有几百元，他自己的生活十分俭朴，去敬老院看望老人购买礼物、下乡给生活贫困的群众送钱送药总是很慷慨，往往不到半个月，工资就所剩无几；现在又平添了三个孩子的开支，生活上更加拮据。但是孔繁森既不愿意向组织伸手，又不忍心看着孩子们受委屈，于是，孔繁森至少先后三次化名洛珠，悄悄来到西藏军区总医院血库献血。

　　1993年春的一天，孔繁森又一次悄悄来到西藏军区总医院血库，要求献血。护士看着他那已经斑白的鬓角，婉言劝道："你这么大年纪了，不适合献血"。

　　孔繁森连忙恳求说："我家里孩子多，负担重，急需要钱，请帮个忙吧！"

　　护士见孔繁森如此恳切，只好同意了他的要求。

　　殷红的鲜血从孔繁森的体内缓缓流进针管。这是一位共产党员的鲜血，从一位日夜操劳的领导干部的血管里流出来的鲜血！就这样，用这900毫升鲜血换来的900元补助，给孩子们改善生活。

孔繁森在抚养两个藏族孤儿身上付出的精力超过了自己的亲生子女。就在他去世的前两天，还从新疆打来电话询问孩子状况，并向孩子们许愿：回来后，带你们去文化宫逛夜市、买小吃……

孔繁森的心血没有白费。如今，两个孩子都已经走上工作岗位，也组建起自己幸福的家庭：曲印参军复员以后分配在拉萨电视台工作；贡桑南京大学毕业后回到西藏，在自治区文化厅工作，还嫁给了一个汉族小伙子，续写了藏汉民族团结友爱的故事。

"老吾老以及人之老，幼吾幼以及人之幼。"孔繁森，这位从齐鲁大地走上雪域高原的共产党人，把儒家关于人伦的至高思想完美地诠释在祖国边疆民族地区。孔繁森是一个远近闻名的大孝子，也是一个时时牵挂自己孩子的慈父，但他知道，西藏更需要他，西藏的老人和孩子更需要他，自己别无选择，只能把对自己老母和儿女的爱深深埋在心底。共产党人的理想信念，让他的情和爱得到升华。他把对自己老母亲的一片孝心献给了西藏千千万万个老人，把对孩子的挚爱投射到西藏的孩子身上。他自己常讲的那一句话说得明白："西藏的老人就是我的老人，西藏的孩子就是我的孩子。"

孔繁森感人至深的抚孤恤贫事迹成就中华民族一家亲的千秋佳话。孔繁森以其对各族群众真挚深沉博大的爱，成为中华民族优秀传统文化的继承者、推动中华民族共同体建设的卓越的践行者。

四、抗击暴雪生死情

我们党根基在人民、血脉在人民。党的百年历史，就是一部践行党的初心使命的历史，就是一部党与人民心连心、同呼吸、共命运的历史。

孔繁森对西藏人民怀有深厚感情和强烈责任感，始终把人民挂在心头、念在心里。尤其是面对暴雪灾害考验时，更是同农牧民群众站在一起，想群众之所想，急群众之所急，哪里最危险，哪里最艰苦，就出现在哪里，以大无畏的精神一直顽强奋战在抗灾救灾第一线。

当五十年一遇的暴风雪袭击阿里高原时，当牧民群众因饥寒交迫、损失严重而失去信心茫然无措时，孔繁森挺身而出，在他的动员部署和带头号召下，阿里地区各级党员干部浴"雪"奋战，他们来到受灾藏族牧民身边，送去救济粮款，也送去党的温暖和战胜灾害生产自救的信心。共产党人"为人民服务"的宗旨信念在暴雪肆虐的严寒中如火如炬，党员干部在舍生忘死的抗灾救灾中和各族群众结下感天动地的生死情谊。

"有党和政府在，再大的灾害也压不垮我们"

1994年的春节前，孔繁森在深入乡村慰问群众的过程中，觉察出天气的异常，预测到下步群众生产生活可能会发生困难。

那几天，阿里的气候有些反常，像是在"焐雪"。地委、行署的领导们都绷紧了弦，孔繁森心里尤其着急。他坚守在狮泉河，密切关注着天气的变化，不间断地同各县联络。

2月15日开始，阿里高原上鹅毛大雪从天而降，铺天盖地，山川、原野被厚厚的大雪覆盖。狂风裹挟着大雪，掩埋了草场、农田、帐篷和房屋，阻断了道路。

凛冽的寒风，把一份份灾情报告传到狮泉河。从2月18日开始，告急的电话好似一把把重锤，敲击着孔繁森的心：

改则县告急：积雪50厘米，最厚的地方已达80厘米，大雪覆盖了草场，暴风扫光了山脊上的草根，牲口没吃的，因冻饿而死的羊、牛、马已达69525头（只、匹）。

措勤县告急：全县已有十几个区、乡被暴风雪吞没，牲口已死亡61677头（只、匹）。有两个区的21名群众冻伤。

革吉县告急：大雪仍在下着，饥饿的牛羊已成批地死亡，存栏量天天都在下降。

日土县告急：因接连十几天没有草吃，一些牧村已出现了羊吃羊的现象，怀胎母畜已开始大量流产，幼畜根本无法成活。

　　其他几个县区也在告急：生活困难的牧民已陆续开始断粮、断炊，因冻饿病倒的牧民日渐增多。

　　至2月20日，阿里地区受灾的有19个区71个乡，有两个县道路中断。阿里基本上属于高原牧区，因前两年久旱不雨，牧草本身就长势不良，大多数牲畜因缺草而膘情差。在如此大的暴风雪面前，牲畜没有抵抗力，很快就因冻饿而死。部分牧民把自己吃的口粮拿出来喂了牛羊，受灾农牧民被大雪围困，断粮或马上断粮的户数越来越多。

　　灾情危急，刻不容缓，孔繁森立即召开阿里地委、行署紧急联席会议，部署抗灾救灾工作，指示各县"一定要把群众的情绪稳住，团结起来同灾害做斗争，尽量把损失减少到最低限度"。会议决定：地委和行署组成3个工作组，由孔繁森和行署专员洛桑旦达、副专员白玛欧珠分别带领，立即深入各县组织抗灾救灾。同时要求各县也紧急成立工作组，奔赴受灾的牧区。

　　联席会议一结束，孔繁森就带着工作组一头扎进暴风雪中，赶赴受灾严重、生活贫困的革吉、改则两县。

　　2月25日，由孔繁森带队的工作组来到海拔5300米的革吉县亚热区。亚热区所在的革吉县南部多发雪灾，北部多发旱灾，常有"十年九灾"的说法。碰上这种特大暴风雪的极端天气，对人民群众的生命健康及财产的威胁非常大。1913年藏历火兔年亚热区遭遇大雪灾，不少牧民冻饿而死，牲畜损失严重，雪灾之后仅剩下7个人、8头牛。抗灾救灾的压力非常大。

在亚热区雪灾现场，革吉县次旺县长汇报，两天前他去亚热区罗玛乡，看到这次雪灾群众损失严重：该乡4个村，马死亡34匹，牛死亡536头，羊死亡3133只。曲仓乡一个作业点的4户牧民受灾尤为严重：及美嘎桑家，小畜310只，死亡113只；牛25头，死亡21头。卡多家，牛存栏20头，死亡12头。次旺家，牛存栏15头，死亡13头。

亚热区委副书记嘎玛青绕说："曲仓乡在神山（冈仁波齐峰）后边，海拔5800米，受灾比较严重。""曲仓共两个村，雪最大的地方到膝盖，平均35厘米。二村15户，其中13户牲畜死得差不多啦。""一村冻伤群众8人，其中3人起不来。目前死人的现象还没有出现。二村13户要求搬家，要求钱买牛，每头牛600－800元。需要解决油料，搬家转场。解决困难户的口粮，按去年的供应，受灾后群众思想比较乱。"

罗玛乡乡长顿珠汇报说，"连续下三天大雪，牲畜主要是冻死、饿死"。"从23日到今天，又死了十头牛，以后可能死得更多，主要是没草吃。"牧民缺衣少粮，"零下近30度"，还有"小女孩穿一件衬衫"。

走入灾区，眼前的情景，让孔繁森既震惊又痛心：被藏族牧民视作命根子的牲畜大片死亡，还有一些在雪地里挣扎、呻吟；有的农牧民把自己的口粮用来喂牲畜，许多牲畜饥饿得咬啃倒毙的同伴尸体；受灾群众的生活也陷入困境，部分已经出现了断粮的状况。灾区大雪围困中的人民群众及牲畜、处境极端困难。孔繁森好像听到了整个阿里高原都在暴风雪中呻吟。

面对如此危重的灾情，孔繁森向全地区发出了"先保人，后保畜"的抗灾救灾要求，部署地区、县、区各级干部深入灾区牧业点，深入到受灾牧民群众中去，并层层建立抗灾救灾责任制。

面对或跪地哭泣或倚门叹息神情沮丧的农牧民，孔繁森亮开嗓门，大声给他们鼓劲："别怕，有党和政府在，再大的灾害也压不垮我们。我们一定尽力帮助大家渡过难关，恢复生产！"

"越是边远贫穷的地区，越需要我们为之去拼搏"

2月26日，听取革吉县及亚热区领导的汇报，孔繁森得知海拔5800米的亚热区曲仓乡是全地区海拔最高的牧业点，多户藏族牧民受灾严重，群众情绪波动比较大，坚持亲自去以上两个村查看灾情，慰问群众。孔繁森他们骑马，顶风冒雪不顾零下30度的严寒，忍受剧烈高原反应，冒着生命危险赶往受灾最重的几个村。孔繁森走家串户看望救助受灾群众，帮助他们解决实际问题，一项一项地研究落实牧民转场、买牛等要求。孔繁森照例又掏出身上所有的钱，一点不剩地全部给了这些茫然无助的牧民，受灾群众感动得眼泪盈眶。

孔繁森一直工作到凌晨2点，强烈的高原反应加上极度严寒，剧烈的高原反应让孔繁森感受到死亡的威胁，他写下了交代后事的"遗书"。那一夜，不知道孔繁森到底怎么熬过来的，第二天他又奔波于抗灾救灾的第一线。那封不是遗书的"遗书"，被孔繁森用行动和生命永恒书写在了阿里高原的雪域之巅！受灾的牧民们感念孔繁森奋不顾身的救助，从那之后，亚热区就传唱着这样一首民歌，歌词大意是："亚热受过重雪灾，老百姓饥饿寒冷，这时候孔书记来了，他给我们带来温暖和力量。总有一天亚热会富裕起来，那一天我们赶着牛羊，盼望孔书记的到来。"

孔繁森奔波于受灾牧民的帐篷间，绞尽脑汁想尽一切办法、调动一切资源去救助他们，竭尽一切所能帮助受灾群众。顾不得休整，刚刚经历过生死考验的孔繁森又立即踏上了去改则县的艰难路程。

2月27日下午，孔繁森一行到达改则县康托区。孔繁森了解到康托区有两个乡11个村，全区364户1841人，牲畜91229头（只、匹）。两乡牲畜死亡1664头（只、匹），幼畜已产6000头（只、匹），成活率只有一半。已断粮10多户40多人。

暴风雪仍在肆虐，孔繁森带领的工作组所到之处视野范围内都是呼啸的寒风与白雪，深深的脚窝转眼间便被风雪填平了。经过的路途和牧民家中呈现出一幕幕悲凄的景象：气息奄奄的老羊已被大雪埋住了大半个身子，想挣扎着站起来，可动了几下，已力不从心了；饥饿的幼羔不懂得母羊已到了生命的尽头，仍吮吸着妈妈那干瘪的奶头……帐篷旁边的草滩上，不知什么时候死去的牛羊，横七竖八地堆在雪地上。

孔繁森走进一座帐篷，女主人见到孔繁森他们，一下子就失声痛哭起来。一问才知道，她正为死去14只羊而难过。牲畜是牧民眼中的精灵，是他们全部的生活来源。没到过阿里高原的人，很难理解牧民对牲畜的感情：有的牧民宁肯自己饿着，也要把仅有的一点青稞面去喂那些嗷嗷待哺的羊羔。

在另一座帐篷里，孔繁森见到忍饥受寒的老阿妈和两个用羊皮袄裹着的孩子。他先给老人进行了检查，诊断老人已患感冒多日，两个孩子也都冻病了，便分别给他们服了药。看着挨冻的牧民，孔繁森的眼睛湿润了。他用手捂住脸，强忍着不让眼泪流出来，转身回到越野车上，脱下了自己的一套毛衣毛裤，送给了那位老阿妈。老阿妈伸出已经冻僵的双手，接过那还带着体温的毛衣，嘴唇颤抖着久久说不出一句话。

在零下30度的极寒天气里，孔繁森毫不犹豫地把毛衣送给更需要它的受灾群众，这是多么伟大的爱民情怀和崇高的大爱境界！

深夜，孔繁森回想起牧民们看着牛羊一片一片地冻死、饿死，眼神里满是无助和悲伤的画面，一个共产党人的责任感在他的胸中翻腾。他起身在工作笔记中写下了这样一段掷地有声的誓言：

> 我们共产党员，无论在哪里工作都是党的干部。越是边远贫穷的地区，越需要我们为之去拼搏、奋斗、付出。否则，我们就有愧于党，有愧于党。在边远贫穷地区工作，说一万句空话，不如去做一件实事。

哪里灾情重他就出现在哪里

2月28日，孔繁森来到改则县麻米区，对全区的受灾情况进行了详尽的走访调研。全区6个乡17个村民委员会698户3195

人，牲畜存栏数171681头（只、匹）。因缺草和这次暴风雪，冻饿死的牲畜越来越多。如果灾情继续发展，定昌乡、古建乡牲畜可能要死光，这两乡1017人，要重新买牲畜，按每人25头计算，需要资金130万元。下一步要消灭醉马草，开荒种草……5个乡，牧民要定居，盖房子需要500万元。全区适龄儿童700名，上学的只有10名。

孔繁森在工作笔记上详细列出调查中了解到的这个区的受灾情况：

	存栏	死亡	死亡率
定昌乡	26351头（只、匹）	5988头（只、匹）	22.72%
罗玛乡	23736头（只、匹）	3426头（只、匹）	14.43%
荼措乡	20193头（只、匹）	4099头（只、匹）	20.30%
古建乡	30885头（只、匹）	6038头（只、匹）	19.55%
拉泰乡	47244头（只、匹）	3022头（只、匹）	6.40%
古昌乡	22772头（只、匹）	3871头（只、匹）	17.00%

3月1日，孔繁森带领工作组在改则县听取了仓珍县长的汇报：从1993年12月以来，牲畜死亡69525头（只、匹），大牲畜死亡率9.2%。群众共计损失1135.4860万元。全县牧民人均损失796.22元。全县总人口1.5049万人，牧民1.426万人。人均收入250－300元、牲畜25－30只的一般困难户339户1680人；人均收入250元以下、牲畜25头以下的特困户297户1150人。再有15－20天时间，主要特困户将出现断粮的情况。全县想方设法筹措救济粮款和物资，共发放给群众救济款10万元，粮食15.7万斤，茶叶2000斤，汽油5吨，药品价值7万元。

听过抗灾救灾工作汇报，孔繁森肯定班子团结，工作深入，成绩显著；干部有事业心、责任感，和群众心连心；抗灾工作安排得当，抓得有力。同时，对下一步工作做出了清晰明确的部署安排。

3月2日，上一场大雪刚停了没几天，抗雪救灾工作正在紧张进行的关口，一场更大的暴风雪又降了下来，很多地方积雪厚达80厘米。

当天，孔繁森冒着暴风雪又赶回受灾最重的革吉县，听取扎西县长汇报的抗灾救灾情况和1994年工作思路的汇报：全县雪灾严重的有5个乡，亚热区的曲仓乡、罗玛乡、江玛乡；邦巴区的申多乡；雄巴区的洛玛乡。全县牲畜总数595986头（只、匹），从1993年10月至1994年2月20日，牲畜共死亡61677头（只、匹）；今年2月8日以来，牲畜大量死亡。县里已拿出6万斤粮食救灾，其中5.1万斤已发放下去。地区的救灾款9.5万元，加上县里的6.1961万元，共计15.66万元。受雪灾严重的几个乡，因为牛死亡较多，造成转场困难。亚热区542户中178户没有牛，帮助群众买牛，每户1头，共支出12.4万元。邦达区公前乡断粮户多，如果不赶快救助有饿死人的危险。孔繁森对救灾工作提出如下要求：

第一，明确任务，统一思想，分工负责，深入基层，和群众一起搞好救灾。第二，措施要得当，方法要灵活，重点突出。第三，启发鼓励群众、干部自救和互救。第四，树立抗大灾、救大灾的准备。第五，发动干部职工，深入调查研究，和群众同甘苦、共患难，共同渡过难关。第六，写出可行性报告。第七，通过灾情搞好对群众的教育。

就这样，孔繁森连续在风雪严寒中奔波了几天几夜、慰问救助了几十户牧民，走遍了这两个县的每一个重灾点，一路察看，一路组织抗灾。

3月5日，匆匆从抗灾一线赶回来的孔繁森，来不及休息，一早就召集地委、行署联席会议，汇总三个工作组抗灾情况，研究各县灾情，对抗灾救灾工作进行再部署再落实。

白玛欧珠副专员带领的工作组2月24日出发到日土县，跑了4个乡5个村。全县牲畜死亡2.5万头（只、匹），占牲畜总数的8.3%。今年幼畜流产1万多头（只、匹）。死亡最多的是德汝乡，占91%。过巴乡三村最贫困，人均牲畜17只；现在没粮食，欠口粮1.8万斤。

洛桑旦达专员率领工作组去了噶尔、札达、普兰三县。札达县达巴乡积雪平均60厘米，有的地方雪深2米。霍尔乡、巴嘎区牲畜平均死亡率10%以上。噶尔县门士乡和索多乡雪大，牲畜死亡率12%。噶尔县牲畜死亡率14%，普兰县牲畜死亡率12%，据推测，如果灾情继续蔓延，牲畜的死亡率可能要超过一半。目前各级干部积极抗灾救灾，抗灾指挥部一直成立到了乡里。地区、县里的救灾物资也分发到了基层。

地委副秘书长李玉建汇报了陪同孔繁森赴革吉、改则县调查灾情、救助群众的情况。

从各工作组汇报的情况来看，这次50年一遇的雪灾灾情十分严重，畜牧业损失巨大。2月15日至3月2日，在半个月的时间里，受灾的19个区71个乡，死亡羊54.4万只，牛4万头，马2000匹，幼畜42万只，直接经济损失达8212万元。部分贫困户生活困难、存在断粮现象，如果不采取坚强有力的救助措施，灾情将进一步加剧蔓延。

听取汇报后，孔繁森说："灾情发生后，各级干部积极响应地委的号召，深入一线，调查研究，情况明，决心大，措施得力，体现了党的关怀、政府的关心，体现了一方有难、八方支援。下一步要进一步统一思想，提高认识，明确任务，采取更加有力的措施，以经济工作为重心全力以赴投入抗灾救灾工作。要更加充分地发动群众，树立抗大灾的信心。"

会议决定：地区财政挤出70万元，专项用于抗灾救灾；成立7个工作组，由地区领导孔繁森、赤列、仁青、白玛欧珠、嘎玛、贵桑、拉穷任组长，分赴各县带领各级干部群众抗灾救灾；要求各县也相应成立工作组，深入到乡村、牧业点和受灾群众中去。

会后，孔繁森立即带领工作组，又一头扎进了积雪最厚的札达县灾区。

《阿里报》对这次救灾工作组的情况进行了即时报道：

新春伊始，一份严酷的灾情报告急匆匆地摆在阿里地委、行署各位领导的面前：去冬今春，札达县连降大雪，境内平均积雪厚度达八十厘米，部分区、乡村及札达至狮泉河的公路交通中断。截至二月二十日的不完全统计，全县共计有180户400人缺口粮、茶叶、食盐等生活必需品，全县牲畜死亡2万多只，死亡率高达20%以上。由于连续几年的干旱无雨，加之风雪灾害，目前札达县的灾情还在发展，潜伏的灾情将持续两三个月……怎么办？一个沉重的问号也同时在各位领导的心中升起。

3月6日，中共阿里地委书记孔繁森率队，在札达县委、县人民政府负责同志的陪同下，深入札达各受灾点，详细了解调查灾情，看望慰问受灾群众。调查走访中，孔繁森书记一边深切地询问灾区群众的生产生活情况，一边告诉群众"党和政府一定会尽全力帮助你们摆脱困境。与此同时，你们要采取积极措施，抗灾自救，力争把灾害的损失减少到最低限度"。历时15天的时间，工作组驱车行程1500多公里，骑马、徒步行程近百公里，看望灾区群众200多户1400多人，发放救灾款11260元，发放各种药品价值14000元。及时地缓解了灾区群众生产生活的困境。

穿过岁月的烟云，让我们从孔繁森的工作笔记和当事人的回忆中，一起追寻当时风雪严寒中孔繁森慰问救助受灾牧民奔波忙碌的身影。

3月7日，孔繁森到达香孜区香孜乡七里村，走访救助15户受灾群众，这个村灾情较重，全村牲畜1600头（只、匹），死亡600头（只、匹），母畜流产率50%。

7日晚上赶到夏朗村牧业点，这里共有5户牧民，牲畜存栏

2406头（只、匹），死亡1000多头（只、匹）。孔繁森给这5户牧民分发了救济款。接着，召集札达县县长、香孜区香孜乡党委书记坚赞、村长白玛和藏族牧民群众坐在一起，了解灾情，倾听他们的要求，研究救灾办法。

3月8日，赶到札达县玛朗大报牧业点、热布加林乡色噶村和西谢村，察看灾情，发放救灾款。

3月9日，到达香孜乡七里铺村，走访了受灾严重的十几户牧民，详细了解受灾情况，救助困难群众，记下了村长多布杰提出的建设15—20公里网围栏的要求。

晚11点，与香孜区委书记旦真确典，区长多吉，副区长欧珠多吉、江错座谈，共同研究救灾物资筹措与发放、灾后重建项目等工作。

3月10日，由于连续高强度工作、风餐露宿和高原反应，孔繁森腹泻瘫倒在床上，经过简单的治疗后，不顾随从人员的劝阻，拖着病体，坚持走访慰问香孜村的3家困难户，看望香孜区全国劳动模范次仁顿珠。听取香孜区工作情况汇报，召开香孜区干部会议，要求大家：提高认识，统一思想，全力以赴投入抗灾工作；抗灾工作措施要得力，方法要得当，工作要深入，把灾情损失减少到最小程度；教育干部群众灾情给我们带来的教训，总结经验，表彰先进，树立商品和市场经济的观念，克服惜杀、惜售的观念；认识草场建设的重要性；表彰抗灾救灾的先进单位和个人。

3月11日，在深入一线详尽掌握灾情、广泛倾听受灾群众要求、慰问救济群众后，孔繁森听取札达县其美县长关于灾情和抗灾工作的汇报。听完汇报后，又赶往札布让区东嘎乡，调查东嘎村、培杨村受灾情况，发放救助款。

3月12日，与札布让区委书记巴顿、副区长班久一起，走访慰问托林乡三村、玛朗村，看望困难户，发放救济款。

3月13日，在托林乡波林村、卡孜村、札布让村走访慰问困难户，调研灾情和牧业生产。

3月14日，孔繁森带领工作组赶到灾情严重、交通阻断的达巴区。

途中大雪堆路，孔繁森就领着大家用铁锹挖开，实在不通车的地方就骑马前往，马爬不上去的地方就牵着马走。山高路险，他一步一喘，实在走不动了就趴在马背上歇一会儿继续走，饿了就吃糌粑、啃方便面，渴了就抓一把雪团吃。当时跟随孔繁森到灾区的阿里地区电视台记者李新国，在孔繁森殉职后不久，回忆起那时的情景仍历历如昨：

"当时受灾最严重的札达县达巴区连交通都中断了。这时候，心急如焚的孔书记执意要下到达巴区去检查灾情。我的任务就是随同孔书记采访灾区情况。后来在中央电视台播出的孔书记挖雪、倚在马脖喘息、就着雪团吃方便面、给牧民看病、查看灾情等等镜头，就是我当时拍下的。我很欣慰能为孔书记留下了这些珍贵资料。"

当时，平地的积雪已到了50多厘米，途中又遇到了一个20多米长的大雪堆横在道路上，"挖掉它！"孔繁森说着，就操起军用铁锹下车带头挖了起来。

"后来在札达县边防连官兵帮助下，采取两头往中间挖雪的办法，终于清除了道路上的积雪可以上路了。孔书记非常高兴，当场表扬了边防连。接着我们一行骑上达巴区委派来接应我们的马朝着达巴区出发了。"

3月15日，孔繁森听取达巴区委书记班登、区长普穷的汇报，逐一了解了全乡19户贫困户的具体情况，询问他们的困难和要求。

3月16日，孔繁森骑马到达巴区达巴乡一村。

李新国回想起当时途中的情景时说："上坡下坡都必须下马步行，还得牵着马（特别是孔书记格外爱惜马，他总是担心自己身高体壮，每到上坡时坚持步行，唯恐路上把马压坏了）。加之十来个小时的长途跋涉，累得不行便没有了声音。这时候，一手拄木棍，一手牵着马，走在队伍前头的孔书记突然放开洪亮的嗓门唱开了'说句心里话，我也想家，家中的老妈妈，已是满头白发。说句实在话，我也有爱……'歌声在空旷的原野上飘荡，生动的歌词、特有的意境，加上孔书记那字正腔圆的歌喉，是那么强烈地感染着我，鼓励着我，我知道这是孔书记在用革命的乐观主义感召大家，提高我们克服困难的勇气。"

经过艰苦跋涉到达目的地后，孔繁森一刻也没有休息，前往两处牧业点了解灾情，看望慰问4户受灾较重的牧民，给他们发放救济金。

3月17日，孔繁森赶到达巴一村桑日、拉玛布牧业点，察看灾情，发放救济款。

3月18日，孔繁森听取达巴区情况汇报，了解区里的困难和要求。慰问达巴边防连。

3月19日，孔繁森和札达县领导研究抗灾救灾、建设项目和经济工作。在札达县干部职工会议上，鼓励大家继续保持齐心协力、决心大、信心足、深入基层的抗灾救灾势头，当群众最需要我们的时候，党政、军、警出现在群众面前，主动捐款，支援人民群众，帮助群众。下一步要集中精力抓好经济工作，增强抗灾能力。

3月22日，孔繁森回到狮泉河镇，召开地委、行署联席会议，研究对口支援问题，研究了教学楼、办公楼、医疗条件改善、能源交通等基本建设项目，重点研究了灾后重建的一系列工程：4个牧业县消灭醉马草等毒草、建设白山羊山羊绒基地、建立防灾基地、无水草场开发、设置居民点等。

3月25日，召开联席会，孔繁森听取派出去的7个工作组汇报各县抗灾救灾情况，研究存在的问题和恢复生产的办法。

面对突如其来的特大雪灾灾情，在受灾的农牧民悲观失望、大批牲畜饿死冻死的危难时刻，孔繁森领导阿里地委、行署紧急动员，先后抽调地区、县和区乡各级干部370人，组成79个工作组，多次深入各灾区，带领广大农牧民投入到抗灾救灾的战斗中，先后发放救灾款300多万元，发放第一批救灾物资上百吨，狮泉河镇的广大干部职工和部队官兵也自发捐款32万余元。阿里的受灾群众激动地说："50年代的干部又回来了！"

在阿里高原这场50年不遇的特大雪灾救灾期间，从2月23日至3月22日，孔繁森爬冰卧雪，舍生忘死，一直奋战在抗灾救灾第一线，以坚强毅力忍受严重的高原反应，接连两次深入改则、革吉、札达三个县的9个区15个乡。他走遍了这些县的每一个重灾点，奔走在忍饥受寒的藏族同胞之中，走村串户了解灾情，千方百计为灾区干部群众想办法，出主意，办实事。在自然灾害面前，孔繁森和受灾藏族牧民手挽手、心连心、肩并肩，用责任和担当、用汗水和生命，诠释着各民族休戚与共、荣辱与共、生死与共、命运与共的深刻含义。

正像阿里地区电视台记者李新国说的那样："抗灾救灾期间，我一直同孔书记在一起。哪里灾情最严重哪里就有他。在他的领导下，阿里虽然面临的是50年不遇的大雪灾，但没有冻死饿死一个人，损失也得到了尽可能地挽回。这不仅体现出书记对藏族人民的深厚感情，也显示出一个领导干部的能力水平。"

在阿里高原广袤的草原上、高耸的雪峰间，农牧民们一直传诵着以孔繁森为代表的各级领导干部，带领他们抗灾救灾时的动人事迹。

恢复生产保民生

阿里遭受的特大自然灾害，给农牧业生产和群众生活造成了极大的困难，引起了自治区领导的高度重视。陈奎元书记、江村罗布主席指示，组织工作组到阿里慰问，了解情况，对灾情做调查评估，以利于有效救助。安排好灾民生活，保证不饿死人、不冻死人。杨传堂副主席要求对抗灾工作进行全面了解，把党委、政府的关怀送到阿里人民身边。

1994年4月18日，由西藏自治区副主席次仁卓嘎带领的19人工作组，赶往阿里了解灾情，慰问干部群众，与当地的干部群众一同抗灾救灾。

4月19日下午，工作组到达海拔4600多米的措勤县后，接受孔繁森的建议，把调研慰问与抗灾救灾的重点放在了灾情严重的东三县：措勤、改则和革吉。

工作组在措勤县召开了县乡干部座谈会，听取各区情况汇报，随后实地走访调查措勤门东二村等受灾乡村，评估灾情，了解困难，听取干部群众的要求，共同研究恢复牧业生产和脱贫办法。孔繁森强调，要按照次仁卓嘎副主席和工作组的要求，从长远出发，从实际出发，从解决根本问题出发，制定恢复生产救灾的措施办法，并写出可行性报告；动员干部，发动群众，调动一切积极因素，做好抗灾救灾工作。

4月22日，结束措勤县的工作，孔繁森陪同工作组到达重点贫困区改则县察布区玉扎乡。这里地处羌塘高原南部湖盆区，近邻羌塘无人区，属高原寒带季风干旱气候，寒冷、干旱、多大风天气，年平均气温零度，地形地貌基本保持了高原荒漠生态系统的原始状态。

工作组先后听取了玉扎乡乡长贾田、察布区委书记罗曲的工作汇报。罗曲书记介绍说，察布区交通不便，到改则县城就有160公里，平均海拔5000米，草场面积6.8万平方公里，可利用草场3.4万平方公里。4个乡16个村603户3072人。去年入冬至今，成畜死亡25787头（只、匹）。16个村只有16个水源，全靠雪水。很多受灾牧民拿自己食用的粮食抢救饥饿的牲畜，断粮户越来越多；全区16个村中，4个村不用救济，其余全部要救济；建设无水草场需要打10眼井，需要资金50万元，给群众的粮食价格补贴需要86万元，无法落实；因为资金问题，小学生"三包"政策没有落实，学校条件满足不了办学需求，影响到区干部安心工作；医疗卫生方面，卫生所只有一间房子，两名医护人员，群众缺医少药；玉扎乡1991年贷款18万元无力偿还；区机关照明问题、交通问题、燃料问题得不到解决。这次特大自然灾害让本已贫困的牧民群众生活和区、乡财政更是难上加难。

恶劣的生存条件，艰苦的工作环境，让孔繁森对这里的基层干部既心疼又敬佩。他在当天的工作笔记中这样写道：

听区书记汇报工作有感：同样是国家干部，你们整日奔波在群众之中，为群众的生存操劳。同样是国家干部，你们在为自己的生活发愁。同样是国家干部，你们在为自己的孩子、群众的孩子得不到上学而悲伤。同样是国家干部，解放四十年，你们仍然在煤油灯下苦熬。同样是国家干部，你们得了病却不能及时得到治疗。同样是国家干部，你们一年四季穿着棉袄。在祖国大片土地上已是百花盛开的季节，这里仍然寒风呼啸，从你们身上看到一个真正党员的形象。你们是没有上过报纸的英雄！你们是没有上过电影的模范。

这里说的是察布区的基层干部，孔繁森自己又何尝不是这样呢？艰苦的西藏是一种境界，这种境界与孔繁森为代表的民族地区干部的精神境界恰恰达成一种契合！

面对茫茫苍苍的雪山，浩浩荡荡的江河，无边无际的荒野，他们的情感自觉或不自觉地得到陶冶，得到净化，得到升华，一切尘世间的繁杂被过滤被冲淡，个人的功名利禄以及种种私利，变得那么渺小和微不足道。他们的崇高品德在西藏特殊的氛围中发挥到极致。他们舒展的生命里升腾起崇高和圣洁之美。

4月23日，工作组一行从改则前往革吉县。自治区副主席次仁卓嘎在途中得到消息，海拔5100多米的亚热区有60户、约300名群众被大雪围困即将断粮，她计划亲自去那里组织救援。孔繁森说什么也不同意，让工作组的同志们继续往县里赶路，他自己去亚热区。正当他们争执不下时，自治区农委副主任王春喜抢着说，由自己带人去。于是次仁卓嘎副主席拔下了孔繁森汽车上的钥匙，决定由王春喜带队前往。县里也及时将粮食送到亚热区，天黑时王春喜他们完成了任务赶到县里。次仁卓嘎副主席在回忆文章中说："从这件事可以看出，孔繁森从来都是把困难和危险留给自己，关键时刻挺身而出。"

通过实地调研和听取汇报，工作组认为革吉县灾情严重：在这次暴风雪之前，长时间的干旱使许多草场出现了荒芜景象，这次暴风雪下雪量非常大，南部雪厚已达50—70厘米，雪线周围冈底斯山的六个乡受灾最严重。调查成畜死亡率达到34%，全县牲畜死亡率达30%—35%，损失1/3。据统计，断粮户1079户5437人；无帐篷的343户1696人。当务之急是要解决粮食、饲草以及部分群众转场困难问题。

面对如此严峻的抗灾救灾形势，孔繁森谈了几点意见：要提高认识，厘清思路，快速行动，制定抗灾救灾恢复生产的具体办法和措施；把次仁卓嘎副主席和工作组的指示精神，结合本县实际情况，再搞一次抗灾救灾的动员会，把各级干部的感情和群众的感情联系在一起。最后，孔繁森强调在抗灾救灾中要加强团结，一是班子团结，二是上下团结，三是藏汉团结。

孔繁森以领导干部的高度责任感，对阿里地区受灾规律、抗灾经验进行及时总结，有力地指导了抗灾工作。

要再度引起对灾情严重性的认识，要看到灾区的严重性，要看到灾情的持续发展性，要看到灾情造成损失的严重性，要看到严重灾区乡的破坏性，要看到群众抵御自然灾害的脆弱性，同时要看到恢复生产的困难性。因此要做到五个有数：对灾情心中要有数，对造成的损失心中要有数，对群众的困难心中要有数，对严重困难户心中要有数，对恢复生产要心中有数。同时要做到三个统一：对抗灾救灾要统一认识，对人财物要统一使用，对严重困难户要统一看待和安置。

突出重点，抓主要矛盾。重点，即重灾区、重灾户，当前的主要矛盾就是抗灾救灾，保人保畜，把损失减少到最低限度。

继续发扬特别能吃苦、特别能战斗、特别能忍耐的精神。

在连续两个月与群众并肩抗灾的过程中，孔繁森认识到这次灾害暴露出来的阿里牧业生产的"痛点"和短板：草场设施落后，草场围栏建设资金短缺；许多地方人畜饮水困难；牲畜养殖结构不合理；醉马草等毒草侵害，牲畜药品短缺，死亡率较高；牧民市场经济意识差，畜产品商品化率低；单户养殖规模小，抵抗灾害能力差等等。

为此，孔繁森多次和自治区工作组、阿里当地干部讨论脱贫、防灾的具体项目和工程，并深入现场进行考察论证。草场网围栏建设，打井、引水、蓄水工程建设，牲畜棚圈和定居房建设，山羊绒基地、鱼骨粉加工厂建设，土种选育、畜牧品种良种化、商品化等一大批项目，在孔繁森的积极谋划和推动下，有的迅速得到实施，有的得以启动，这极大地提高了阿里地区牧业生产基础设施水平，给阿里各族群众带来了长远的效益。

自治区工作组在阿里期间，根据了解到的实际情况，共为阿里地区解决了370万元的救灾款和价值10万元的救灾药品，在结束对东三县的调查后，又当即决定给东三县紧急调运500万公斤口粮、饲料粮，并带去了国家和自治区已给阿里拨出救济款的消息。

之后，孔繁森和工作组一起到日土县、噶尔县调查灾情，部署抗灾救灾。孔繁森每到一地都将这个消息传达给基层干部，向基层干部群众宣传党和政府的关怀，鼓励群众以生产自救为主，互救为辅，尽快恢复生产。

孔繁森陪同自治区综合工作组，走进一户又一户藏族同胞的帐篷问寒问暖，看看他们的粮口袋，摸摸他们的衣被，给困难户发放救济款，给断粮户送去口粮，给饥饿中的牲畜送去饲草。广大牧民群众深受感动，他们说："天给我们带来寒冷和饥饿，党和政府却给我们送来温暖。求天求地不如求共产党！"

　　孔繁森不仅率领阿里地区各级干部把自治区工作组带来的救济粮款及时发放到受灾群众中，而且积极与相关部门对接，为群众恢复生产提供有力的支持，同时，立足增强防灾抗灾能力和阿里的实际，深入筹划实施抗灾工程，争取上级部门和自治区的大力支持。

　　在西藏自治区党委的坚强领导下，孔繁森带领阿里各级领导干部思想统一，行动迅速，采取了有力的救济措施，把这次特大自然灾害的损失降到了最小限度，没有冻死、饿死一个人。群众都感激地说："这全靠了上级的关怀，地委、行署的正确领导，全靠了孔书记这样的好领导。"

五、守护好高原的山山水水、生灵草木

党的十八大以来，习近平总书记多次强调西藏生态文明建设的重要性与紧迫性。特别是在中央第七次西藏工作座谈会中，习近平总书记指出："保护好青藏高原生态就是对中华民族生存和发展的最大贡献。要牢固树立绿水青山就是金山银山的理念，坚持对历史负责、对人民负责、对世界负责的态度，把生态文明建设摆在更加突出的位置，守护好高原的生灵草木、万水千山，把青藏高原打造成为全国乃至国际生态文明高地。"

"必须坚持生态保护第一"，为新时代治藏方略"十个必须"之一。2021年7月，庆祝西藏和平解放70周年之际，习近平总书记在西藏考察时指出："保护好西藏生态环境，利在千秋、泽被天下。要牢固树立绿水青山就是金山银山、冰天雪地也是金山银山的理念，保持战略定力，提高生态环境治理水平，推动青藏高原生物多样性保护，坚定不移走生态优先、绿色发展之路，努力建设人与自然和谐共生的现代化，切实保护好地球第三极生态。"

党中央历来重视西藏生态保护和建设，在我党对西藏生态保护工作的历史进程中，进藏干部作出了不可磨灭的贡献。作为改革开放时期两次进藏工作的领导干部，孔繁森深刻认识并正确把握西藏生态保护在全局工作中的重要战略地位，把生态保护扎扎实实地落实到工作中去。

孔繁森不仅热爱西藏这片神奇的土地，也热爱着这里的山山水水、生灵草木。

雪域高原不倒的红柳

西藏高原高寒缺氧，干旱少雨，部分地区全年几乎没有绝对无霜期，年降雨量仅有80毫米左右，因而除了稀落的野草外，几乎看不到有什么别的植物，唯有红柳以顽强的生命力，在严酷的环境里生长着！

红柳学名为水柏枝，是一种耐干旱、耐贫瘠、耐严寒的植物，因其枝条呈紫红色，人们就习惯地称它为红柳。红柳是高原上最普通也最难得的一种植物。它不畏狂风肆虐，石走沙飞，在风暴严寒中、在贫瘠的荒漠上把根扎得更深、把触须伸得更长，甚至长达30多米，以汲取水分。待到春天来临，红柳火红色的老枝上，发出鹅黄的嫩芽，接着长出一片片绿叶。高原红柳扎根于贫瘠的荒漠，顽强地守护着空旷的荒原，传报着高原勃勃的生机。

在高原的高寒气候下，生活在这里的群众很容易患风湿病。因为红柳春天生出的嫩芽和绿叶是治疗这种顽症的良药，让许多患者摆脱了病痛的折磨，因此，当地藏族群众亲切地称她为"观音柳"和"菩萨树"。

孔繁森非常喜爱红柳，他常说："红柳是青藏高原的生命之树！"孔繁森当过林业局局长，对林业工作有着深厚感情和丰富经验，走到哪里都发扬"植绿护绿、关爱自然"的中华民族传统美德，呵护树木，爱惜林草，利用一切条件植树造绿。如今，我们在雪域高原孔繁森生活过的地方，还能看见他当年栽植的红柳。

有一年雪顿节，孔繁森带着山东援藏的战友来到拉萨河畔的红柳树下聚餐。孔繁森采下几朵浅红色的红柳花，放入青稞酒中，对几个援藏战友说："人的一生不一定非要干出什么惊天动地的事业，只要能像高原上的红柳一样，甘于吃苦，乐于奉献，就会得到社会的尊重，生命就会变得充实而有意义。"他笑着给大家说，"红柳论资格可是老西藏了，恐怕是和文成公主一同来西藏扎根的，可她从不炫耀，从不骄傲，柳梢总是低垂着，多么谦虚啊！我们援藏干部要和各族群众一道，像红柳那样，在高原创业奉献。"

孔繁森到阿里上任不久，便写下一首《咏红柳》，尽情描摹红柳的风骨，也借红柳表达自己扎根高原、拼搏奉献的志向。

> 无垠戈壁绿一丛，历尽沧桑骨殷红。
> 只因根生大漠下，敢笑翠柏与青松。

阿里地区当初搬迁驻地的时候，还有过一段和红柳林有关的往事。

阿里地区原来的驻地在噶尔昆沙，由于地质、地理、气候条件较差，已不适宜发展建设，需要择址搬迁。60年代初，阿里军分区和阿里地委领导乘着吉普车，带上望远镜和军事地图，北到日土，东到革吉，四处奔波，勘察新址。他们来到现在的狮泉河镇时，看到狮泉河七八十公里长的河滩上，郁郁葱葱地生长着西部高原的"原始森林"——红柳林。

红柳林首先就吸引了这些寻找"风水宝地"的人们的目光，加之此地有山有水，东西长40公里、南北宽10公里，面积400平方公里的大平坝，尤其是新（疆）—（西）藏公路、黑（河）—阿（里）公路还在这里会合，交通便利，地理区位十分理想。虽然也存在着距国境线近、驻地无群众等不足，但和这些有利条件比起来，也就可以忽略不计了。后来，阿里地区驻地就迁移到了这里。

几百人的到来，燃料问题无法解决，大片大片的红柳林就成了砍伐的目标，尤其是红柳的根系发达，很耐烧，人们就连根刨出当柴火烧。渐渐地，那片茂密的红柳林，也就成了狮泉河人记忆中逝去的风景。

很快，大自然的报复就来了，风沙弥漫，沙丘开始围城。

孔繁森到阿里了解到这个情况后，深感问题严重。因为当过林业局局长，孔繁森知道高原红柳有着无法替代的防风固沙作用，更清楚林业与人类经济活动的关系。

5月份是阿里一年中难得的植树期，1993年5月，刚刚到任不久、工作千头万绪的孔繁森专门抽出时间带领机关干部开展义务植树——在狮泉河驻地栽种红柳，同时在自己的小院里也栽下了几棵红柳。

第二年，孔繁森又早早地谋划栽种红柳的事情。1994年4月中旬的一个星期天下午，吃过晚饭，孔繁森去看育苗情况。在育苗地里，他以林业专家的丰富知识，安排即将开展的植树造林活动，并对今后育苗工作提出了许多指导性意见。大家都感慨孔繁森早来几年就好了。

到了植树季节，孔繁森要去拉萨开会，临走前再三叮嘱在家的地区领导，一定要抓好一年一度的植树造林。

1994年9月初，孔繁森到拉萨参加自治区四届六次全委（扩大）会议。会议期间，他带领阿里地区有关部门的负责同志，到自治区有关厅局汇报，积极筹措狮泉河镇防风固沙工程资金。

阿里地区冬季长达八九个月，年平均气温在摄氏零度左右，取暖是一个大难题，在阿里工作期间，孔繁森为了解决干部职工的取暖问题，想尽了一切办法。他一直推动充分利用阿里的太阳能和地热资源工作，积极与新疆维吾尔自治区联系，为阿里解决液化气供应问题，所有这些筹划和努力，都是为了从根本上杜绝砍伐红柳的行为。

在阿里军分区的营区内，一排排红柳长得特别茂密，孔繁森总喜欢到这里散步。一次，孔繁森和几个进藏干部一同到军分区走访，出来时已经很晚了，孔繁森还是带着大家围着营区里的红柳林绕了一圈。他说："看见红柳，就觉得有了生气和活力，心情就舒畅多了。"

在海拔4400多米的狮泉河烈士陵园，周围的山冈沙砾遍野，不着一木，陵园内的红柳，特别是孔繁森墓冢上的红柳却长势蓬勃。陵园的工作人员介绍，这里的红柳并没有特别的养护，但长得格外茂盛，每年都开很多的花。阿里红柳将发达的根系深深扎入高原的沙土，用并不高大的身躯撑起片片柳荫，守护着长眠在这里的"进藏先遣连"烈士和孔繁森的英灵。那纤韧的红色枝条，像是鲜血润染；那一串串紫红色的花萼，好似英雄的绶带与勋章。春天绽开生命的绿色，秋风吹送沁人的花香。当地藏族群众说，红柳是有灵性的，她以自己的方式呵护着为这片神圣的高原而献身的英雄！

高原荒寒，苍穹凛冽，山河永念，英魂不朽。孔繁森精神就像这一丛丛顶风傲雪的红柳！无论风霜雪雨，无论春夏秋冬，总是坚定地植根于西藏各族群众的土壤，在高原天地间展示着奋斗者的精神，播撒着奉献者的幸福……

一颗鸟蛋就是一个生命

在西藏阿里30多万平方公里的土地上，分布着无数大大小小的湖泊。班公湖就是镶嵌在阿里高原的一颗明珠，闻名遐迩的班公湖鸟岛每年都吸引着国内外游客前来旅游。

每年春季来临，当来自孟加拉湾的暖流吹拂沉睡中的阿里高原，各类鸟群也回到这里避寒、繁殖。成千上万、遮天蔽日的斑头雁、棕头鸥、赤麻鸭、秋沙鸭、巨头潜鸭等在岛上飞翔欢舞，这里顿时就成了鸟的自由王国。每年五、六月份，遍地鸟卵，俯拾皆是。

孔繁森早就听说过阿里班公湖有个鸟岛，他到阿里上任不久，下基层调研路过这里时，就去岛上考察。当他亲身领略这个鸟类世界的风光时，陶醉于雪域高原的青山绿水和人与自然和谐共生的环境，时而拍照，时而捡起地上五光十色的鸟蛋，爱不释手地欣赏着，然后再恋恋不舍地放回原处。远远看见有正在孵蛋的鸟儿，孔繁森就轻轻地躲开了。

他从来不让捡鸟蛋，认为这都是生命。1994年7月，孔繁森陪同西藏自治区领导再次登上鸟岛，当有随行人员想要捡些鸟蛋作为纪念时，孔繁森忙上前制止："一颗鸟蛋就是一个生命，我们应该善待鸟类，千万伤害不得。"

当孔繁森看到游人日渐增多，已经影响了鸟儿们的生存环境时，当即指示日土县主要领导："要尽快上报，建立保护区，千方百计保护好这个鸟岛。"他建议在鸟岛上划出人行道路，尽量不干扰鸟儿的正常活动。

曾经和孔繁森一起下乡的同志介绍，有一次他们路过鸟岛，在湖边吃饭的时候，有几只鸟就落在孔繁森身边抢食物。有人想要轰走那些鸟，孔繁森不但不让轰，而且自己在那里很开心地和这些鸟一起吃饭。那画面非常有趣，看着就是那种发自内心地特别爱惜这些生命精灵的感觉。

1994年10月的一天，孔繁森到日土县过巴乡考察路过一个大湖，湖边上有许多鸟儿在水边栖息，当他们车刚驶过不久，忽然听到后面响起了枪声。

"有人在打鸟。"孔繁森迅速命令司机小杜返回。赶到湖边一下车，孔繁森就大声喊："不许打鸟，不许打鸟！"当即制止这种猎鸟行为。

1994年11月12日，孔繁森从普兰县返回狮泉河，路过巴尔兵站，孔繁森按照惯例去看望这里的干部战士。在营房墙角看到有一只羽毛蓬松的小鸟，他走上前去，用双手轻轻地把小鸟捧起来，带回到营房里的火炉旁，说小鸟肯定是得了什么病，应该暖和一些。这时候有人提醒，小鸟别是害什么传染病。孔繁森犹豫了一下，就用房间的小簸箕把小鸟盛起来，轻轻地送到了营房外边的太阳地里。

保护好野生动物的乐园

阿里地形复杂，地貌奇特，很多地方荒无人烟，显现一种原始的高原风貌。这里除了冰川、湖泊和高山，还有蓝天、白云和阳光，这里也是野生动物的乐园。放眼望去，广袤的荒原上千禽飞翔，众兽出没，俊秀灵巧的藏野驴，威风凛凛的野牦牛，长着美丽长角的藏羚羊，"登山能手"岩羊，飞禽之王黑颈鹤，以及熊猞猁、狼、狐狸等，在这里奔跑翱翔、觅食栖息。

有一段时间，一些不法商人以猎杀野生动物为发财之道，滥捕滥杀国家明令禁猎的动物。孔繁森了解到这一情况后，非常严肃地指出："捕杀禁猎动物，就是犯罪，一定要从严处理。"他抓住几个典型案子，公开处理，随后要求各县人大、政府及公检法部门联合行动，严厉打击猎杀野生动物的犯罪行为。

一次，孔繁森到改则县察布区检查工作，刚从察布小学出来，正好碰上几个牧民群众，其中一个跟他熟悉，他们向孔繁森反映：察布区是个贫困乡，相当一部分群众以打猎为生，如果不让打"长角羊"（藏羚羊），群众生活就会受到很大影响。

这时候，孔繁森耐心地给他们解释："捕杀国家保护动物，属于违法行为，千万干不得。"他当即要求随行的县、乡领导，无论如何要安排好群众生活，接着又从身上掏出了200元钱，送给了其中一个衣着单薄的中年人。

在返回县上的途中，孔繁森给同行人员讲了这样一件事情：1991年他在拉萨市陪同外宾参观海拔4700米的纳木错"天湖"时，有一个西方国家的记者看见天鹅、鹭鸶、沙鸥等珍贵水禽很是惊讶，说："来西藏之前，都听说西藏的生态破坏严重，环境受到污染，到西藏后才知道这些说法都是无根据的。"

孔繁森接着说："西藏的大气环境质量属于国家环境质量一级标准，雅鲁藏布江的水质更好，我们保护野生动物，也是对外工作的需要，这是对在西藏生态环境问题上诋毁和造谣者的最有力的回击。"

透过孔繁森热爱阿里的山山水水的一言一行，我们仿佛看到了他爱国护边的赤子之心！

人文与自然遗产守护者

阿里拥有着璀璨的文明、壮美的高原风光。在这片广袤神奇的土地上，孕育出了"苯教文化""古象雄文化"和"古格文化"这样历史悠久的古代文明，遗址、遗迹星罗棋布地分布于阿里大地。阿里奇特的地貌、多样的高原生态，与这些宝贵的人文遗迹，共同构成了独特的自然人文景观。

阿里，藏语意为"领地"或"属地"。在藏文古籍中，"阿里"最早出现于9世纪中叶；在此之前，藏民族普遍称其为象雄，青藏高原上历史最为悠久、文明最为发达的象雄古国，曾深深影响了吐蕃王朝。后来，吐蕃王朝土崩瓦解时，吐蕃王国的贵族后裔吉德尼玛衮落魄出逃，一路西进，来到原属象雄十八部统治的区域、距今狮泉河以西25公里水草丰美的热拉一带落脚。吉德尼玛衮在热拉修建了热拉红堡。依托得天独厚的自然条件和有效治理，吉德尼玛衮完成了最初的物资、经济和军事的积累。后来，布让（今普兰）土王修建估卡尼松宫迎接吉德尼玛衮的到来，并将女儿嫁给他为妻；其继承布让王位后，又兼并了整个西藏西部这片辽阔的土地。及至三个儿子长大成人，吉德尼玛衮进行了具有历史意义的分封，以云彩形象为标志，把王国分封给三个儿子：贝吉衮在云彩最高处的玛隅（今日土、克什米尔等），扎西衮在云彩汇集处的普兰，德祖衮在云彩拐弯处的古格札布让（今札达）。三个儿子分别创建了拉达克王朝、普兰王朝和古格王朝，这就是西藏历史上著名的"三衮占三围"。"雪山围绕的地方"为普兰，"岩石围绕的地方"为札达，"湖泊围绕的地方"为日土。这就是"阿里三围"的由来。

"雪山围绕的地方"为普兰，其辖内有冈底斯山的主峰之一冈仁波齐峰，藏语意为"神灵之山""宝贝雪山"，海拔6656米。卓然而立的冈仁波齐峰状如金字塔，傲立于云端之上，峰顶常年覆盖着白雪，犹如水晶砌成，直插云天。山顶白云悠悠，时而如银冠盖顶，时而如玉带缠腰；山间白雪皑皑，仿佛雪莲环绕。附近发育了狮泉河、马泉河、象泉河和孔雀河，它们分别是印度河、雅鲁藏布江、萨特累季河和恒河的源头。冈仁波齐峰被藏传佛教、印度教、苯教以及古耆那教共同认定为"世界中心"。

玛旁雍错，藏语意为"永恒不败的碧玉之湖"，海拔4587米，湖水深80米，湖域面积412平方公里，被视作"圣湖"，为世界上海拔最高的淡水湖之一。圣湖湖水碧蓝，如同镶嵌在阿里高原上的一颗蓝色宝石，与湖畔的雪山、冰川和开满鲜花的草原一起，构成一幅绚烂的图画，犹如人间仙境。

"岩石围绕的地方"为札达，是阿里乃至西藏历史与文化的代表地之一。2464平方公里的札达土林，被称为地质的"史诗"。随着青藏高原的隆起，上千万年前面积巨大的湖泊变为陆地，经受强烈物理风化、暴雨冲刷及其水系的剧烈切割，地表形成了土林这种特殊景观。土林形态丰富，姿态万千，似奔腾的战马驰骋在宽阔的战场，又似数不清的将士固守在阵地；有的像仙女起舞，有的又像活佛诵经……意趣环生，雄伟壮阔。

滔滔象泉河水塑造出了雄伟壮观的自然景观，更是滋养了古象雄文化和古格文化。在札达象泉河流域发现了大量的古象雄时期遗迹。公元10—17世纪，延续传承了700余年的古格王朝，给这里留下了众多城堡、寺院、居民点等文化遗迹，拱卫着依山势而建的规模庞大的古格王朝故城。城堡殿宇中风格迥异的壁画、雕塑和石刻，造型优美，栩栩如生，记录了历史悠久的古格王国文化，具有极高的艺术价值，是西藏历史和佛教艺术史上精彩辉煌的文化遗产。

"湖泊围绕的地方"为日土，其县城西部的班公湖，又称措木昂拉仁波，藏语意为"长脖子天鹅"。班公湖水域辽阔，约604平方公里，横跨中国和克什米尔地区，在我国境内面积约413平方公里。班公湖湖水十分清澈，能见度通常为3至5米，由于光照、水位等因素，呈现出墨绿、淡绿、深蓝等不同的颜色，如梦似幻。班公湖不仅为鱼类提供良好的栖居之所，还有成千上万的水鸟栖居岛中。每年的5—8月，鸟儿在鸟岛上繁衍栖息，场面壮观，可谓鸟的天堂。

阿里独特宝贵的自然人文景观像一块藏在青藏高原深处的璞玉，孔繁森深知它们非凡的历史文化价值。为做好保护工作，孔繁森到基层工作时，多次去实地调研。孔繁森十分关注全国重点文物保护单位古格王国遗址的保护工作，每次到这里都仔细察看城堡遗址上密布的洞窟、房屋、寺庙、殿堂，听取古格遗址介绍的同时，给札达县领导反复强调保护遗址和民族文化遗产的重要性。对古格遗址的壁画同敦煌壁画进行比较后，孔繁森深为震撼。当看到一些壁画受到自然风蚀时，他心痛极了："太可惜了，得赶快想办法保护起来。"他对札达县领导说："古格是咱们的一笔巨大遗产，一定要保护好。"

在严格保护的前提下，孔繁森要求有关部门积极对外宣传，让更多的人了解认识阿里得天独厚的世界罕见的人文自然景观，发挥好它们的文化和旅游价值。在他的关心下，阿里很快出版了精美的画册。

孔繁森在总结阿里地区发展优势时，把旅游资源优势作为其中一个重要方面。1994年3月30日，孔繁森在阿里地区经济工作会议上说："阿里境内独特的自然景观、风土人情，闻名南亚的神山、圣湖，闻名于世的古格王国遗址、象雄文化，美丽多姿的班公湖，珍贵的野生动物吸引着众多的国内外游客。我区旅游业要充分发挥地缘和自身优势，积极创造条件，力争取得外联权。继续加强对外宣传，吸引更多的国内外游客来阿里观光，加强'软件'管理，把发展旅游业作为我地区扩大对外开放的有效途径。"

孔繁森提出，要保护自然人文景观，加强旅游设施建设。在普兰调研时，他专门就阿里旅游队伍建设与县委书记达成共识：

要采取走出去、请进来的办法，对旅馆、饭店及旅游行政管理部门的技术管理人员进行专业培训，加强旅游队伍的政治思想建设，开展爱国主义、民族气节教育，开展职业道德、法制观念和马克思主义民族观、宗教观及维护祖国统一、反对分裂的教育，使我们的旅游队伍真正成为一支有理想、有道德、有文化、有纪律的队伍。

第四章

防范化解民族领域风险隐患

党的十八大以来，以习近平同志为核心的党中央高度重视西藏发展稳定，高度关心西藏各族群众生产生活。2013年3月，习近平总书记在参加十二届全国人大一次会议西藏代表团审议时，明确提出了"治国必治边、治边先稳藏"。2015年8月，习近平总书记主持召开中央第六次西藏工作座谈会，进一步明确了西藏工作的指导思想、总体目标、重要原则、任务要求和重大举措，强调要"把维护祖国统一、加强民族团结作为西藏工作的着眼点和着力点，坚定不移开展反分裂斗争"。2021年8月，习近平总书记在中央民族工作会议上指出："要坚决防范民族领域重大风险隐患。"

西藏和平解放以来七十多年发展历程深刻昭示，团结稳定是福，分裂动乱是祸。防范化解民族领域重大风险隐患，就是民族团结稳定的基础。

备豫不虞，为国常道。如今，西藏各族群众在中国共产党的坚强领导和全国大力支持下，高举民族团结伟大旗帜，实现了西藏社会稳定和谐、经济增速全国领先、生态文明持续向好、基础设施全面全力推进、精准脱贫提前高标准完成、人民生活富足安定的良好局面。但是，涉藏反分裂斗争形势依然复杂，防范化解民族领域风险隐患依然非常重要。

孔繁森在藏期间，长期工作在祖国反分裂斗争和稳边固边的第一线，他始终坚决贯彻党的路线方针政策，以强烈的风险防范意识，身先士卒、旗帜鲜明地反对各种分裂活动，教育、引导群众自觉参与反分裂斗争，加强部队思想政治建设和战备工作，积极构筑国防建设和维护稳定的铜墙铁壁，为西藏的持续、长期、全面稳定作出了突出贡献。

1995年4月15日，中国人民解放军总政治部在《关于广泛开展向孔繁森同志学习活动的通知》中指出："他是地方干部的榜样，也是军队干部的榜样。在全军特别是党员干部中开展向孔繁森同志学习的活动，对于贯彻落实党的十四届四中全会和军委扩大会议精神，继承和发扬我党我军的优良传统，加强部队的思想政治建设特别是各级领导班子建设，抵制腐朽思想文化的侵蚀，增强部队的凝聚力和战斗力，都有重要的意义。"

一、维护祖国统一的楷模

边境地区是国家安全屏障的第一道防线，也是国家长治久安和繁荣发展的重要基础。维护祖国统一、加强民族团结、强边兴边、稳边固边，是西藏工作的着眼点和着力点，孔繁森深刻认识到，强边富民，加快边境地区全面发展，事关民族团结、边疆巩固、各民族共同繁荣。

继承发扬老西藏精神

解放西藏，是中国共产党领导进藏人民解放军和地方工作人员，团结带领西藏人民，把半殖民地的封建农奴制社会的西藏，改造为人民民主的西藏，使西藏人民从帝国主义的羁绊和封建农奴制度的统治下挣脱出来，进而实现民族区域自治，走向社会主义道路的伟大创举。

1949年新中国成立前后，中共中央根据国际国内形势，审时度势，作出了解放西藏的重大决策。1949年12月，毛泽东主席赴苏联访问，在途经满洲里时，在给中共中央并西南局的信中指出，解放西藏的问题要下决心了，进军西藏，宜早不宜迟。刘伯承、邓小平于1950年1月18日向中央军委建议，以中国人民解放军第十八军为主力担负进军西藏、经营西藏的任务，从川康进军，再由青海、新疆、云南各派一支部队做向心进兵的部署。新疆部队向西藏进军的位置为阿里地区。

为做好向阿里地区进军的准备工作，西北局第一书记、西北军区司令员彭德怀向中央建议："新藏间，横隔昆仑高原，均高6400米有余，进军阿里，想其艰难恐不亚于长征。"提出："（进军阿里）不宜大量出兵，应先派出一连左右的兵力先行进藏，担负侦察、设站等任务。"此建议被中央采纳。

此前，王震向中央并西北局报告了进藏计划：由第二军组建的独立骑兵师于5月进驻于田地区，进行修路、侦察等进军准备活动。中央和西北局同意后，独立骑兵师于5月17日自于田开始向新藏交界处修筑公路，同时决定派出一个先遣连进入西藏阿里地区。7月王震批准独立骑兵师第一团一连为"进藏先遣连"。

先遣连由汉、回、藏、蒙古、锡伯、维吾尔、哈萨克7个民族共136名指战员组成。思想老练、立场坚定、政策水平高的第一团保卫股股长李狄三任先遣连总指挥兼党代表。

1950年8月1日，先遣连从昆仑山脚下的于田县普鲁村出发，骑着战马，拉着骆驼，驮着帐篷、给养，涉冰河、穿深峡、过雪原。翻越海拔6400米的昆仑山口和海拔6000多米的冈底斯山东君拉大坂（山垭口）时，指战员们头痛欲裂，就用绳带捆住头；呕吐不止，仍强行吃饭喝水；山陡雪大，就拉着马尾攀登；帐篷被大风刮得搭不起来，就眠冰卧雪。历经半个月的千辛万苦，于

8月15日，艰难地抵达藏北改则北部的两水泉；稍事休整，即分路积极地寻找并争取因疑惧而转移的藏族牧民返回住地。接着，该连奉命继续前进，穿过终年积雪、旷无人烟的藏北荒原，克服了难以想象的困难，于8月29日进至阿里改则的扎麻芒堡。

扎麻芒堡为荒漠草原，海拔4517米，冬季最低气温零下40摄氏度，半年时间被冰雪覆盖。先遣连到达扎麻芒堡就接到停止前进的命令。这时既要应付意外情况，做好战斗准备，又要做好防护寒冬的一切工作。由于后方运送物资跟不上，每人每日只吃两次玉米稀饭也难得到保证。干部战士的棉衣破了用麻包口袋缝补，没鞋就用野马皮做皮窝子穿。没有针线，用骆驼毛捻线，削羊骨做针，还用野马皮做脸盆、水桶等。经过数月艰苦奋斗，战胜了冰天雪地的严冬。但因严重缺氧，长年吃不上新鲜蔬菜，营养不良，加之缺医少药，干部战士患病者日渐增多。在这种困难条件下，李狄三股长仍带着先遣连坚持做上层统战工作和影响群众工作。扎麻芒堡地区仅有少量牧民。先遣连向他们宣传党的民族政策，帮助群众放牧、捡牛粪、医治疾病，还把自己所带的有限衣服、粮食、茶叶等救济贫苦牧民。

李狄三请当地藏胞与西藏噶厦派驻噶大克的阿里噶本（总管）赤门·索南班觉和玛朗巴取得联系。起初当地头人非常惊恐，不准群众与先遣连接触，还想要先遣连退走。后来噶本听了改则官员接触先遣连后的汇报，才派出两名代表才旦朋杰、扎西才让与李狄三进行谈判，达成了四条协议。协议内容是：噶本政府承认解放军进驻该地区；解放军尊重群众宗教信仰和风俗习惯，实行民族平等，保护喇嘛寺庙，不住喇嘛寺庙；解放军保护藏族群众利益，不拿群众一针一线；双方持友好态度，地方政府协助部队开展群众工作。谈判过后，他们为表示对先遣连的欢迎，专门举行赛马大会；

为试探先遣连实力，又提出比武。当他们看到先遣连的枪法和箭功（副连长彭清云枪枪命中，蒙古族战士巴利祥箭未出手弓即被折成两段）后，不得不为先遣连精湛的武艺和良好的精神面貌所折服。

11月底，阿里噶本两代表写信给毛主席，称这里"没有经过一点战争，已经实现了和平"，并保证服从中央人民政府的命令。毛泽东收到这一信息后，于12月30日用电报复信予以鼓励。信中说："我很高兴知道你们同到达你们那里的人民解放军结成了朋友。""如果西藏官员都能像你们一样同解放军合作，那么开进的部队就可以少一些。"

1951年5月28日，独立骑兵师第二团副团长安志明率部抵达扎麻芒堡，与先遣连胜利会师。此时李狄三生命垂危已经不能说话了，当他把工作日记交给安志明后，仅仅过了几分钟就安详地闭上了双眼，光荣牺牲。在艰苦行军和扎麻芒堡驻扎期间，因高原反应、条件恶劣、疾病等原因，先后有63名同志牺牲。

进藏先遣连以惊人的革命毅力孤军千里，历尽艰辛，横跨昆仑山、冈底斯山，胜利进军藏西北高原，圆满地完成了上级交给的光荣任务，为保卫祖国神圣国土、和平解放西藏，作出了卓越贡献。王震司令员含泪为他们请功，表示先遣连"经历了长征以来最大的苦难，表现出最高的英雄主义气概"。西北军区高度肯定了进藏先遣连的功绩，1951年1月30日发嘉奖电，授予该连"进藏先遣英雄连"荣誉称号，并为全体官兵分别记一等功一次。3月5日，新疆军区号召军区部队向先遣连学习，并奖给全连每人"人民功臣"奖章和"解放大西北"纪念章各一枚。为了铭记进藏先遣连历史性的功勋和史诗般的英雄传奇，扎麻芒堡一带改名为"先遣乡"。

"进藏先遣英雄连"官兵的大无畏精神永远留在了扎麻芒堡，代代相传。当年进藏先遣英雄连提出了"越艰苦越光荣，困难面前出英雄""平地起家，藏北高原建乐园"，喊出"坚决把红旗插上喜马拉雅山，让幸福的花朵开遍全西藏"的口号。李狄三曾在《顽强歌》里这样写道："进军藏北先遣连，不怕苦来不怕难。寒冬将尽阳春暖，坚持会师在高原。赤胆忠心为人民，越是艰苦越光荣。红旗一杆插藏北，春风万里度昆仑。"

1990年，江泽民总书记在西藏考察期间，对以十八军为主要代表的进藏干部在进藏驻藏建藏过程中，体现出来的艰苦奋斗、吃苦耐劳、边疆为家，无私奉献和一不怕苦、二不怕死的精神，高度概括为"特别能吃苦、特别能战斗、特别能忍耐、特别能团结、特别能奉献"的老西藏精神。

1993年春天，孔繁森了解到当年从新疆出发历尽千辛万苦挺进阿里，把第一面五星红旗插到藏北高原的"进藏先遣连"的英雄事迹，深受震撼，感慨万分。他给南疆军区发了封电报，请军区首长转告"先遣连"健在的老英雄：阿里再穷、再困难，也要为老英雄们保障生活、养老送终。先遣连副连长、全军特级战斗英雄彭清云代表先遣连的老兵给孔繁森回信，感谢阿里的党组织和干部群众没有忘记他们、没有忘记历史。

孔繁森从老西藏精神里汲取拼搏奉献的力量。他生前常对身边的工作人员说："要讲奉献精神，那些老西藏都是我们学习的榜样，他们献了青春献终身，献了终身献子孙，无私奉献的精神，令人钦佩。"正是老西藏精神，激励、鼓舞着孔繁森把最美好的年华乃至生命，奉献给了西藏人民，奉献给了党的事业。

在高原上工作，最稀缺的是氧气，最宝贵的是精神。随着岁月更替，在老西藏精神感召下，有数以万计的党员、干部、青年踏上西去的征程，把中华民族共同体建设的时代乐章奏得越来越响。孔繁森以其鲜明的时代特征和伟大的人格魅力，为老西藏精神增添了崭新的内容和绚丽的光彩。孔繁森精神与老西藏精神代代相传，生生不息，无惧风霜雨雪、高寒缺氧，始终在距离太阳最近的地方灿烂辉煌。

孔繁森牺牲后，许多在西藏奋斗了 10 年、20 年、30 年的"老西藏"，被孔繁森的事迹感动得热泪盈眶，这是他们对孔繁森的不尽思念，也是与孔繁森心心相印的深深共鸣。如果说，老西藏精神如同巍峨的珠穆朗玛峰一样高大，那么在那山巅上将永远镌刻着一个不朽的名字：孔繁森。孔繁森和"先遣连"总指挥李狄三烈士的墓，一前一后坐落在阿里狮泉河烈士陵园，象征着共产党人热爱祖国、忠于人民的伟大精神绵延一脉、代代传承。

2020 年，习近平总书记在中央第七次西藏工作座谈会上，对发扬"老西藏精神"提出要求，"缺氧不缺精神，艰苦不怕吃苦，海拔高境界更高，在工作中不断增强责任感、使命感，增强能力，锤炼作风"。

老西藏精神是一代又一代西藏各族干部群众，在开发、建设和保卫祖国这块神圣领土的斗争中积累起来的宝贵精神财富。2021年9月，党中央批准了中央宣传部梳理的第一批纳入中国共产党人精神谱系的伟大精神，孔繁森精神和老西藏精神一起，成为中华民族精神和中国共产党人伟大精神的重要组成部分。

站在反分裂斗争第一线

无论是进藏工作期间，还是回到家乡工作的几年；无论处在什么领导岗位上，孔繁森都把心思精力向维护边疆稳定的使命聚焦，向维护民族团结、社会和谐、边疆稳定用力，嘱托官兵弘扬老西藏精神，矢志扎根边防、守卫边防、建功边防。

孔繁森深刻认识到民族团结、社会稳定对国家统一和安全的重大意义，他教育引导干部群众要深刻认识"团结稳定是福，分裂动乱是祸"，在涉及党的领导、国家统一和领土完整等大是大非和原则问题上始终立场坚定、旗帜鲜明。

孔繁森第一次援藏去的岗巴县就是边境县，边境线100余公里，通外山口十几个，战略位置极为重要。他担任县委副书记的同时，兼任检察院检察长，分管民兵工作。孔繁森履职尽责，关心支持驻岗巴的边防营官兵，多次和战士们一起到边境线上巡逻，全力以赴抓好民兵建设，经常深入边境地区对边民进行国防教育和反渗透宣传。

孔繁森在昌龙乡驻队蹲点时，了解到昌龙地处边境线上，情况比较复杂。一些恐慌气氛和思想混乱，扰乱边民的生产和生活，使边民无法正常从事农牧业生产。针对这一情况，孔繁森一方面指示区武装工作队的同志加强边境山口的巡逻，向群众揭露敌人的险恶用心；另一方面宣传教育群众，增强边民对党和政府、对祖国大家庭的凝聚力和向心力。孔繁森白天和边民一道参加生产劳动，到田间牧场和群众谈心。晚上，有时开会，有时到群众家里，宣传党和政府对边境地区的各项方针政策。

阿旺曲尼回忆说："昌龙乡，靠近边境线，孔繁森就一直跟当地的老百姓做思想工作，边境上的警惕性呀、防渗透斗争呀，这些道理全部详细地讲给大家听。有时晚上很晚了也给老百姓一直在讲，也没有座位，就坐在喂牦牛的草上，而且那时候没有蜡烛，就是点油灯，开完会以后一擤鼻涕都是黑的。"

阿里地处祖国边境和反分裂斗争第一线，边境线有1116公里，通外道路出口52条，战略位置非常重要。当时阿里边境线距离最近的一处印度哨卡只有3.5公里，巡逻任务每年2.5万公里。

孔繁森在阿里地区工作期间，对加强国防、巩固边疆高度重视，层层布防反渗透，要求地委、行署所有的领导到第一线上去。孔繁森自己身先士卒、以身作则，不仅到达了所有的边防连，而且还到达了主要巡逻执勤点位。

孔繁森非常体贴、理解边防战士。阿里军分区的边防连大部分与世隔绝，有的被大雪封山长达七八个月。孔繁森每到一个连队，总要给战士们讲一堂党课，介绍外界的情况，鼓励大家安心守防。同时，孔繁森还找干部战士谈话，在拉家常中了解困难和要求，回来后与军分区一起研究解决。

1993年7月7日，孔繁森在阿里上任刚刚三个月，就带领地区几个年轻的干部，翻过两座海拔6000米的雪山，来到与印度实控区克什米尔交界的、区境内边境线长达68公里的底雅区。

底雅区，坐落于象泉河畔一块平缓的河谷里，河两岸悬崖峭壁，直插云霄，群山之上布满地壳运动挤压形成的褶皱条纹，象泉河水紧贴山壁而过，奔腾咆哮。

　　　　天地来之不易，就在此地来之。
　　　　寻找处处曲径，永远吉祥如意。

这来自神圣的喜马拉雅山下底雅乡的一段优美民歌，传唱出这儿的纯净、深邃和遥远。这里海拔约2950米，是阿里海拔最低的地方，被称为阿里的"小江南"。只是这个"江南"也仅是相对的，与阿里其他地区一样，山高路险、土壤贫瘠，每年不封山的时候只有四五个月，也号称是阿里最难到达的地方。

在底雅区稍稍停留，孔繁森一行又艰难跋涉来到了边境最前沿的什布奇村。什布奇，藏语意为"太阳最后落下的地方"，可以说是我国的最西边。当时这个村只有9户39人，耕地95亩，牲畜800头（只、匹）。村民们住在山脚，山顶上就是边境，大部分村民种地放牧的同时做生意。孔繁森深入考察了这个既有边贸传统，又具有重要国防意义的小山村，挨户走访群众，对群众提出的要求都一一做了答复。走访中，孔繁森给村民和随行的县、区、村干部一再强调加强巡边和反渗透工作，与他们共同研究什布奇水电站建设、发展苹果种植产业、道路建设等工程，以提升基础设施水平，发展经济，增强稳边固边能力。太阳快落山时孔繁森他们才离开，村民们依依不舍地载歌载舞欢送他们。

在阿里工作期间，孔繁森兼任阿里军分区党委第一书记。针对达赖集团企图分裂祖国的行径，孔繁森强调要巩固边防，保持阿里稳定。他要求部队随时提高警惕，克服和平麻痹思想，狠抓军事训练，搞好边防执勤，把战备工作落到实处。

在维护国家统一、促进民族团结方面，孔繁森多次强调要加强学习，打牢政治合格的基础，发扬我党我军的光荣传统，发扬老西藏精神，用典型引路，促进部队建设。

孔繁森十分注意讲政治、抓大事，善于从抓领导班子建设、抓干部思想政治工作入手，抓好军分区部队的建设。针对部队驻地偏远条件艰苦的状况，他提出了许多加强班子建设的重要意见。在思想上，他要求各级干部一定要发扬我党我军的光荣传统，发扬老西藏精神，无私奉献，艰苦奋斗；在作风上，他说在阿里工作，交通不便，信息不灵，领导干部必须多往下走，到实地，查实情，办实事，抓落实，并和军分区党委一起确定了"组织指挥靠前，领导机关下沉，服务保障到一线"的工作指导思想。

阿里军分区原政委麻富省回忆说："孔繁森要求各级一定要发扬我党我军的光荣传统，发扬'老西藏'和'进藏先遣连'精神，无私奉献，艰苦奋斗；在班子团结上，他说，大家从各地来到世界屋脊一起工作不容易，应当珍惜在一起的时间，形成合力，带好部队。他特别强调军分区是一个多民族组成的部队，一定要搞好与少数民族干部的团结。"

通过加强思想政治建设，进一步坚定广大指战员和民兵强边固防的信念信心，提高边境防卫管控能力，努力锻造卫国戍边的钢铁长城。

在孔繁森担任阿里地委书记兼阿里军分区党委第一书记的这段时间里，因为他高度重视边疆安全工作，这个时期成为改革开放以来阿里边境最安定的时期之一。

孔繁森给军分区干部战士多次强调"一颗心、一杆枪、一支笔"的观点，即有一颗为党为国尽忠、为人民服务的红心；有紧握手中枪，杀敌戍边，保家卫国，把战备落到实处的军事本领；有适应市场经济和社会需要能写会算的一技之长。他倾听边防官兵心声，深受广大官兵尊敬和爱戴。

高举军政军民团结旗帜

对阿里地区的军政军民团结，孔繁森从稳定和发展阿里的大局出发认真来抓。到阿里后，孔繁森经常考虑如何把军民关系提高到一个新的水平。通过和军分区领导的多次深入交谈，大家形成共识，从抓以民族团结为核心的双拥工作入手，增进军政军民团结。

当过兵的孔繁森有着浓厚的部队情结，尤其是兼任阿里军分区党委第一书记之后，他自称是"边关长城的一块砖"，经常说，"我这第一书记不是挂名的，是给部队办实事的"。孔繁森多次向阿里军分区领导表示，自己一定要在力所能及的范围内，为部队建设出力。

作为地委书记，孔繁森是名副其实的"拥军书记"；作为军分区党委第一书记，孔繁森是办实事的好领导。在不到两年的时间里，孔繁森急部队所急，想方设法帮助解决军分区部队建设中遇到的困难。他经常深入部队，慰问边防战士，与驻藏部队官兵结下了深厚的友谊，在高原上树立了一面军政军民团结的鲜艳旗帜。

阿里地区拥有的边防线之长在全国是少有的，特殊的地理条件和战略地位，使军政军民团结和双拥工作的重要性尤为突出。孔繁森到任阿里地委书记之前，阿里军民关系的基础好，但由于总结提高不够，全地区七个县还没有一个双拥模范县。孔繁森认为，要保持阿里地区的社会稳定和发展，完成党和人民交给的守卫边疆的任务，军地双方必须紧密合作，从抓双拥工作入手，增进军政、军民和民族团结。

1993年6月，孔繁森主持召开阿里地委、行署、军分区联席会议，专题研究部署双拥工作，成立了阿里地区双拥工作领导小组，制定了地区双拥工作规划。接着在全地区开展宣传，发动群众。经过扎实有力的工作，当年底，日土县被西藏自治区命名为双拥模范县，札达县被自治区表彰为双拥先进县，军分区成为双拥先进集体，武警阿里支队也成了落实基层建设纲要的先进支队。对此，孔繁森高兴地说："这是军地双方努力的结果，这是零的突破。"回顾阿里军地共同走过的双拥之路，人们永远不会忘记孔繁森所倾注的心血。

1993年秋，孔繁森去普兰县调研，途经巴尔机线连和巴尔兵站，按照工作惯例，孔繁森一定要去部队走访慰问。孔繁森来到这个驻扎在距阿里军分区 200 公里远、海拔 4700 米、方圆百里荒无人烟的不到 10 人的兵站，交谈中得知战士们已有四个多月没收到报刊和家信，原因是阿里地区去普兰县的邮车虽然从这里经过，但给他们的信件却是先发给阿里军分区再几经辗转才能送过来时，孔繁森随即表示，一定给办好这件事。回到地区后，孔繁森立即找邮局领导商量，决定在这偏僻的兵站建立一个邮件投递点，使指战员们收看书信、报刊的时间大大缩短。

有一次，孔繁森路过措勤县时，在开会、调研等繁忙的日程中，特意抽出时间来到武警措勤县中队，看望和慰问了全体官兵。当听说中队长已在措勤这块贫穷落后的地方生活、工作了 12 年，仍精神饱满地奋斗在这里，带出了一个军政素质好、警政警民关系融洽的队伍，中队的各项工作都走在了全支队的前头时，孔繁森非常高兴。

座谈之后，孔繁森把自己从拉萨带来的新鲜蔬菜送给了中队官兵，并和县里的领导一起，察看了中队的营房基础设施。这一看，孔繁森的心里凉了半截，只见那营房还是早年盖的土坯房，因年久失修，透风漏雨，听战士说，夏天下雨时，外面下大雨，屋内下小雨。孔繁森和县里的几位领导就地办公，研究新营房的建设，改善中队的生活条件。1993 年 10 月，经过 5 个多月紧锣密鼓地修建，武警措勤中队的官兵终于搬进了新营房。

1993 年年底，孔繁森又来到了措勤中队，走进新建的营房，他东看看，西瞧瞧，看到战士们乐，他心里也高兴。但有一件事令他放心不下，由于措勤海拔高，气温低，受环境影响蔬菜很难生长，官兵们吃不上新鲜的蔬菜，孔繁森想，高原阳光充足，若和家乡的大棚一样，温室种植蔬菜，肯定能解决官兵的吃菜问题。孔繁森特意安排为措勤县中队修建了一个120平方米的高标准温室。从此，这个浓缩着无限拥军情的温室，成了措勤县的一大风景。冬日，大雪覆盖了整个阿里大地，可那座温室里却春意盎然，各种绿油油的蔬菜，能基本满足中队全体官兵的需要。

1993年11月18日，阿里军分区举行一年一度的退伍老兵欢送仪式。200余名退伍军人和部队官兵集结在狮泉河驻地的军分区大楼前，孔繁森率领地委、行署的领导一行20多人专程赶来参加。孔繁森为此早早做了安排，嘱咐军地双方安排好活动各个细节，地区财政拨专款购买哈达。孔繁森代表阿里地委、行署和阿里高原的6万多人民向无私奉献的边防卫士们致以崇高的敬意和深深的感谢。孔繁森说："你们在阿里流过泪，洒过汗，付出了许多。尽管许多人还不了解阿里，不了解这里的艰苦程度，但是这里的人民理解你们，永远不会忘记你们！希望你们回去后继续发扬这种奋斗精神，不要辜负亲人和阿里人民的期望。也请你们大力宣传阿里，为建设一个新阿里而贡献自己的力量。别忘了，我们曾经都是阿里人！"孔繁森热情、真诚的讲话，赢得了在场所有战士们一阵阵热烈的掌声。然后，孔繁森向退伍战士们一一献哈达，用西藏人民崇高、隆重的礼节表达阿里各族群众对子弟兵的情意。

阿里高原的交通非常艰难，军分区通往边防连队的路况很差。军分区的几辆指挥车在高原已经跑了十多年，车况严重老化。军分区领导下边防，经常会出现车抛锚在半途、指战员忍饥受冻的情况。对此，孔繁森心里非常牵挂。他对有关领导讲，指挥车车况太差，既影响工作，又不安全，车一旦坏在荒无人烟的高原上，会出事的。孔繁森曾几次想为军分区领导派地区的车子下部队，被婉言谢绝后，又琢磨其他的解决办法。1994年，经孔繁森提议，阿里地委、行署商定，由地区给军分区援助40万元人民币，军分区再添了一点钱，购买了一辆二手越野车。

阿里军分区的体制比较特殊：在驻地行政上属西藏自治区；在军事上隶属兰州军区，由南疆军区直接领导。由于这一特殊原因，阿里军分区民兵事业经费等应该由谁来保障的问题，长期以来渠道不顺，未能解决，军分区的民兵预备役工作因此受到较大影响。孔繁森对此事极为重视，多次向西藏自治区和上级军区反映这一问题。

1994年11月，孔繁森去新疆考察前对阿里军分区领导说："这次我把这个问题作为一个专题，去想办法解决。"在牺牲前几天写给陈汉昌请求自治区领导帮助协调解决的十二个问题建议中，孔繁森专门把这个问题提了出来。

到乌鲁木齐后，孔繁森邀请新疆维吾尔自治区、新疆军区和西藏自治区的有关领导坐在一起，就以上问题作了专门研究，大家都认为是应该办的事情，决定从1995年起，由西藏自治区财政下拨阿里行署，再转给阿里军分区。此项经费的落实，解决了阿里地区民兵预备役事业发展的一个难题。

二、心系国防情暖边关

　　孔繁森七年的军旅生涯，在他身上留下了浓浓的军人情结。在雪域高原工作期间，孔繁森心中装着边关哨卡，办事想着戍边的指战员。孔繁森关心部队的事迹生动感人。他扎实的固边之举、深厚的爱兵之情，体现在方方面面。

雪域高原上的"青松"

　　孔繁森第一次援藏工作的岗巴县地处中印边境，这里有全军最高最艰苦的英雄边防哨所之一——查果拉哨所。查果拉，藏语意为"鲜花盛开的地方"，寄托着藏族群众的美好愿望。实际上，这里高寒缺氧，亘古无绿，雪山连绵，荒无人烟。哨所从设立之初，官兵们就以"艰苦不怕吃苦，缺氧不缺精神"的顽强作风，用青春与热血，常年戍守在生命禁区，守护着祖国的西南边境。1965年12月29日，国防部授予了查果拉哨所"高原红色边防队"荣誉称号。

　　孔繁森在岗巴援藏期间，到哨所慰问时，了解到查果拉哨所当时用的燃料牛粪不足、有时羊肉供应不及时，马上给县委汇报帮助解决。从此，孔繁森经常自己掏钱买上慰问品来这个哨所，与战士谈心，为战士排忧解难。

后来，孔繁森回到家乡在莘县工作，当时电影院正在播放电影《天山深处的大兵》，讲述新疆驻疆部队哨所戍边的故事。一天晚饭后，孔繁森约着莘县县委办公室副主任张瑞夫一起去看这部电影，从电影院出来回家的路上，原本好聊天、爱说话的孔繁森，却一句话也不说，好像有些难过的样子。到了夜里两点，孔繁森去敲张瑞夫的窗户，喊他来自己的宿舍。张瑞夫走进孔繁森的宿舍，看到桌子上到处都是烟头儿，猜到平时不怎么抽烟的孔繁森晚上肯定一直没睡觉。孔繁森给张瑞夫说："今天这电影看得我很难受。我一直在想岗巴县哨所驻扎的战士们，我想给他们写封信。"于是他们就一个说、一个写，连着写了四五页信纸，一直写到凌晨5点，外面天都蒙蒙亮了，孔繁森又从兜里掏出钱来，让张瑞夫到街上买几袋红枣、黄花菜，和信一起寄过去。当时是腊月初五，后来孔繁森就一直追着问，战士们有没有给自己回信。

一直到元宵节的时候，孔繁森很高兴地拿着一封信给张瑞夫说，战士们来信了。张瑞夫接过信，看到那封信至少有十个战士的字迹，这个写一句、那个写一句，就这样写了满满一张纸，最后每个人还都按了大大的红手印。战士们在信中告诉孔繁森，"孔书记你知道吗，年三十晚上，我们吃饺子的时候，特意给你摆了一碗。"信的最后有一句话，给张瑞夫留下了深刻的印象：当时样板戏《沙家浜》有句唱词，"我们十八名伤病员就是十八棵青松"，回信的是十七名战士，他们就写"我们十七个是十七棵青松，加上你就是十八棵青松"。

1994年12月23日上午，孔繁森牺牲后不到一个月，记者来到白雪覆盖的查果拉哨所采访，在连部展览室，连长肖佑恩拿出孔繁森1983年写给他们的信对记者说："我们虽不认识孔书记，但他的信和他寄来的东西时常激励我们的斗志，使我们安心哨所，保卫边疆。正因为有孔书记等领导的关怀、鼓励，我们连才在恶劣的环境中圆满完成了各项军事任务，被中央军委命名为'红色边防队'，全连官兵受到江泽民同志的亲切接见。孔书记虽然去世了，但查果拉山哨所不会忘记他，我们全体官兵一定会用更出色的成绩来悼念孔书记，来报答他对我们的关怀。"

没挂牌的"战士之家"

孔繁森说，谁都依恋家乡，思恋亲人，战士远离故乡到西藏高原当兵，我们这些年长的就要在生活上关心他们，在感情上接近他们，使他们真正感受到部队大家庭的温暖

1991年，十几名新兵分到驻拉萨市委大院的二中队，由于新兵来得突然，天色已晚，中队领导不想再麻烦机关的同志，十几名新兵只好展开被褥，在办公大楼的过道过夜。孔繁森得知这一情况后，心里很不是滋味，走到新兵们面前说："收拾被褥，搬到我家里去住！"

中队领导不同意，怕影响他工作和休息。

"感冒生病了怎么办？是身体要紧还是面子要紧？"

孔繁森的两间小屋顶多有35平方米，十几名新兵来到孔繁森家，怎么也不忍心在这里睡觉，孔繁森只好下命令："大家一齐动手，把桌子搬进厨房，把书柜放在屋角。"

新兵们躺在这温暖的屋里，感觉这个市长真像自己的长辈啊！

孔繁森在拉萨的宿舍常常就人来人往，热闹非凡。来孔繁森宿舍的客人有"三多"：藏族同胞多，武警战士多，山东老乡多。他们都把孔繁森当成自己的良师益友，把他的那间小屋当成自己的家。在市政府承担执勤任务的武警战士们，更是"近水楼台先得月"，孔繁森在不在家都进出随意、常来常往。孔繁森的宿舍简直就是没有挂牌的"战士之家"。那些普通士兵成了这里的常客，他们的苦与乐、寒与暖，都愿意在这间小屋里给孔繁森倾诉出来。

星期天和节假日，孔繁森那间本不大的宿舍里常挤满了一些年轻的战士，不同的方言倾诉着不同的人生经历。孔繁森的公务员杜建强，来自四川省乐山市魏家湾，父母都是工人，企业又不景气，加上杜建强的母亲患有严重的支气管炎，常年不能上班，家庭生活十分困难。孔繁森把这一切都记在了心里，一次去内地出差，在成都下了飞机之后，孔繁森便买了礼物，坐汽车跑了几百里去看望杜建强的父母。之后，孔繁森还以杜建强的名义多次给他父母汇款。

孔繁森不光关心杜建强的家庭困难，同时，还关心着他个人的进步和成长。杜建强从小家里穷，读到二年级就辍学了。"没有文化哪能行呢！"孔繁森专门给小杜买来了课本和笔记本，一有空就催着小杜学文化，有时还亲自辅导或者检查笔记。杜建强曾十分动情地说："孔市长待我比父母还亲！生我的是父母，培养我成人的是孔市长！"

孔繁森关心战士，可以说做到了无微不至，像兄长，又像慈父，凡是经常到孔繁森这里来的战士，都能讲上几个自己或战友被孔繁森关爱帮助的故事。

拉萨市政府不远处驻着一个连队，空闲时间，孔繁森常去看望战士们，一来二往，他和许多战士成了朋友。退伍战士李卫东回到老家四川乐山市后，由于档案材料有误，当地民政部门不给安排工作。消息传到拉萨，孔繁森非常着急。

1991年，孔繁森到内地出差路经成都，他利用出差间隙赶往乐山，几经周折，来到李卫东家。这是一个什么样的家啊！母亲病重躺在床上，姐妹没有工作，闲在家里。吃饭都成了问题。

孔繁森找到乐山市政府的领导，介绍了李卫东家的困境和李卫东在部队的表现。乐山市的领导看到孔繁森为了一个退伍战士，不辞劳苦地奔走，非常受感动。民政局局长立即提出档案，寄回原部队，并且答应想办法安排好李卫东的工作。

邹登国是驻拉萨西郊某部的一名战士，家在四川开江县，自幼丧母，父亲一个人拉扯着他兄妹三人，日子过得紧紧巴巴。为了退伍后能有个职业技能，邹登国一直想在部队学一门技术。孔繁森知道小邹的心思以后，专门打电话给团参谋长贾国栋。贾国栋接完电话立即找到邹登国，征求意见后，便安排他到运输连学开汽车。当孔繁森听说已安排妥当，十分感激地说："每个战士都是我们的亲人。人家是来奉献的，咱能帮助多少，就尽最大努力帮助人家。你们要深入下去，了解情况，关心战士们的疾苦。"这发自肺腑的话，让贾国栋打心眼里佩服。

刘志乐也是一个来自四川农村的战士，家中父亲有病，他一直想回一趟家，可没有路费。孔繁森知道了这件事，又拨通了贾国栋参谋长的电话，问能否让这位战士回家一趟，并说，他想法给这个战士解决路费。贾国栋十分奇怪，他不明白，孔繁森咋了解这么多战士的情况，连我们连队的指导员都不了解的情况，孔繁森却知道得清清楚楚。后来才知道了孔繁森那间"战士之家"的秘密。当连队批准了刘志乐探家的请求后，孔繁森又买了礼物交到刘志乐手中，让他带回去孝敬父母，这位年轻的战士被市长的真诚感动得热泪直流。

一次，贾国栋到孔繁森的宿舍来玩，闲谈中，说起了一位叫唐成龙的战士患阑尾炎，两次手术都没成功，伤口感染，还需要做第三次手术。说者无意，听者有心。第二天，孔繁森专门找了西藏军区总医院的李素芝主任，让人称"高原一把刀"的专家亲自给唐成龙做手术。一切安排就绪以后，孔繁森又赶到部队驻地，找到那位叫唐成龙的战士，亲自把他送上车。唐成龙病愈出院的时候到了，孔繁森没有忘记这一天，他又驱车来到医院接他，唐成龙做梦也没敢想，自己一个普通战士得病，能惊动市长。

在后来的日子中，唐成龙他们成了孔繁森家中的常客。孔繁森则以他博大无私的爱心，时刻关心照顾着所有需要他的人。孔繁森就要到阿里赴任了，临走的前夕，唐成龙花了四天四夜的时间，用炮弹壳精心做了一只金光闪闪的和平鸽，在两侧的飘带上雕刻着"和平""理解"，底座上郑重地刻着"敬赠孔繁森同志"。如今，这件具有特殊意义的纪念品，已作为孔繁森的遗物存放在孔繁森同志纪念馆，无言地讲述着一个市长和一个普通士兵之间发生的动人故事。

孔繁森是个爱才的人，常给中队的官兵讲："我们的军人，不仅要掌握好过的军事本领，而且要掌握好科学文化知识，能文能武，才是合格的现代军人。"对驻拉萨市委武警中队的战士，只要孔繁森发现有一定文化水平，就鼓励他们报考军校和总队的教导大队。

当战士们复习功课遇到困难时，孔繁森就把他们叫到自己宿舍，让他们专心学习；战士们学习没有课本和复习资料，孔繁森就想法帮助去借或者掏钱去买。战士张文兴和扎西只有初中文化，对考学失去信心，在他家里复习时，常常变着法儿玩，孔繁森发现了，就对他们进行严厉批评。最后，孔繁森给他们制订了复习计划，并且天天检查复习效果。后来，张文兴和扎西终于考上了总队教导大队，毕业后分到武警拉萨市支队一中队和昌都武警支队。

从这间宿舍里，先后有8名战士走进了军校。陈能怀就是其中的一个，这个在孔繁森的关怀下考上杭州某大学的战士，一直没有忘记孔繁森对他的帮助，他在一封给孔繁森的信中说："钢和铁加上毅力就是男子汉。我一定将您的话化为我行动的力量，在学校里努力学习，奋力拼搏，力争以好的成绩报答您老对我的一片爱心。上学期我担任了班长，代职排长。数学考了95分，体能测试全部过关，本学期已把射击、革命史考了，我都是优秀成绩。总之，我在学校里一切都好，学习、训练都能跟上。我一定把您的爱心，化为行动的力量，为您老争光，以优秀成绩向您汇报……"每当阅读这些信件的时候，孔繁森觉得很欣慰。

边防官兵的贴心人

孔繁森十分关注边防连队的疾苦，积极为他们排忧解难，成为干部战士的贴心人。他心系边防、情暖基层，留下许多动人的故事。

孔繁森常说，我们当领导的要与群众打成一片，把战士的冷暖挂在心上，他们才能够安心戍守边关。他不仅从稳定边防大局着想，帮助解决部队遇到的问题，为部队每年执行战备任务解决了骑、驮、运等难题；先后让地方有关部门为驻地解决了几十个单位的牛羊肉平价供应问题；而且对不少战士在学习、工作、婚恋、家庭等方面的困难也时刻挂在心上，为随军的13名家属解决了就业和工作调动问题。

札西岗边防连的一名医生，妻子是济南市某部医院的护士，多次要求丈夫调到身边工作，否则就离婚。孔繁森了解情况后，亲自给济南军区司令员张太恒打电话，希望帮助做该医生妻子的工作。巴尔机务连的一名老战士，把自己想转志愿兵的想法告诉了孔繁森，为此，孔繁森专门向南疆军区邱副司令员反映情况。战士冯学军的妹妹因家庭困难辍学，连队开展献爱心捐款活动。孔繁森得知后，拿出450元钱亲手交给这位战士，冯学军激动得说不出话来。

黄忠会是第四军医大学毕业的高才生，本来打算毕业后去大医院施展才华，没想到被分到这雪域高原上的边防站。恶劣的环境，艰苦的生活，让黄忠会一度陷入了懊丧之中。一个偶然的机会，黄忠会和战友们来到了孔繁森在阿里的家里，认识了孔繁森。交谈中，孔繁森了解到黄忠会的心思，便积极做他的工作，帮助开导他，使他终于安下心来。1994年春天，孔繁森去边防站检查工作，见黄忠会身上穿的衣服单薄，立即把自己身上穿的毛衣脱下来给黄忠会。那不仅仅是一件毛衣，更是体现了军民之间、官兵之间的深情厚谊。孔繁森不幸殉职后，黄忠会专程赶到聊城参加孔繁森同志的骨灰安放仪式。在现场，黄忠会指着身上那件原毛色的毛衣，含着泪向人们讲述那动人的一幕。

1993年7月初，孔繁森一行到札达县底雅区，提出要去慰问什布奇边防连。当时正值洪水期，路非常难走，县领导怕途中有危险，劝孔繁森不要去，以后由他们代表他去看望，但孔繁森坚持要去。这一天，他们一行在泥泞的山路上跋涉了近三个小时。

一到连队，孔繁森先提出了几点要求：一不要给他们搞特殊化，连队吃什么，他们就吃什么，和战士们一起就餐；二不要给他安排单间，床铺随便，不要勤务员；三不要因他们到连队影响正常工作。当天晚上，连队要为他们增加一个哨兵，孔繁森坚决不肯，他对连队干部讲："我们来了，给连队添了麻烦，再搞别的，我心里过意不去。"第二天，孔繁森到连队伙房帮厨，教战士怎样给花生米脱皮。当听到连队"爱民病房"办得不错，很受当地藏族同胞欢迎，但经费比较紧张时，临行前他发动一行人凑了2000元钱留给连队，支持他们继续办好"爱民病房"。

孔繁森教育部队干部要适应新形势，更新观念，靠真才实学去带兵。他深有体会地说，过去带兵靠行政命令，现在靠知识、靠对战士的感情，靠条令条例。以情带兵，知兵、爱兵。他希望部队要爱才用才，对报务员、打字员，油料员、卫生员，文书、司机等加强培养，将来留在边疆工作，支援地方的经济建设。

1994年老兵退伍时，札达机线连战士李益友想留阿里工作，但政策不明确，他找到孔繁森请求帮助。孔繁森想得更远，他找到政委麻富省，给对方说："这些战士为保卫祖国，把青春年华奉献给了雪山高原。他们中间有一批懂专业技术的人才，阿里很艰苦，他们愿意留在这里工作是好事，对这里的建设大有好处。"他让军分区将退伍想留阿里的战士做个统计，给他个名单。孔繁森当即指示地区有关部门制定了《留藏退伍军人安置规定》，使得像李益友这样的战士如愿以偿。

1994年9月18日，孔繁森在拉萨参加完自治区四届六次全委（扩大）会议，准备返回阿里前，孔繁森特意安排安七一去买几盒月饼。9月19日，孔繁森和安七一起程回阿里的途中，孔繁森不断催司机开快一点，随行人员都纳闷，不知啥事儿让孔书记心急火燎。20日傍晚时分，孔繁森一行终于赶到了阿里最东部的措勤县。当月亮升起的时候，孔繁森一行匆匆来到武警措勤县中队。武警官兵们惊喜地围住中秋之夜突然来到他们面前的地委书记，激动得不知所措。孔繁森风尘仆仆地从车上拿出为子弟兵们专门准备的月饼。月饼分到官兵手里，虽然每人只有一小牙，但大家都捧在手心上，谁也没舍得马上吃。地委书记从千里之外的拉萨赶来与戍边官兵欢度中秋，大家喜出望外，泪花闪闪，情不自禁。

孔繁森对官兵们讲着一家人不圆万家圆，为祖国守边关光荣的道理，与大家一起谈天说地拉家常，战士们争相向他说着心里话。夜深了，孔繁森领头唱起了自己最爱唱的那支歌："说句心里话，我也有家，家中的老妈妈已是满头白发；说句实在话，我也有爱，常思念梦中的她……"

直到月亮西斜，孔繁森才与武警官兵告别。

然而官兵们不知道的是，中秋节当天晚上，孔繁森没有能如约给远在山东的家人打电话，相隔万里的孔繁森则掩饰自己强烈的思乡之情和对家人的歉意，与武警官兵一起欢度中秋，以实际行动做边防官兵们的贴心人。

> 高远的奇寒的阿里高原呀!
> 在你不熟悉的时候,
> 她是如此这般的荒凉,
> 当你熟悉她的时候,
> 她就变成了可爱的家乡!

阿里地区的这首民歌一直在传唱。孔繁森的事迹也一直在雪域高原传颂。

雪域高原,就是孔繁森的热爱祖国边疆的情感寄托之地,也是孔繁森精神绽放之地。如今,当我们在铸牢中华民族共同体意识视域下,再次重温孔繁森的感人事迹时,心中激情涌动,透过这些感人肺腑的故事、满含深情的回忆,我们似已触到了孔繁森那勃勃跳动的思想脉搏,似已感受到了孔繁森那圣洁的雪域忠魂。

孔繁森的爱,是升华到全新境界的超越民族的大爱。孔繁森摆正了家与国的关系,牺牲小我小家,服从国家和民族大义。他的爱,泽被雪域高原,超越血缘至亲。为了党的事业,孔繁森把对家乡、对亲人的爱深深地埋在心底,把博大无私的爱献给了祖国和人民,献给了他深爱的那片雪域高原和西藏人民。

孔繁森的奉献,是牺牲自己的奉献,是燃烧生命激情的奉献。他用生命兑现了"青山处处埋忠骨,一腔热血献高原"的诺言,把生命都交给了党和人民的事业。人民至上、一心为民,是孔繁森作为一位党员领导干部对全心全意为人民服务的真挚理解和勇毅践行。

孔繁森精神，诞生于火热援藏事业，也是全面建成现代化、实现民族复兴的价值引领。在严峻的自然条件和历史考验面前，他光明磊落做事，干干净净做人，坚持不懈地实践着中国共产党人的初心和使命。对理想信念的无限忠诚，对身份使命的无比坚贞，是孔繁森工作、生活的鲜亮底色，也是孔繁森精神的精髓。

党的二十大报告号召："为全面建设社会主义现代化国家、全面推进中华民族伟大复兴而团结奋斗。"长期以来，孔繁森精神不断鼓舞和激励着广大干部群众，为实现中华民族伟大复兴中国梦而接续奋斗。如今，在我们以中国式现代化全面推进中华民族伟大复兴的道路阔步前行的时候，孔繁森精神给了我们清晰的召唤和示范，新时代更需要发扬光大孔繁森精神。五十六个民族像石榴籽一样紧紧抱在一起，心往一处想、劲往一处使，各族干部群众在党的旗帜下团结成"一块坚硬的钢铁"，同心协力、踔厉奋发，以中华民族大团结促进中国式现代化建设，推动中华民族伟大复兴号巨轮乘风破浪、扬帆远航！

参考文献

［1］《习近平著作选读（第一卷）》，人民出版社2023年版。

［2］《习近平著作选读（第二卷）》，人民出版社2023年版。

［3］《习近平谈治国理政（第三卷）》，外文出版社2020年版。

［4］《习近平谈治国理政（第四卷）》，外文出版社2022年版。

［5］《中央民族工作会议精神学习辅导读本》，中共中央统一战线工作部、国家民族事务委员会编，民族出版社2022年版。

［6］《中央民族工作会议精神学习辅导读本》，国家民族事务委员会编，民族出版社2015年版。

［7］《毛泽东与西藏和平解放》，杜玉芳著，中国藏学出版社2011年版。

［8］《中国共产党西藏历史大事记》，中共西藏自治区委员会党史研究室编著，中共党史出版社2005年版。

［9］《世界屋脊风云录——纪念和平解放西藏四十周年（1）》，西藏军区政治部编，解放军文艺出版社1991年版。

［10］《世界屋脊风云录——纪念和平解放西藏四十周年（2）》，西藏军区政治部编，解放军文艺出版社1991年版。

［11］《解放西藏史》,《解放西藏史》编委会著, 中共党史出版社 2008 年版。

［12］《李觉传》, 降边嘉措著, 中国藏学出版社 2004 年版。

［13］《孔繁森札记》, 中共中央组织部研究室、中共山东省聊城 地委编, 党建读物出版社 1996 年版。

［14］《领导干部的楷模——孔繁森》, 中共中央组织部研究室 编, 党建读物出版社 1995 年版。

［15］《向孔繁森同志学习》, 中共中央组织部研究室编著, 党建 读物出版社 1995 年版。

［16］《人民公仆的榜样——孔繁森》, 本书编辑组编, 中共中央 党校出版社 1995 年版。

［17］《人民公仆孔繁森》, 中国藏学出版社 1995 年版。

［18］《同在高原——怀念孔繁森》, 中共中央组织部研究室、中 共辽宁省委组织部编, 辽宁人民出版社 1996 年版。

［19］《我心中的孔繁森——口述孔繁森采访实录·阿里编》, 王 巍主编, 山东人民出版社 2023 年版。

［20］《孔繁森日记》, 人民出版社 2021 年版。

［21］《祖国不会忘记孔繁森》, 马军、于富华著, 陕西人民出版 社 2000 年版。

［22］《高原雪魂——孔繁森》, 郭保林著, 山东文艺出版社 1995 年版。

［23］《我心中的孔繁森——口述孔繁森采访实录·拉萨编》, 王 巍主编, 山东人民出版社 2022 年版。

［24］《孔繁森的初心可以这样讲》, 高杉著, 山东人民出版社

2020年版。

[25]《人生楷模孔繁森》，王立友、许辰著，河北人民出版社
1997年版。

[26]《永远的孔繁森——纪念孔繁森逝世十周年》，柴腾虎著，
人民日报出版社2004年版。

[27]《永远的孔繁森（之二）——纪念孔繁森逝世20周年》，柴
腾虎著，山西人民出版社2014年版。

[28]《孔繁森》，李延海、杨凤山、郝桂尧著，新华出版社1995
年版。

[29]《神秘的阿里文化》，杨年华著，青海人民出版社1995年版。

[30]《西藏风土志》，赤列曲扎著，西藏人民出版社1982年版。

[31]《西藏原始宗教》，周锡银、望潮著，四川人民出版社1999
年版。

[32]《藏族史要》，王辅仁、索文清编著，四川民族出版社1988
年版。

后　记

　　茫茫人海中，我们总是与大多数人擦肩而过，不过，总有那珍贵的"一面之缘"，会走进我们的生活，影响我们的人生。我和孔繁森就有过这么一次幸运的相遇。

　　我年轻的时候，工作地点在省城风景宜人的珍珠泉院内。记得那是一个夏天，外出回办公室时，一个身材魁梧、面容方正慈祥的中年人从里面出来，在门口与我侧身而过。进了办公室，看见桌上有一张名片，上面写着"中共阿里地委书记、阿里军分区党委第一书记　孔繁森"，我好奇地问对桌的老大哥："阿里是哪里呀？"他说："在藏北。这是我的一个老朋友，进藏工作多年快调回来了。"因为是第一次听说阿里这个遥远而陌生的地方，当时印象就比较深。

　　1998年春天，我和省委党校研究生班的同学到聊城参观孔繁森同志纪念馆，感人至深的事迹，让我们不止一次地流下了眼泪，回来后写了一篇小文章《眼水洗涤我们的灵魂》登在班级的黑板报上。

　　原以为这"一面之缘"就这样当作珍贵的回忆留在心底，没想到珍珠泉邂逅近30年后，当我处于工作事业转换的路口时，2021年9月8日，组织谈话，交给我关于研究发掘孔繁森精神在铸牢中华民族共同体意识方面价值内涵的"三个一"的任务：开发设计一套铸牢中华民族共同体意识课程体系；打造一门精品课程；撰写一本孔繁森与铸牢中华民族共同体意识的辅导教材。

这是一项十分光荣而艰巨的任务，自知能力有限，只能从头开始，以勤补拙。从那时起，就沉浸在孔繁森的世界里，感受着他那圣洁的灵魂、永恒的精神。

好在孔繁森精神是一个光彩夺目的"富矿"，又欣逢汇聚中华民族共同体建设磅礴伟力的新时代，经过一番努力，相继开设了"孔繁森的西藏故事和大爱境界——用心用情用力铸牢中华民族共同体意识""大爱照雪域　高原铸忠魂""永恒的精神　伟大的灵魂"等课程。

而著述的工作量要大得多。我从文献资料入手，搜集查阅了能够找到的所有关于孔繁森的报道、日记、专辑、传记、口述访谈及档案资料等。时隔二十多年，捧读孔繁森事迹，感动的泪水又一次次地盈满眼眶。

披览海量文献资料的同时，进行了力所能及的考辨、比对和分析工作，以求事迹准确，细节翔实。因为资料的丰富和来源的多样性，使这项工作成为可能。

为获取鲜活的第一手素材，尽最大可能走访了孔繁森生前部分亲友和当事人。

在历时两年的写作和反复修改中，得到很多人的支持与帮助，如果没有这些，写作此书将成为一项"不可能完成的任务"。

孔繁森精神的研究者、宣传者几十年来的付出和努力令人敬佩，我从凝聚他们心血的作品中获取了许多珍贵的材料、汲取了丰富的营养。在此，向他们致以最诚挚的谢意！

孔繁森精神教学基地（孔繁森同志纪念馆）团结友爱、昂扬向上的良好风气，时时感染着我，领导和同事们给予我许多关心和帮助，提出了很好的意见。

得益于聊城市委统战部的热心联系，使我在书稿框架酝酿时有机会向国家民委相关部门的专家汇报、请教。

感谢山东省档案馆、山东省图书馆、拉萨市档案馆、阿里地区档案馆给予专业、周到的服务。

感谢聊城大学图书馆提供查阅资料和写作的方便。每当工作结束，在夜色中穿过逸夫楼东面那片高大茂密的白杨林时，心里总会泛起无以言状的感慨。

带着穿越时空震撼心灵的感动，抱着温情和敬意，总想使叙事与论述达到完美的臻境，但相对于孔繁森精神的博大精深、奋斗历程的壮丽精彩，似乎永远无法达到那"光荣的最后一步"。

由于本人水平有限，书中还存在很多不足，敬请读者谅解、匡正。